상해의 밤

상해의 밤

유시연 소설

문학나무

| 작가의 말 |

나를 돌아보는 시간

몇 년 전 같은 길을 걷는 두 명의 작가와 산청 여행을 하며 이야기를 나누었던 화두, 밤의 이야기를 떠올린다. 그날 우리는 늦은 밤 시간까지 작품에 대해 다양한 의견을 나누었고 이후 밤 시리즈 제목을 붙인 단편을 줄줄이 쓰게 되었다. 글 쓰는 작업의 한계와 어려움, 외로움 속에서도 자신을 위무해준 창작 행위에 대해 아무도 알아주지 않지만 묵묵히 먼길을 가는 작가들이 있어서 위로가 되었던 순간들, 그 시간들이 참 소중하다는 느낌이다.

나의 문학 이력이 나를 돌아보는 시간이었다. 무엇을 어떻게 써야 하나, 라는 고민을 하며 짧은 단편이지만 넓은 이야기를 담으려 의식적으로 애를 썼다. 나라와 공동체, 민족의 역사가 어떻게 개인의 삶에 작용하는지 그리하여 거대 역사의 회오리에 휘말린 개인의 이야기에 한동안 시선이 고정되어 있었다.

그동안 문학잡지에 발표했던 작품을 모아 창작집을 펴낸다. 작품 출간을 망설이며 기다렸던 시간의 문을 열도록 해설을 써 주신 장예원 문학평론가님께 감사드린다. 오래 전 문학수업을 통해 좋은 가르침을 주셨던 황충상 선생님과의 인연이 또 이렇게 창작물로 결실을 맺게 되어 기쁘고 먹먹하고 설렘이 가득한 심경을 숨기지 못하겠다. 늘 변함없는 지지와 성원을 보내주는 가족들이 있어서 또 한 발 앞으로 발걸음을 내딛는다.

2025년 1월

유시연

차례

단편소설

중편소설

단편소설

상해의 밤

그것은 흰 오리였다. 사람들이 지나다니는 플라타나스 나무 밑에 통통하게 살찐 오리가 생선가게 주인이 던져주는 정어리나 청어 대가리를 입에 물었다가 삼켰다. 오리의 발목에는 붉은 실이 묶여 있고 그 실은 나무둥치로 연결되어 있었다. 오랫동안 그렇게 차량이 지나다니고 사람들이 오고가는 도로변에서 살아온 듯했다. 혜정이 가게 안에서 물건을 고르는 동안 리어카에 수북이 쌓인 왕대추 한 됫박을 샀다. 간혹 대추를 사서 비닐봉지를 흔들며 사람들이 지나갔다. 혜정이 들어간 청과물 상회 안을 흘깃 들여다보고는 다시 오리에게 시선을 주었다. 오리 앞에는 세숫대야에 물이 담겨 있었는데 탁하고 더러웠다. 오리가 대야 안에서 날개를 푸득거리자 물이 사방으로 튀었다. 목이 마르고 피곤했다. 짜증이 치밀었지만 어쩔 도리가 없었다.

모든 것은 내 불찰이었다. 미뤄두었던 휴가를 남편을 만나기 위해 다 쓰면서 혼자 남게 된 엄마가 걸렸던 터여서 속이 불편하고 심리적으로 불안정한 상태가 지속되었다.

"저 앞쪽이야."

혜정이 물건을 담은 비닐봉투를 들고 골목 안을 가리켰다. 좁은 골목 끝에 낡은 6층짜리 건물이 회색 하늘을 배경으로 옹색하게 서 있었다. 주택이 밀집해 있는 골목은 조용했다. 혜정을 따라 계단을 올라가는데 오래 청소를 안 한 탓인지 모래먼지가 일어났다. 지저분한 벽의 낙서를 흘깃 살피고는 손바닥만한 복도 창을 통해 먹구름이 낀 하늘을 내다보았다. 내 마음에도 먹구름이 천천히 밀려들어오는 듯했다. 꼭대기 층에 세를 얻은 유학생 신분의 혜정은 광역시 시청에 근무하는 공무원 신분이지만 상해교통대학(上海交通大學)에서 석사과정을 이수하기 위해 혼자 상해로 온 터였다. 학비와 생활비 일체를 시에서 지원해주는 바람에 친구들의 부러움을 한 몸에 샀다. 혜정이 쌀을 씻어 전기밥솥에 앉히고 두부와 호박을 썰어 그릇에 담아놓고 마늘을 다지기 시작했다.

"밖에서 그냥 사먹고 올걸 그랬어."

"내가 집 밥 해주려고 시장을 일부러 봤어. 시누이가 해주는 밥도 좀 먹어봐야지."

"눈물 나네."

"오빠랑 통화됐어?"

"두바이로 간다는 전화를 받은 이후 연락 두절이야. 넌 뭐 아는 것 있어?"

"사건이 터졌나봐. 중국산 철강을 인도에서 제작하여 사우디로 가는데 배에 물이 들어갔대."

혜정은 손을 놀려 마늘을 빻고 파를 다듬으며 대수롭지 않게 말했지만 큰 사고임이 분명했다. 일 년 전에는 배에서 화재가 나 제품이 소실된 적이 있어서 그가 하는 일이 쉽지 만은 않다는 것을 짐작했다. 짐작과는 별개로 나는 힘든 시간을 버티고 있었다. 엄마는 약간의 치매 증세를 보였지만 요양원에 보내기가 께름칙했다. 젊어서 고생을 하다가 이제 좀 살만해지나 싶은데 기억 회로가 꼬이기 시작했다. 그가 상해에서 잠시 한국에 들어왔을 때 엄마는 그를 반기며 죽은 오빠 이름을 불렀다. 경황이 없어서인지 그는 그 상황을 눈치 채지 못했다. 한국산 철강을 중국에 판매했는데 바다 한가운데에서 화재가 나버린 사건을 수습하느라 남편은 국내에 들어와서도 바빴다. 제품 손실은 보험처리 했지만 납기일을 맞춰야 하는 문제로 인력 증강을 급하게 하고 주문한 고객에게 안심시키느라 정신이 없었다. 그때 휴직하고 상해로 오면 안되겠냐고 그가 물었고 나는 대답할 수가 없었다. 어머니의 상태를 그는 모르고 있었고 안다고 해도 답이 없었다.

"밥 먹자."

혜정이 앉은뱅이 상을 펴며 김치를 가위로 잘라 놓았다. 반찬은 김치와 깻잎 장아찌뿐이었지만 뜨거운 밥과 된장찌개만으로도 성찬이었다. 혜정은 나름 나를 위해 애쓰는 중이었다. 후식으로 커피를 마시고 왕대추를 먹었다. 입안에서 대추 씹히는 느낌이 나쁘지 않았다. 혜정은 해바라기 씨를 어찌나 빠르게 까먹는지 금세 껍질이 수북했다. 해바라기 씨 한 봉지를 다 까먹은 혜정이 내 눈치를 살폈다.

"오빠 아파트에 안 가봐도 돼?"

"사흘 동안 혼자 빈 집에 있으면 뭐하니. 너랑 이렇게 있으니 옛날 생각나서 좋은데."

"협소해서 불편할까봐 그래. 오빠네 아파트 널널하고 쾌적한데 사서 고생이다."

"내가 불편하니?"

"말이 그렇다는 거지. 지금쯤 오빠는 책임 소재를 가리려 기를 쓰고 있을 거야. 배가 오래 됐는지 뚜껑이 열린 틈새로 바닷물이 들어 갔다나봐. 파도도 엄청 셌고. 인도, 중국 업체 사람들과 두바이에서 사우디 구매자를 만나 검사업체 선정 중일 거야. 누구 불찰인지 밝혀지려면 기다려야지 뭐."

"상해가 의외로 가까워."

"이백 년 전 작은 어촌 마을이 국제도시가 되기까지 파란만장한 굴곡의 역사가 담겨 있는 곳이지. 우리, 밖으로 나가자. 답답한데."

혜정은 나를 위해 가이드를 할 심사여서 모른 체 하고 따라 나왔다. 유학생활 2년 반 차인 혜정은 이제 논문 학기를 보내고 있어서 여유가 있어 보였다. 상해에 대해서는 잘 몰랐고 아는 거라곤 대한민국임시정부와 윤봉길 의사 도시락 폭탄 사건 정도였다.

"은정아."

"응."

"뭐 필요한 거 없어? 옷이라든가 구두 사줄까?"

"에이, 됐어. 유학생이 무슨 돈이 있다고."

혜정이 피식 웃으며 골목을 벗어나 지하로 통하는 계단을 밟고 앞장서서 내려갔다. 지하철 역사에는 공안이 돌아다녔고 교통국 소속 직원들이 소지품 검사와 옷 속에 흉기가 있는지를 꼼꼼하게 살폈다. 소지품이 카메라 투시경을 통과하자 우리는 지하철을 탔다. 역에서 내려 십 분쯤 걸어 와이탄에 도착했다. 멀리 푸동의 화려한 고층 건물이 다른 세상의 일인 양 아득해보였다. 유럽 양식으로 지어진 고풍스러운 건축물을 바라보며 황푸강을 바라다보았다. 유람선이 강 저쪽과 이쪽을 오가고 있었다. 신도시인 푸동에 비해 푸서는 유서 깊은 건물과 유적이 있었다. 프랑스 조계지와 영국 조계지 쪽으로 걸어가며 혜정은 내가 모르는 남편의 이야기를 들려주었다. 그가 힘들 때마다 홍구 공원에 들러 윤봉길 기념관에 참배를 하고 힘을 받는다는 이야기에 의아했다. 뭔지 모를 서운함과 허전함이 몰려왔다. 내가 아는 남편, 하동근이라는 인물은 낯설었다.

"조상들은 상해에서 독립운동을 했지만 지금도 전쟁터야. 독립운동이 따로 없다고 봐. 열강이 지배하던 이곳에 지금도 세계 금융과 자본이 몰려들어 각축장이 됐거든."

혜정이 말하는 중에도 나는 그와의 사이에 놓인 서먹함과 거리감에 대해 생각하고 있었다. 오랜 시간 엄마랑 함께 살았다. 잔소리를 해대면서도 엄마는 나에게 의지했다. 하동근을 소개했을 때 엄마는 그를 알아보지 못했다. 부모들과 유치원 인연이 겹쳐지는 하동근을 엄마가 알아보지 못하자 다행인지 불행인지 복잡한 심경이었다. 기쁨의 웃음을 함박 머금으면서도 엄마의 눈빛에 불안이 스쳐지나가는 것을 내 예민한 촉수는 포착해내었다. 그건 두려움이었다. 혼자 남게 되는 외로움, 혼자 모든 것을 꾸려가야 하는 두려움이 짧은 순간 엄마의 눈빛에 담겨 있었다. 나는 엄마의 그 눈빛을 외면했다. 나도 엄마도 각자 인생이 있었고 각자 길이 있었다. 그 길을 따라 걸어가야만 했다. 하동근의 청혼을 받아들이고 나서 나는 카페에서 그와 진지한 대화를 시도했다. 엄마 문제였다. 그가 순순히 같이 살면 되지 뭐, 하고 너무나 대수롭지 않게 말을 해서 순간 멍했던 기억이 났다. 그런데 상해지사로 남편이 떠나면서 그와 나 사이에 기묘한 긴장이 감돌았다.

"요즘은 시설이 잘 된 곳도 있대. 그런 곳에 보내면 안될까."

남편의 말에 나는 그를 빤히 쳐다보았다.

'당신 엄마라면 그런 말이 쉽게 나오겠니.'

내 눈에 깃든 감정을 외면하며 남편이 커피를 홀짝 마셨다.

"엄마는 아프셔."

"병원에 가봤어?"

"응."

이번에는 하동근이 의아한 표정으로 나를 바라다봤다. 그의 의중이 고스란히 들여다보였다. 아프면 병원 가고, 고장난 데가 있으면 고치면 되고, 현대의술이 못하는 게 없잖아, 그는 이렇게 말하고 싶었을 것이다. 결론은 하동근이 먼저 자리 잡고 나서 내가 따라오기를 바란다는 것이었지만 나는 대답할 수 없었다. 내 침묵이 그를 서운하게 했는지 금기어를 그가 끄집어내었다.

"휴직하고 쉬면서 우리 아기를 갖자."

그의 말이 아프게 다가왔다. 자연유산을 두 번이나 경험한 후 그 문제는 수면 아래로 가라앉았고 아무도 꺼내지 않았다. 하루 종일 서서 일을 해야 하는 내 직업은 녹록치 않았다. 3교대로 일하는 간호업무는 동료 사이에 3D업종이라고 농담을 할 정도로 고됐다.

황푸강 건너 어스름한 저녁하늘을 배경으로 고층 건물을 둘러싼 불빛이 현란했다. 건물 외벽에는 보라와 다홍색의 불빛이 일정한 간격으로 뒤바뀌며 반짝였다.

"병원 일은 할 만 하니?"

"내 적성에 맞는 것 같아. 고되긴 해도 보람이 있어."

대답은 그렇게 했지만 멀리 황푸강의 검붉은 물결이 어두워오는 내 마음처럼 막막했다. 그때 유치원 시절의 기억에 왜 혜정이 빠져 있는지 오랫동안 궁금하던 것을 물었다.

"외갓집에서 일 년 있었어. 부모님이 힘들어서 외할머니가 키워주셨지."

비로소 의문이 풀렸다. 항상 곱슬머리 꼬마와의 기억 속에 어째서 혜정이 없었는지, 살아가면서 인간은 실종상태를 겪거나 잃어버리는 시간이 있기 마련이었다. 나에게 잃어버린 시간은 언제일까.

저녁이 깊어가며 와이탄 거리에 사람들이 몰려들기 시작했다. 순식간에 넓은 길을 가득 덮어버렸다. 그 자리에 서서 가만히 전방을 주시하는데 멀리서 까만 머리통들이 움직이며 이동하는 장면이 밀물처럼 밀려왔다. 황푸강 물결이 흔들렸다. 혜정과 배를 타고 강을 건넜다. 배 안에 생선비린내가 물씬 풍겼다. 돌아보니 관광객들과 현지인들이 뒤섞여 있고 어린 딸과 손을 잡고 서 있는 중년 여자가 생선이 담긴 비닐봉지를 들고 있었다. 그녀의 주변 사람들이 생선냄새를 피해 뒷걸음질을 하며 주춤주춤 다른 곳으로 피해갔다. 배의 엔진음이 시끄러웠다. 우리가 내린 곳은 강 건너 루이자이 거리에 있는 독일식 레스토랑이었다. 양배추 볶음과 다양한 독일식 소시지들이 넓은 접시에 담겨 나왔다. 올리브오일과 발사믹 식초가 뿌려진 샐러드를 곁들여 먹으며 숲 속에 위치한 레스토랑 실내를 휘둘러보았다.

"혜정아, 넌 괜찮니."

"아니, 안 괜찮아. 그나저나 너네는 상황이 어때."

혜정의 대답에 잠시 할 말을 잃고 그녀를 쳐다보았다. 의처증 남자를 만나 삼 년을 넘기지 못하고 이혼을 한 혜정은 한동안 만신창이가 된 몸을 추스르지 못해 힘겨워했다. 근무가 자유롭지 못하여 전화 통화로도 제대로 소통이 안 돼 내심 미안했는데 그녀가 솔직하게 자신을 드러내어 놀라면서도 반가웠다. 하동근과의 관계는 심각한 상황에 처했지만 그녀와 달리 솔직하게 말할 수 없었다. 그가 한국에 나왔다가 나에게 연락을 안하고 출국했다는 사실을 뒤늦게 알고 나서 혼란스러웠다. 그의 휴대폰이 통화가 안 된다며 회사 서무직원이 집으로 전화를 했을 때 나는 오후 근무를 위해 집에서 쉬고 있었다. 나는 그 사실을 모른 척했다. 아니 아는 척 할 수 없었다. 엄마랑 함께 살면서 그에게 미안함과 죄책감이 뒤범벅되어 혼란스러웠다.

"그이는 전화를 못 받나봐."

"사우디가 그렇지 뭐. 지난 번 부서 여자 상사와 같이 사우디에 갔다가 여자와는 상대를 안 한다며 회의장에 들여보내주지 않아서 여자상사는 그냥 돌아온 일도 있어. 오빠는 거하게 대접을 받고 왔다는데 사진 보니까 송아지와 어린 양고기구이가 통째로 상에 올랐더라."

혜정의 말은 금시초문이었다. 혜정과는 시시콜콜 일상을 나누는 사이인 그는 언젠가부터 나에게는 사무적인 어투로 덤덤하게 표현했다. 내 마음이 깊은 바다로 가라앉는 것 같았다. 그는 내가 상해에 있는 것을 잊어버린 걸까. 마음이 착잡해지며 어두워져 갔다.

— 오빠 언제와?

혜정의 문자에도 그는 답이 없었다. 우리는 다시 버스와 지하철을 갈아타고 혜정의 방으로 돌아왔다. 청과물상회에서 혜정은 해바라기 씨 두 봉지와 오렌지를 몇 개 샀다. 흰 오리는 대야 옆에서 서성거렸다. 맥주를 마시며 혜정이 어두운 창밖을 하염없이 내다보았다.

"난 그 인간을 내 인생에서 떼어내는데 너무나 많은 소모를 했나봐. 살던 집에서 몸만 빠져나오는데도 힘이 들더라. 오빠가 나서서 돈을 주고서야 겨우 자유로워졌는데, 그 후에도 내 주변을 어정거려서 환경을 바꾸고 싶었어. 우리 시는 일 년에 영어권과 중국어권 석사과정을 각각 한 명 씩 보내줘. 상해로 오니 지난 시간들이 내 인생 대부분을 점령한 것 같았어."

혜정의 고백을 들으며 그때 난 무얼 했는지 도무지 기억나지 않았다. 미안하다고 말할 수밖에 없었다. 맥주를 마시던 혜정이 먼저 잠들고 나는 잠이 오지 않아 뒤척였다. 그때 청과물상회의 흰 오리가 막막한 밤을 뚫고 어둠을 가로지르는 꿈을 꾼 듯했다. 가위를 찾아든 나는 겉옷을 걸쳐 입고 어두운 계단을 조심스럽게 내려왔다. 희미한 불빛이 골목을 비추고 무거운 침묵이 대기를 짓눌렀다. 어두운 밤 흰 오리가 가만히 서서 목을 길게 빼고 어딘가를 쳐다보았다. 가까이 다가가자 오리가 한 발짝 옆으로 비켜섰다.

"괜찮아, 가만히 있어."

나는 오리를 끌어안았다. 따뜻한 온기가 내 전신에 퍼져왔다. 오리는 눈알을 멀뚱거리며 무슨 상황인가 싶어 어리둥절해보였다. 가위로 다리에 묶인 붉은 실을 잘라주었다. 그날 밤 나는 흰 오리가 밤새 어두운 밤을 서성거리는 환영에 시달렸다.

다음날 토스트를 구워 커피를 마시고 밖으로 나왔다. 청과물상회 앞에서 잠시 발걸음을 멈추었다. 오리가 대야 옆에서 멀뚱멀뚱 사람들을 쳐다보며 서 있었다. 오리 다리를 감았던 붉은 실가닥이 흘러내려 너덜거렸다.

혜정이 한국인이면 꼭 가봐야 하는 곳이 있다고 했다. 우리는 홍구 공원을 돌아볼 예정이었다. 지하철을 타고 홍구 공원을 찾아가는 동안 혜정과 나는 말이 없었다. 윤봉길기념관에서 힘을 얻는다는 그의 흔적을 따라가 보고 싶었다. 골목을 걸어 나오는데 시끄러운 음악소리가 들렸다. 작은 공원 의자에 카세트 테잎을 틀어놓고 홀로 춤을 추는 여성이 있었다. 그녀는 괴성을 지르며 추임새를 넣었고 발길을 멈추고 우리는 그 광경을 바라보았다. 삼십대로 보이는 여자는 사람들이 보거나 말거나 자신만의 퍼포먼스를 하고 있었다. 그녀의 괴성을 들으며 우리는 마주보고 웃었다.

홍구 공원은 루쉰 공원으로 명칭이 바뀌어 있었다. 입구에서 중국인에게 표를 사서 공원을 한참 걸어 들어갔다. 사회운동가, 중국 근 · 현대문학의 개척자이며 사상가라고 루쉰에 대한 설명이 돌판에 새겨져 있었다. 저항정신으로 가득한 그의 저서가 워낙 알려지기도 했지만 그를 중국지도부가 추앙한다는 사실이 생경했다. 이층으로 된 윤봉길 의사 기념관은 한국인보다 중국 관광객이 더 많았다. 그들은 윤봉길을 보고 무엇을 느꼈을까. 가족을 남겨두고 기꺼이 자기 한 몸을 희생한 그의 젊음, 이목구비가 뚜렷한 생김새, 그의 행적보다 그의 젊음이 아깝다는 생각이 들었다. 사진과 신문으로 장식한 실내를 둘러보고 밖으로 나와 긴 나무 의자에 앉아있노라니 피곤이 몰려왔다.

사진을 몇 컷 찍었다. 한국인 관광객이 더러 눈에 뜨이긴 했으나 사위는 적막했다. 설명을 해주는 사람도 없고 그림자놀이를 하듯 기웃거렸다. 그 시대 역사현장이 남아 있다는 사실이 놀라울 뿐이었다. 윤봉길 의거 이후 임정 요인들은 여러 번 이사를 다녔고 마지막으로 충칭까지 진출했다. 기울어진 나라를 세워보겠다고 남의 나라에서 고군분투하던 외로운 영혼들을 떠올리는데 눈물이 났다. 그 순간 하동근이 겹쳐지며 괜스레 목이 메었다. 엄마와 하동근 사이에 낀 내 처지가 더욱 선연하게 다가왔다. 의자에 등을 기대며 무너져 내렸다. 혜정이 복잡한 표정으로 나를 건너다보았다. 꽉 막혀 있던 물줄기가 터지듯 내 안에서 물결파동이 일어났다. 주위를 아랑곳 않고 울었다. 혜정이 멀찍이 서서 담배를 피워 물었다. 한참 울고 나서 나는 천천히 일어났다.

오래 전 직장 동료 몇 명과 수덕사에 가면서 윤봉길 생가와 기념관을 들른 적이 있었다. 잘 꾸며진 기념관 주위에서 비껴나 외진 언덕에 윤의사의 부인 묘소가 있었는데 아마도 안내 표지판을 따라 걸었던 것 같다. 배용순 여사. 멀리 떠난 지아비 대신 아이들을 키우며 생계를 책임졌던 그녀의 인생은 얼마나 막막했을까. 여인의 삶은 기다림인지도 모른다. 밤이면 바느질을 하고 아이들에게는 아버지의 이야기를 들려주며 그 아이가 아버지가 되기를 바랐을 것이다. 아버지가 사냥에서 돌아오기만을 기다리던 고대 여인처럼 깊은 밤을 건넜을 것이다.

시끌시끌한 시장 근처에서 볶음밥을 사먹고 커피를 마시고 구두점으로 들어갔다. 혜정이 빨간 앵클부츠를 손에 들고 이리저리 만져보다가 신어보라고 내밀었다. 얼떨결에 혜정이 건넨 가죽구두를 신어보았다. 바닥이 납작했고 몇 가닥의 질긴 실로 테두리를 감침질한 구두였다. 내 의사는 묻지 않고 혜정이 계산을 끝냈는데 내 취향과는 안 맞는데도 묘하게 그 구두가 마음에 들었다. 혜정은 푸른 실크 스카프 두 장을 사서 한 장은 자기 목에 두르고 한 장은 나에게 내밀었다. 나는 스카프를 받아 가방에 넣었다.

그와 연락이 닿았다. 저녁에는 올 수 있다는 말에 나는 혜정을 쳐다보며 고개를 끄덕였다. 혜정에게 휴대

폰을 바꿔주고 바닥을 내려다보며 신발 끝으로 흙에 선긋기를 했다. 혜정과는 통화가 길어졌다. 그와 나는 부부사이인데 왜 혜정을 통해 계획을 들어야하고 혜정의 지시를 받아야 하는지 불편함이 몰려왔다.

"오빠가 우전으로 가 있으라 하네. 너도 좋아할 거야."

"거기가 어딘데."

"물의 도시."

"소주와 항주도 물의 도시던데. 우전은 어디쯤이야."

"소주와 항주 사이, 상해와 소주 사이에 있는 운하 마을이야."

나한테 직접 말해도 될 것을 왜 혜정에게 그 사실을 들어야 하는지 기분이 언짢았지만 뒤이어 혜정이 나만 데려다주고 자기는 일이 있어 동행하지 못한다고 말하는 바람에 감정을 꾹 눌러 삼켰다. 우리는 택시를 타고 청과물상회 앞에서 내렸다. 혜정이 해바라기 씨를 사러 가게 안으로 들어간 사이 나는 주위를 살폈다. 오리가 길가에 서성이며 서 있는 풍경은 지난밤과 똑같았다. 혜정은 함께 있는 동안 대화를 하면서 해바라기 씨를 까먹었는데 쟁반에 껍질이 수북했다. 비닐봉지에 껍질을 쓸어 담아 현관 앞에 내놓은 쓰레기봉지를 들고 방구석에 둔 배낭을 찾아 짊어졌다. 모래먼지 풀썩이는 계단을 내려오며 다시 한 번 손바닥만한 창으로 비치는 하늘을 내다보았다. 흰 오리는 여전히 청과물 상회 앞에서 서성거렸다. 다리에 묶인 줄이 끊어졌는데도 불구하고 오리는 그 자리에서 정어리와 청어 대가리를 받아먹으며 서성거리고 있었다.

운하 입구 호텔 프런트에 여권을 맡기고 나무배를 타고 수로를 따라 안으로 들어갔다. 예약된 호텔 방을 찾아 안내를 해주고 혜정은 돌아갔다. 이층 복도를 지나 벽이 막힌 곳에서 우측으로 꺾어 들어간 곳에 자리한 숙소는 화려하지도 소박하지도 않은, 관광지로서의 면모를 갖춘, 깔끔한 분위기였다.

"우리 오빠, 불쌍한 사람이야. 니가 이해해 줘."

혜정이 머뭇거리며 뭔가 할 말이 있는 듯 미적거렸다. 이젠 잊을 때도 되지 않았니. 항변하듯 혜정을 바라보았다.

"회사에서 캐나다에 연구센터를 세우는데 그곳 책임자로 오빠가 내정되어 있다나봐. 너두 준비해야 하지 않겠어."

그녀가 가볍게 포옹을 하고 등을 두드리며 힘내라고 말하고는 돌아서갔다. 혜정의 뒷모습을 바라보며 얼이 빠져 마지막으로 하동근을 만난 날 이해하지 못했던 그의 말을 상기했다. 나는 보여주고 말 거야. 그들에게 내 존재를…… 은정아, 너도 함께 할 거지? 그러리라 믿어. 상해가 아니라 캐나다와 싸워야 되다니. 어두워오는 저녁, 내 안에 서서히 밤이 들어앉기 시작했다.

— 저녁 먼저 먹어.

그의 문자를 확인하고 운하 건너편의 집들을 내다보았다. 이중으로 된 나무창을 열자 사람들이 떠드는 말소리가 들려왔다. 아래층에서 튀김 기름 냄새, 간장 냄새가 진하게 올라왔다. 운하를 오가는 나룻배와 수양버들이 늘어져 있는 게 가까이 보였다. 상점의 불빛이 수면에 비춰져서 몽롱한 환상을 불러일으켰다. 긴 운하를 따라가면 강에 닿을 것이었다. 여인들은 베를 짜서 옷감을 만들고 남자들은 농사를 지어 쌀을 배에 싣고 오고 갔을 물길이었다.

건너편 열린 창문으로 흑단 같은 머리를 틀어 올린 여자가 노래를 부르고 있었다. 노랫말은 알아들을 수 없었으나 애잔한 곡조에 나도 모르게 감정이 촉촉하게 젖어왔다. 여자의 목소리는 가늘고 고왔다. 누에고치가 실을 뽑아내듯이 길고 가는 목소리가 운하를 건너 나에게 왔다. 여자는 당송 시대의 옷을 입고 있었는데 연극을 하는 곳인지, 평범한 가정집인지는 분간이 가지 않았다. 치맛자락이 날리며 푸른 비단 옷자락이 스치는 소리가 서걱거리는 듯한 환각에 나는 눈을 비볐다. 다투는 소리가 들려 잠시 다른 곳을 보다가 다시 맞은편 창문을 바라보는데 여자는 사라지고 없었다.

헛것을 본 것인가. 여독이 채 풀리지 않아서일 거라고 스스로에게 변명을 해보았다.

좀 늦을 거야. 스마트폰에는 그의 메시지가 떠 있었다. 위챗으로 문자를 주고받다가도 끊어지거나 인터넷이 먹통인 적이 많았다. 아래층에는 식당 남자주인이 앞치마를 두르고 만두나 닭날개를 튀겨내느라 역한 기름 냄새가 떠다녔다. 운하를 따라 걸었다. 하나 둘 등불이 내걸리기 시작했다. 대문 앞에 내걸린 붉은 등에서 낯선 도시의 향수가 물큰 올라왔다. 한 줄에 세 개나 두 개씩 매달아놓은 붉은 등 아래 관광객들이 시끄럽게 떠들며 지나갔다. 바닥을 내려다보며 천천히 걸었다. 돌이 깔린 바닥은 반듯하고 정교해서 견고한 장인의 손길이 느껴졌다. 긴 물줄기를 따라 끝없이 걷다 보니 어느 골목에 들어와 있었다.

오렌지빛 하늘을 배경으로 펄럭이는 푸른 물결, 그건 실크였다. 허공 가득 쪽빛 천이 바람에 휘날렸다. 이불보 같은 쪽빛 천이 하늘을 가득 덮을 듯 날리는 정경은 다른 세계로 넘어온 환각을 불러 일으켰다. 염색을 하는 집이었다. 마당 한복판에 널린 평상과 집안 마루에도 색색의 천 조각이 굴러다니거나 차곡차곡 쌓여 있었다. 가방 안에 넣어둔 푸른 스카프가 생각났다. 나는 스카프를 꺼내어 목에 두르고 운하를 따라 계속 걸었다.

수로를 따라 형성된 마을의 골목을 걷다가 카페베네 커피점을 발견했다. 골목 끝에 자리한 정원 같은 곳이었다. 안으로 들어갔다. 우유가 듬뿍 들어간 바닐라 카페라떼를 한 잔 마셨다. 저녁 하늘이 붉게 타오르고 있었다. 어딜 가나 사람들이 많았다. 운하 양켠 고택 창문으로 원주민인 듯한 사람들이 무심한 듯 재봉틀을 돌리거나 만두를 빚거나 뜨개질을 하는 장면이 고스란히 시야에 들어왔다. 그들과 눈이 마주쳤는데도 그들은 눈 한 번 깜박이지 않고 무심했다. 좁은 통로에 기름 냄새가 떠다녔고 사람들이 이리저리 밀려다녔다.

따뜻하고 평지로 구성된 땅에 내리는 비는 마을의 구성원을 살찌우는 요소로 작용했을 것이다. 물고기가 자유롭게 노닐고 안방에서는 느긋하게 배를 내밀고 비단을 짜는 여인들의 노랫소리가 퍼져나갈 때 북경으로 향하거나 멀리 강을 따라 흔들리는 큰 배들은 더욱 기세좋게 물길을 헤쳤을 것이다. 온갖 색색의 비단으로 만든 기다란 스카프가 골목 상점 안에서 관광객의 시선을 잡아 끌 때 또 다른 골목에서는 역사박물관의 이름으로 1300년 전이나 고대 조상들의 삶이 전시되고 있었다. 농경시대를 상징하는 어마어마한 크기의 뒤주나 소여물을 먹이던 여물통, 옷가지를 넣어두던 여인들의 나비장, 화초장, 칠기장롱이 유폐된 시간으로부터 밝은 햇볕이 비치는 공간에 시간을 건너뛰어 전시

되고 있는 현상은 기묘한 느낌이었다. 유령과 마주한 기분이랄까. 다듬이돌 크기의 돌을 수백 수천 장 잇대어 깔아놓은 바닥을 밟으며 목재로 된 이층 건물이 나란히 자리한 골목을 걸어 나오니 과거의 미로에서 빠져나온 기분이었다. 혼자 운하마을 구석구석을 나돌아다녔다. 정작 그의 문자를 받고 보니 그곳을 빨리 벗어나고 싶었다. 늘어진 수양버들 가지를 헤치며 이층 숙소로 돌아오자 아래층에서 올라오는 고기냄새와 무쇠솥에서 기름이 달궈지는 소리와 사람들의 고함 소리에 아찔할 지경이었지만 관광지라 어쩔 수 없다고 체념했다.

상해로 떠나기 전, 그는 조금은 지쳐 있었다. 은정아, 세상이 만만치 않지? 넌 어떠니. 그의 말에 나는 말문이 막혔다. 그를 빤히 쳐다보다가 급기야 눈물이 나오려는 것을 눌러 참았다. 당신은 어때, 행복해? 그건 내가 묻고 싶은 말이었다. 어쩌면 그는 자신을 학대하고 있는지도 모른다. 그의 가슴 안에 단단하고 큰 옹이가 콱 박혀서인지도 모른다. 그는 그 옹이를 파낼 엄두도 못낸 채 치열하게 적응하려 애쓰는 것일 수도. 그는 상해 공장장이 자리를 비우면서 임시로 그의 업무까지 도맡아 했다. 과장이라는 직책에 비해 과도한 일이었음에도 불평 한 마디 없었다.

"부모님은 내가 집안을 일으켜 세워주길 바라셔."

"……."

"나를 통해 당신들의 결핍을 채우려하시지만 사실은 내 안에도 욕망이 있어."

그가 먼 곳을 바라보며 진지하게 말했다. 우리는 함께 하는 법을 잊어버렸는지 모른다. 그의 눈빛에 피곤이 가득했다. 그의 옆에서 남들처럼 소박한 꿈을 꾸고 싶었는데 그의 이상은 너무 멀어 아득해보였다.

저녁 해가 꼴딱 넘어가고 섬 입구가 닫혔다. 운하 양켠에 내걸린 등불이 수면을 비춰주어서 물결이 흔들릴 때마다 붉은색과 오렌지빛으로 흔들렸다. 야외 식당 식탁에 앉아 스테이크와 감자튀김, 샐러드와 커피를 시켰다. 옆 테이블에는 가족이 모여 앉아 식사가 끝나가는지 식탁에는 빈 접시가 흩어져 있고 어지러웠다. 두 팔을 들어 기지개를 켜던 중년 남자와 눈이 마주쳤다. 중국인으로 보이는 남자의 눈빛에는 나른한 포만감이 묻어 있었다. 남자가 어색하게 웃었다. 어색하게 웃던 중국인 남자처럼 나도 어색하게 웃었다.

추억을 생각하자 새삼스럽게 오래 전 유치원 시절의 꼬마가 떠올랐다. 곱슬머리 남자 아이와는 한동안 부모의 사업 파트너 관계로 자주 어울렸고 서로 왕래를 했고 가끔은 마당에서 바비큐 파티를 했으며 온천에도 가족여행을 함께 했다. 무슨 일인지 초등학교에 입학하면서 곱슬머리 꼬마 아이의 기억은 사라졌다. 곱슬머리 아이를 다시 만난 것은 역이민을 한 그의 부모로 인해 생겨났다. 다시 만난 곱슬머리 아이는 청년이 되었고 어린 시절의 모습을 찾을 수 없었지만 웃을 때 왼쪽 볼에 보조개가 생기는 것은 그대로였다.

캐나다에서 대학을 마친 그에게 한국인 친구들은 없었다. 그는 유치원 시절의 일을 전혀 기억 못했다. 기억하기 싫은지 외국 친구들과 적응하려 어린 시절을 유폐시켰는지 알 수 없지만 나와의 일들을 물어보면 어정쩡한 대답이 돌아왔다. 그를 다시 만났을 때 내 안에는 유치원 시절의 곱슬머리 꼬마가 있었고 그 기억을 떠올릴수록 따뜻함이 온몸을 휘감았다. 그가 자신의 이야기를 들려 줄 때 나는 그의 손을 꼭 잡아주었다.

"부모님이 일을 나가면 나는 혼자였어. 친구도 사귈 수 없었지. 혼자 텔레비전 만화를 보고 있으면 온통 외계어가 날아다녔어."

"고생했겠구나."

"고통이었지."

그가 한숨을 깊게 내쉬며 창밖을 내다볼 때 내 가슴속으로 서늘한 바람이 지나갔다. 그 느낌은 이제 추억은 사라졌다는 의미이기도 어쩌면 영영 그를 이해하지 못할지도 모른다는 불안이었다. 그의 부모님이 이민을 가고 아버지의 사업은 기울어졌다. 초등학교를 졸업할 무렵에는 완전히 기울어서 집을 옮겨가며 이사를 다녔다. 유치원 시절의 끈을 붙잡고 잠이 들 때가 있다. 아이가 태어났더라면. 가끔 아이의 부재가 아쉬웠다. 그와 나 사이에 아이는 좀처럼 들어서지 않았다. 그는 매번 늦게 들어왔고 혼자 저녁을 먹는 날들이 늘어났다. 시간은 가고 그와 나 사이에 깊은 정을 붙이기도 전에 해외지사로 발령이 났다. 그를 따라 가는 대신 나는 직장을 선택했다. 우리는 먼 친척처럼 어쩌다 보는 사이가 되어버렸다. 그가 먼저 자리 잡고 그 뒤에 합류하기로 했지만 나는 선뜻 직장에 휴직계를 내지 못했다. 겹쳐지는 사건과 스토리가 없는 관계는 서먹했다.

에어컨의 후드 돌아가는 소리가 시끄러웠다. 그와 함께 할 건지 아니면 단호한 결정을 내려야 할지 갈피를 못 잡았다. 그에게 기대어 어쩌면 한 생을 살아갈 수 있다고 믿었는지 모른다. 그가 내 유년을 부인하고 내 달콤한 추억을 외면하는 한 나는 그를 영영 이해하지 못할 것이다. 그의 가슴 안 깊은 동굴에 웅크린 옹이가 점점 더 단단하고 딱딱하게 굳어가는 것 같아 안타까웠다. 다시 만난 그와의 짧은 연애기간. 그를 기억하는 건 유치원 시절의 곱슬머리 꼬마였다.

"지겹지도 않니. 언제까지 유치원에 갇혀 살 거야!"

곱슬머리 꼬마아이를 기억하는 내 가슴에 서늘한 바람 한 줄기가 지나갔다. 카디건을 걸쳐 입고 숙소 밖으로 나오니 온통 음식이 익어가는 기름 냄새가 떠다녔다. 돌로 된 아치 형의 다리 위에 서서 잔잔히 흔들리는 물결을 바라다보았다. 어디인가로 흘러가는 물이 말없이 어둔 밤을 떠나가고 있었다. 작은 나룻배를 타고 밤새 운하를 따라 가면 세상 밖으로 열린 길이 나올 것만 같았다. 청과물상회 앞 흰 오리가 물결에 흔들리는 환상에 잠시 눈을 감았다 떴다. 이곳에 갇혀 있던 물이 조용히 흐르며 먼 길을 가는 바람처럼 그렇게 삶도 지나가는 것이리라. 건너편 음식점에서 관광객들이 환호성을 질렀고 휘파람소리가 들려왔다. 어딜 가나 관광객이 점령해서 정작 원주민의 삶이 보이지 않았다. 다리가 아파 의자에 앉아 쉬는데 어느 사이 관광객이 탔던 배도 사람들도 사라지고 없었다. 시계를 보니 문을 닫는 시간이 다 되어 있었다. 관리인도 상점의 점원도 사라진 마을에 물결이 찰랑이며 뭍을 때리는 소리만이 들려왔다. 멀리서 육중한 자물쇠문이 철컥 하고 닫히는 듯한 환청이 들렸다. 두려움이 몰려왔다. 의자에서 일어나 달리기 시작했다. 서늘한 바람이 머리칼을 스치며 어두워오는 나뭇가지에 스쳐갔다. 그는 언제 오는 걸까.

저녁이 완전히 저물었을 때 그에게 전화가 왔다. 그의 목소리에 반가움이 앞서며 가슴이 먹먹해졌다. 그가 정말 오늘은 어렵다며 이해해달라고 말하는데 그의 목소리 뒤로 여러 말들이 어우러져 시끄러웠다. 소음 때문에 잘 들리지 않았다. 그가 다시 연락하겠다며 전화는 끊어졌다. 내 안에 깊은 어둠이 몰려왔다. 그에게 전화를 했으나 중국어로 안내하는 여자의 목소리만 되풀이될 뿐이었다. 조금 후 다시 전화를 했으나 스마트폰은 통화 중이었다.

— 저녁에 갈게. 그가 보낸 문자와 예매해놓은 공연표를 물끄러미 내려다봤다. 공연시간이 다가오고 있었다. 푸른 스카프를 목에 두르고 숙소를 나섰다. 버드나무 가지가 늘어진 공연장 주위로 사람들이 몰려들고 있었다. 시끄러운 이국의 언어가 소리의 조각으로 파편처럼 귀에 들어와 박혔다. 물 위에는 사다리처럼 기다란 구조물이 얼기설기 교차되어 설치되어 있고 무대 위에는 분장을 한 배우들이 대기하고 있었다. 대형화면에는 영어와 한국어, 일본어 자막이 떴다. 공연 시작 전 배우들이 객석을 돌며 사람들에게 인사를 하고는 사라져갔다. 팸플릿을 나눠주며 활짝 미소를 짓던 여자는 낯이 익었다. 그녀가 날렵한 몸을 돌려 엉덩이를 흔들며 사라질 때에야 숙소 건너편에서 노래를 부르던 여인과 닮았다는 생각을 했다.

공연 내용은 송나라가 시대배경이었다. 평화로운 들판과 정겨운 집들이 모여 있는 마을, 아이들의 웃음소리…… 곧 이어 전쟁이 일어나고 싸우러 집을 떠난 남자들을 기다리며 여인들이 베를 짜는 풍경이 배우들과 배경화면을 통해 표현되는 장면이 나왔다. 산꼭대기에 설치한 도구를 이용하여 빛의 영상이 현란하게 허공을 채웠다. 여인들의 노래는 애달프면서도 힘이 있었다. 남자들은 사냥을 하듯이 전쟁을 하고 여인들은 그런 남자들을 기다리며 아이를 키우고 불씨를 지키며 보금자리를 꾸며 생존을 이어갔다. 남자들이 전쟁을 치르는 동안 여인들은 굶주림과 병마와 짐승들의 공격으로부터 살아남기 위해 전력을 기울였다. 여인들은 호수에서 잡은 물고기를 훈제하거나 염장을 하여 말리고 가끔은 언덕에 올라 먼 지평선을 바라보았다. 말발굽 소리 들려오고 지평선에 먼지가 자욱하면 전쟁에서 남자가 돌아올 것이었다. 먼지가 일어나는 환각에서 깨어난 여자는 슬픈 표정으로 보채는 아이들을 떠올리며 이슬에 젖은 풀잎을 밟았다.

공연이 끝나고 구운 옥수수와 기름에 튀긴 떡과 아이스크림을 파는 포장마차 앞에 사람들이 모여서서 흥겨운 시간을 보내고 있었다. 몇 무더기씩 모여 떠들고 먹고 마시며 그들은 쉽게 헤어지지 못했다. 희미한 전구가 불을 밝힌 가로등 길에 버드나무가 길게 늘어져 어두운 밤길을 인도했다. 운하를 따라 걸어 숙소로 돌아오니 아래층 식당이 잠잠했다. 모두가 잠든 밤, 공기 중에는 찌든 기름 냄새가 떠다녔다. 아이는 여인을 옮

아매는 올가미이면서 동시에 희망이었다. 아이가 있었다면 그를 기다렸을까. 남편을 대신하여 집을 지키고 아이들을 키운 윤봉길 의사의 부인 배용순 여사의 생은 막막함이었을 것이다.

시끄러운 소리에 일어났더니 아침을 먹으려는 관광객들로 주위가 소란스러웠다. 밤새 잠을 설쳐서 머리가 띵 하고 아팠다. 몽롱한 정신으로 짐을 쌌다. 배낭에 옷가지와 화장품, 세면도구를 담았다. 혜정이 데리러 오겠다고 연락이 왔다. 대기하고 있던 작은 배에 올라타니 늙은 사공이 노래를 불렀다. 나룻배를 젓는 사공의 손에 힘이 들어갔다. 삐걱거리는 손잡이의 불협화음이 허공을 가르며 퍼져나갔다.

규슈의 밤

삼월의 기타규슈는 두 개의 계절을 나눠가진 듯했다. 벚꽃이 흩날리는 거리의 밝은 볕과 호텔 객실의 냉기는 양달과 응달이 교대로 몸을 바꾸는 듯했다. 지난밤 추워서 웅크리고 잤더니 온 몸이 무거웠다. 아스피린 두 알을 먹고 다시 침대에 드러누웠다. 추위를 유난히 타던 아내, 박민주가 떠올랐다. 아직도 그녀를 아내라고 부르는 내가 이상한 건지 모르겠다. 나를 떠난 여자, 과거의 여자가 되어버린 박민주를 아내라고 지칭할 때면 마치 현실 속의 부부처럼 착각이 드니 말이다.

원래대로라면 아침에 우치다 아키라 교수를 만나 호텔 식당에서 아침을 먹고 관광지를 둘러볼 계획이었다. 아키라 교수는 지난 밤 자정이 다되어서야 전화를 하고는 미안하다고 급한 일정이 생겨서 동행하지 못하게 됐다고 거듭 사과했다. 괜찮다고 사람이 하는 일인데 그럴 수 있다고 해도 그는 거듭 미안하다고 몇 번이고 말했다. 아키라 교수는 규슈 시립대학에 근무하며 L시와의 연구 교류를 위해 애쓰는 일원 중의 한 사람이었다. L시와 기타큐슈와의 자매 도시 결연 후 청소년 홈스테이, 역사 연구, 공동 마라톤 대회를 개최하며 성과를 이루었기에 L시는 아키라에게 감사패를 수여했고 이번에 그 일로 내가 온 거였다. 아키라 교수에게 감사패와 시장의 선물을 증정하고 다음날 약속을 잡았는데 그런 일이 벌어진 거라서 덩그러니 외딴 도시에 혼자가 되어버렸다.

다음날 늦은 점심을 먹으려고 외출준비를 하는데 프런트에서 손님이 찾아왔다고 연락이 왔다. 약속이 된 것도 아니고 아키라가 다시 시간을 잡은 것도 아닐 테고 의아한 심경으로 서둘러 씻었다. 욕실은 좁고 협소했다. 욕조를 놓을 때 기술자가 쭈그리고 앉아 엄청 고생했겠다는 엉뚱한 상상이 들었다. 순간 일본에서 시작된 분재나 꽃꽂이 같은 문화가 언뜻 떠오르며 손재주는 한국인인데 이들도 섬세한 기술을 가졌다는 데에 생각이 미쳤다.

프런트 데스크로 다가가 객실 번호를 대며 주위를 둘러보는데 구석진 자리 가죽소파에서 일어서는 여성이 보였다. 직감적으로 그녀가 아키라가 보낸 손님일 거라는 확신이 섰다. 로비 한가운데에는 커다란 항아리에 다양한 색상의 풍성한 꽃이 담겨져 있는데 호텔의 모든 그림과 장식을 압도하는 듯한 꽃무더기여서 사람이든 물건이든 조금은 시시하게 보이는 효과를 보였다. 아이보리 원피스에 검정자켓을 입은 그녀가 꽃에 가려져 더욱 왜소하고 가냘프게 보였다. 왠지 안쓰러움을 자극하는 분위기였다.

"안녕하세요, 마사코입니다. 아키라 교수가 보내서 왔어요."

그녀는 자그마한 키에 신중한 태도로 인사를 하며 악센트가 엉망인 영어를 썼다. 나는 한국말로 김선호라고 말했다. 물론 서툴게나마 일본어를 쓰고 말할 줄 알지만 그렇다고 영어를 쓰고 싶지는 않았다. 각자 자기 나라 말을 두고 제 삼국의 말을 쓴다는 게 내키지 않아서였다. 신기하게도 마사코는 내 말을 알아들은 듯했다. 마사코와 나는 잠시 서로를 쳐다보며 어디부터 갈지 망설였다. 나는 길거리 음식을 맛보고 싶었다. 호텔 문을 나서자 마사코가 조심스레 뒤따라 왔다. 투명한 하늘과 햇볕에 눈이 부셨다. 어둠침침한 실내에서 밖으로 나오니 봄이 깊어진 것 같았다. 자동차가 달리는 길 옆 포장마차에서 밀가루 반죽에 문어를 넣어 동그랗게 구운 다코야끼를 팔고 있었다. 마사코가 내 마음을 읽었는지 가라토 시장에 가면 다양한 먹거리가 있다고, 관광객뿐만 아니라 내국인들도 많이 찾아오는 곳이라고 말했다. 마사코 말에 고개를 끄덕이며 나는 택시를 잡았다. 복잡한 도심을 지나 한적한 해안을 따라 달리는 차창 밖으로 푸른 바다가 햇빛을 받아 반짝였다. 긴 아치형의 다리가 바다를 가로질러 서 있는 게 인상적이어서 눈을 떼지 못했다. 시모노세키 다리였다. 목적지에 도착하기 전 택시를 세웠다. 조금 걷고 싶었다. 걷다보니 조선통신사의 흔적이 담긴 작은 공원을 만났다. 공원에는 동백나무가 몇 그루 서 있고 붉은 동백이 피어 있으며 널찍한 돌에 조선통신사가 내린 곳이라는 글자가 선명하게 새겨져 있었다. 담배 한 대를 피우며 먼 바다를 바라보는데 만감이 교차했다. 조선통신사가 이 길을 오갔나 싶어 가슴이 뭉클했다. 담배를 다 피우고도 한참을 공원에서 서성거렸다. 마사코는 조용히 기다려주었다. 자기를 소개할 때 외에는 통 말이 없었다.

시장 입구에는 가라토 시장이라고 쓰인 간판이 허공에 걸려 있고 사람들이 분주하게 오갔다. 시장 안으로 선뜻 들어가지 못하고 밖에 서 있는데 멀리 시모노세키 다리가 바다를 가로질러 날렵하게 서 있는 게 눈에 들어왔다. 햇볕에 반사된 바다 물결이 심하게 빛을 산란해서 눈이 부셨다. 방파제를 시멘트벽으로 막아 길을 낸 건너편에서 마사코가 어디인가를 바라보며 조용히 서 있었다. 마사코를 따라 시장 안으로 들어갔다.

긴 통로 양켠에 소래포구 어시장 같은 공간이 펼쳐져 있고 매장마다 사람들이 줄을 서 있거나 기웃거리고 다녔다. 매대에는 유리관 안에 활어로 만든 초밥이 가지런히 진열돼 있고 빵이나 만두, 구운 과자를 파는 곳도 있었다. 사람들이 각자 골라 담은 초밥을 작은 쟁반에 들고 아무 곳이나 빈 공간에 주저앉아 먹었다. 의자가 없어서 서서 먹는 사람들이 많았는데 그들은 그 불편함마저도 즐기는 듯했다. 그들 문화에서는 그런 불편이 하등 이상할 것도 신기할 것도 없어보였다. 문어, 광어, 새우, 농어를 얹은 초밥을 골라 계산을 끝내고는 자리를 찾아 여기저기 기웃거렸다. 중년 부인들과 할머니들이 모여 앉은 귀퉁이에 상자 두 개가 있어서 그곳에 앉으려 했더니 수더분하게 생긴 늙은 여자가 손사래를 하며 앉으면 안 된다고 절박하게 말했다. 깜짝 놀라서 주위를 돌아보니 그들 모두 바닥에 주저앉아 상자를 식탁 삼아 음식을 먹고 있었다. 상자는 식탁으로 이용되는 것인데 내가 앉으려하자 기겁을 한 거였다. 미안하다고 말하고는 초밥을 빈 상자에 올리고 마사코를 불렀다. 마사코는 구석에 서서 초밥을 먹고 있다. 식감이 쫄깃하고 신선했다. 신선함을 찾아 사람들이 끊임없이 몰려드는 것 같았다.

포만감이 찾아오자 졸음이 몰려왔다. 좀 걸어야겠다고 말하자 마사코가 안내를 한 곳이 춘범루였다. 안으로 들어가자 기다란 탁자를 가운데 두고 마주 앉은 청일 대표 교섭단의 모형 인형이 의자에 나란히 앉아 있다. 청일전쟁에서 패배한 중국은 이홍장을 전권대사로 임명하여 시모노세키 조약을 맺었다. 두 나라의 조약에 왜 조선이 가장 먼저 거명되어야 하는지 역사에 문외한인 나도 가슴이 답답했다. 시모노세키조약 제 1조는 중국은 조선의 완전무결한 자주독립국임을 확인한다, 였다. 한 왕조가 기울어질 때 그 왕조를 일으켜 세우려 만국박람회에 조선이 독립국임을 알리려 했던 일이나 중립국을 선포하려한 일이나 지나간 일로 덮어버리기에는 너무나 안타까운 역사가 아니던가. 청나라에 의해 조선이 독립국임을 확인한 후 이제 조선은 일본이 마음대로 해도 되는 나라가 된 것이다. 세상이 바뀌어 두 도시 간에 자매결연을 맺고 교류를 하고 일본인의 안내를 받으며 역사의 현장을 답사하는 내 마음은 복잡해졌다. 그 모든 일들을 잊고 살았다는 생각에 마음이 답답했다.

남경의 난징대학살을 자행한 일본을 두고 중국은 '용서는 하되 잊지는 말자' 라는 구절을 남경학살기념관 입구에 써놓고 그들의 국민들에게 교육을 시켰다. 또한 그들은 후손들이 그 일을 잊지 않기를 바라는 마음에 자국민에게는 관람료를 무료로 했다. 기념관 마당에 세워진 구절이 지금도 기억에 선명하게 남아 있다. 전쟁에서 이긴 일본은 청나라 협상단을 의식해서 인지 붉은 비로드 천을 씌운 의자를 회담장에 배치했다. 동백꽃잎 보다 붉은 비로드 의자가 대여섯 개씩 양쪽에 나란히 도열한 장면은 과거의 사건이 아니라 현재에도 진행형임을 알려주는 듯했다. 마사코는 화장실에 갔는지 보이지 않았다. 유리문을 투과해 들어오는 봄볕의 나른함과 시모노세키조약의 현장을 둘러보느라 피로감이 쌓였는지 눈이 자꾸 감겼다. 빈 의자에 앉아 졸다가 잠이 들었다.

발자국소리에 깨어나니 마사코가 근심스러운 표정으로 들여다본다.

"어디가 아프세요."

마사코의 한국말에 정신이 들며 의자에서 일어났다. 마사코가 미소를 띠며 외할아버지가 한국인이라고, 후쿠오카에 살다가 대지진 때 이곳으로 왔다고 했다.

"처음부터 한국말을 쓰시지 그랬어요."

"김 선생님이 어떤 분인 줄 몰라서……."

"지금은 어떤 사람인지 알아서요?"

마사코가 가벼운 미소를 지으며 말꼬리를 흐렸다. 나도 더 이상 곤란한 질문은 하지 않기로 했다. 그녀는 뭔가 할 말이 있는 듯 하다가 입을 다물었다. 근처에 스타벅스 커피숍이 있고 그 옆에 맥도날드가 노랗고 선명한 로고를 건물 옥상에 내걸고 있어서 이제는 다

국적이라는 말이 실감났다. 스타벅스에 들어가 바다가 보이는 이층 창가에 앉아 아메리카노를 시켰다. 나는 역사 유적보다도 그녀의 가족사가 궁금했다. 그녀는 역사학을 전공하고 가이드 일을 하며 박사과정을 하는 학생이었다. 아키라 교수는 역사모임을 이끄는 대표라고 했다.

"한국인들은 역사 현장을 보여주면 흥분해서 언성을 높여요. 분노하고 화를 내고 그러다가 배고프다고 밥 먹으러 가자고 닦달을 해요. 당황스러워요."

"외세의 침탈을 겪으며 유전자 속에 울분이 응축되어 그런다고 쳐요."

마사코가 웃었다. 한국인의 DNA가 중국보다 일본인과 더 많이 근접하다는 글을 본 적이 있다. 백제 유민이 대거 일본으로 건너간 것만 보아도 그렇고 심지어 일본을 세운 사람이 한국인이란 설도 있으니 이래저래 일본과는 엮일 운명인가 보았다.

"저 바다를 건너 왕래했던 조선통신사들은 어떤 심경이었을까요."

"그때는 대대적인 환영을 받았어요. 문화대국에서 온 선비들이라고, 이곳에서 오사카를 거쳐 도쿄로 이동할 때면 숙소에 묵을 때마다 지역 귀족들이 푸짐한 대접을 하고 시 한 수 얻어가는 걸 영광으로 알았죠."

"그런 시대가 있었군요."

"그 시대에는 중국과 한반도를 거쳐 일본으로 문화가 유입될 때였으니까요."

역사학도답게 마사코는 막힘이 없었다. 시모노세키 바다는 푸른 물감을 뿌려놓은 듯 투명하고 밝았다. 그 바다를 바라보며 마사코의 가족사를 들었다.

"외할아버지는 고기를 잡는 어부였어요. 후쿠오카 앞바다는 물고기가 많이 잡혔어요. 외할아버지는 후쿠오카 바다에 애착이 많았지요. 지진으로 살던 터를 떠나온 후에는 몹시 힘들어했어요. 규슈로 올 때만 해도 금방 돌아갈 줄 알았는데 일 년이 지나고 이 년이 지나고 십 년이 가까워지도록 그리던 바다를 갈 수 없게 되자 외할아버지는 시름시름 앓다가 돌아가셨어요."

"그런 일이 있었군요."

마사코의 집안 내력을 들으며 그녀에 대해 좀 더 알고 싶은 속내가 꿈틀거렸다. 내친 김에 가족 이야기를 더 듣고 싶었다. 물끄러미 바라보는 내 마음을 읽었는지 마사코가 다시 가족 이야기를 했다.

"외할아버지는 후쿠오카 바다마을에서 첫 딸을 얻었는데 제 어머니였어요."

"추억이 많은 곳이군요."

"그럼요. 외할아버지는 죽기 전까지 물고기를 잡던 바다를 그리워했으니까요."

"……."

"제가 그때 여고생이었는데 교복을 입은 채로 기차를 타고 삼 일인가 걸려서 이곳에 도착했어요. 매일 바다에 나가 멀리 떠나온 곳을 바라보는 외할아버지로 인해 어머니가 힘들어 했죠."

마사코는 담담하게 말했다. 그순간 남쪽바다가 그리워요, 하던 박민주를 떠올렸다. 박민주는 바다에서 한 철을 보내지 않으면 몸살이 날 것처럼 시름시름 앓았다. 어린 날 그녀가 집을 나간 어머니 대신 너른 바다에 기대어 살아온 것을 생각하면 이해못할 상황이 아니나 어떻게 바다가 그녀에게 위안이 되었는지 구체적으로는 몰랐다. 골짜기 출신인 내가 봄볕에 푸릇푸릇 순을 틔운 여린 잎사귀의 향내에 익숙하듯 그녀도 바다의 갯냄새, 소라, 고둥, 미역, 우뭇가사리로 만든 반찬을 좋아했다. 바다와 골짜기 태생인 박민주와 나 사이에는 넘어서지 못할 간극이 있었다. 돌아보면 부부싸움의 근원이 되는 그 경계야말로 서로를 넘어서지 못하는 자기만의 세계였다. 마사코가 평생 물고기를 잡던 바다를 그리워한 외할아버지 이야기를 할 때 나는 아내 박민주와의 추억에 젖어 있었다. 헤어진 사이이지만 좋은 시절도 있었다.

마사코는 온 김에 고성을 둘러보라고 권했고 커피숍에서 나와 거리로 나오니 마라톤대회가 열렸는지 교통통제가 이루어지고 있었다. 한 쪽 도로를 막아서 마라톤 행렬이 지나가게 교통순경이 안내를 했는데 가로수 벚나무 사이에 -벚꽃 마라톤 대회- 현수막이 펄럭였다. 마라톤 복장을 한 선수들은 몇몇 되지 않았고 평상복 차림의 일반인, 그 중에서도 여성들이 눈에 띄었는데 특별히 갖춰 입지 않고 가볍게 놀이하듯 뛰는 그들이 흥겨워 보여 역사문제로 가라앉아 있던 내 기분이 밝아졌다.

구마모토로 가는 신칸센은 자유석을 끊었는데 다행이 좌석이 있어서 마사코와 나란히 앉아 창밖을 내다보며 갈 수 있었다. 피곤이 몰려와서 잠깐 졸았나 싶은데 도착했다고 마사코가 작은 소리로 깨웠다. 기차에서 내려 트램을 타고 오 리 정도 되는 거리를 갔다. 거리에는 벚꽃이 떨어져 내렸다. 눈송이가 날리는 듯했다. 검은 자켓을 걸친 마사코의 어깨와 머리카락에 벚꽃이 들러붙었다. 그녀의 머리카락과 옷자락에 붙은 꽃잎을 떼어내 주고 싶은 충동을 억눌렀다. 내 옷자락에 붙은 꽃잎을 하나씩 떼어내며 걷다보니 공원 입구에 다다랐다. 경사면 입구에 가토 기요마사의 동상이 서 있었다. 비로소 그의 영지에 들어섰음을 실감했다. 임진왜란 때 높고 뾰족한 철투구를 써서 키가 커보였다는 그는 일본의 영웅으로 추앙 받으며 후대에 이름을 날리고 있었다. 청동 철모를 쓴 그의 동상을 물끄러미 바라보며 감회에 젖었다. 조선인에게 행한 야만적인 그의 행적들, 임산부나 어린아이의 코까지 베어 소금에 절인 후 일본으로 실어 나른 유례없는 잔혹함, 역사에 버젓이 살아남은 그를 보면서 내내 착잡했다. 앞서 가던 마사코가 말없이 조용히 기다리고 있음에도 모른 척하고 가토 기요마사의 동상에 대해 질문을 던졌다.

"당신은 불교신자가 아닌가. 조선민중에 저지른 잔혹함과 야만성을 당신이 믿는 교리 대로라면 지금쯤 지옥도를 헤매어 다녀야 맞는 것 아닌가. 죽어 한 줌의 흙이 될 것을. 어찌 그리 하셨소."

가토 기요마사 동상은 대답없이 차가운 냉기를 뿜어내며 관광객의 인파에 둘러 싸였다. 날씨는 화창했다. 벚꽃이 흩날리는 성안에는 관광버스에서 내린 단체 사람들이 사진을 찍거나 무리를 지어 다니며 떠들어대느라 시끄러웠다. 한국말이 여기저기서 들려왔다. 중국인 단체관광객들도 시끄럽긴 마찬가지였다. 성 입구 표지판에는 한자와 한글로 된 안내문이 있었다. 성벽은 견고했다. 크고 작은 돌로 만들었음에도 틈새 하나 벌어지지 않은 석축을 쌓은 솜씨가 난공불락의 요새라는 것을 보여주었다. 전쟁에서 패한 가토 기요마사는 울산 왜성을 쌓은 경험을 살려 7년에 걸친 성을 지었다. 그를 따라 간 조선인 기술자들이 합류하여 쌓은 석축은 기시감이 들었다. 삼국시대부터 성 쌓기와 다리

놓기, 토목공사 기술이 뛰어난 우리 민족의 특징이 그 안에 있었기에 그런 느낌이 들었는지도 모르겠다. 시오리나 되는 성 둘레에는 해자가 있었고 사람들은 멋있다고 찬탄을 했다. 중국인 한국인 일본인 관광객이 뒤섞여 성 구석구석을 기웃거렸다. 무얼 보겠다는 것인지, 갑자기 맥이 빠졌다. 우물이 보이는 뒤뜰에 주저앉아 주위를 휘둘러보니 사백여 년을 살아낸 은행나무가 가지를 드리운 채 막 연두색 순을 밀어올리고 있었다. 명나라와 조선병사와 일본 침략군이 한반도에서 맞닥뜨렸던 사건을 떠올리면 격세지감을 느꼈다. 사백여 년 전에도 동북아 세 나라는 죽고 죽이며 맞닥뜨렸는데 지금은 역사의 인물이 펼쳐놓은 마당에 그 후손들이 모여 든 것이었다. 문득 마사코의 심경이 궁금했다. 그녀는 일본에서 살아가는 한국인이 아닌가. 엄밀히 따지면 한국인의 피가 섞인 일본인이라고 해야 맞겠다.

"피곤하신가 봐요."

"성을 둘러보는 게 무슨 의미가 있을까 싶어서 그럽니다."

"알아야 하지 않겠어요."

"무얼?"

"지나간 역사에 대해."

"역사도 왜곡하는 놈들 아닙니까."

"그럴수록 치열하게 보고 기록을 남기고 후대에 가르치고 해야죠."

마사코를 쳐다보자 그녀는 덤덤했다. 사람들이 무리를 짓거나 혹은 두세 명씩 끼리끼리 개미처럼 흩어져서 돌아다녔다. 어딜 가나 유적지에는 한글 안내판과 영어와 한자가 있었다. 루브르 박물관에서 이어폰으로 한국어 안내방송을 듣던 생경함이 떠올랐다. 묘한 기분이었다. 상점 주인들은 친절했으며 그들의 조상이 무슨 일을 벌였는지 기억하는 이는 없었다. 마사코의 말이 맞을지도 모른다. 담배 한 대를 피우는 동안 마사코가 우물에 대해 설명해준다. 임진왜란 당시 울산 왜성을 쌓아 거점을 확보한 가토 기요마사가 간과한 것은 식량과 물이었다. 명과 조선군의 포위망에 갇혀 꼼짝 할 수 없는 상황에서 가토 기요마사의 군대는 굶주림과 목마름에 시달리며 전의를 상실했고 말을 죽여 피를 마시며 겨우 버텨냈다. 구마모토성에 우물이 많은 것은 그때의 트라우마가 작용한 것일 수도 있다. 조선과 명나라와의 싸움뿐만이 아니라 일본 내 번주들과의 싸움에 대비하려 토목공사를 벌인 가토 기요마사는 튼튼한 요새를 만들어 그만의 영지를 다스리고 싶어 했다. 전쟁을 일으킨 토요토미 히데요시가 죽어버린 상황에서 이제 그들만의 내전이 기다리고 있었다. 치열한 권력투쟁과 전쟁과 번주들과의 싸움에서 살아남은 그도 이제는 한 줌 먼지가 되어 잠들어 있었다. 고통은 살아있는 자의 몫이다. 사무라이 무사 복장을 입은 남자가 지루한 듯 하품을 하다가 사진을 찍자고 다가오는 여성에게 의무적인 웃음을 지어보이는 풍경이 나른한 봄날의 무대 같았다.

담배를 두 개비 째 피우다가 마사코를 돌아보며 미안한 마음이 들었다. 담배 케이스를 내밀자 그녀가 고개를 흔든다. 담배는 모종의 도피처였다. 누굴 만나거나 곤란한 대답을 할 경우 나는 습관적으로 담배를 피워 물었다. 몇 분 동안의 고요와 휴식, 그 몇 분이면 복잡한 실타래가 의외로 풀렸다. 담배꽁초를 바닥에 던지고 구둣발로 문지르고는 일어났다.

"갑시다. 성 내부는 봐야하지 않겠어요."

마사코의 표정이 밝아졌다. 돌아서는 그녀의 왜소한 몸집이 지쳐보였다. 돌려보낼 걸 그랬다는 후회가 밀려왔다. 아키라 교수의 호의를 무시할 수가 없어서 마사코와 동행을 허락했지만 꽉 끼는 옷처럼 어딘가 부자유하고 불편함이 언젠가부터 나를 짓눌렀다. 혼자 다닐 걸 그랬나, 나는 복잡한 심경을 애써 지워버렸다. 마사코가 있음으로써 불필요한 시간낭비가 없다는 사실만으로도 감사할 일이었다.

높고 견고하고 위압적인 외관과 허접한 실내가 대비되어 순간 허전함이 몰려왔다. 무얼 보여주려고 줄을 세우고 짝퉁 사무라이가 분위기를 잡고 장황한 설명을 해봤는지 맥이 빠졌다. 다다미방과 가토 기요마사의 단출한 기념품이 전시된 공간과 마루바닥과 차방은 허망할 정도로 무의미했다. 잔뜩 기대를 했다가 실망한 내 표정을 보고 마사코가 이해한다는 듯 엷은 미소를 지었다.

"무얼 기대하셨어요."

"글쎄요."

대답할 말이 생각나지 않았다. 도대체 무얼 기대하고 왔는지 도통 모르겠다. 뭔가 꽉 찬 계획표처럼 많은 볼거리를 기대했나 보았다. 배우들이 가면을 쓰고 공연을 하는 극이 끝나 사람들이 무대가 있는 방에서 나오고 있었다.

"가토 기요마사는 조선에서 온갖 고초를 겪었어요. 함경도로 북진하여 여진족에게 패했고 울산성에서는 굶주림과 목마름으로 힘들었죠. 이순신이 바다를 장악하자 발이 묶여 퇴각로를 확보하지 못하다가 겨우 명나라 원병이 길을 뚫어주어서 도망쳤는데 귀국해서는 주군의 사망 소식을 듣죠. 위로는커녕 잊혀질 위기에 처하자 도쿠가와 이에야스에게 붙어버린 인물이죠."

"도요토미 히데요시의 전쟁몰이에 맹목적인 충성심이 낳은 비극이죠."

"고작 마흔아홉을 살다 가려고 그런 일을 벌이다

니…… 업보입니다."

마사코와 이야기를 나누면서 동양의 업 사상을 믿고 싶어졌다. 삼 년 전 규슈 여름축제에 초대받아 관계자들과 왔을 때는 자매결연 삼십 주 년이 되는 해였다. 여러 부서를 거쳤는데 십 년 주기로 기타큐슈와 인연이 되는 게 기이했다. J시에 파견 나온 테츠야가 여름축제 관계자로 안내를 친절히 해준 게 인상에 남아 있다. 그러고보니 그때 칭다오에서 파견 나온 창이라는 친구도 축제에서 안내를 맡고 있었다. 공교롭게도 삼국 공무원이 모여 축제를 도운 셈이었다. 자매결연도시로 처음 일본에 왔을 때만 하여도 이렇게 긴 시간-30년이라는- 교류를 했다는 게 믿어지지 않았다. 독도 영유권이나 위안부 문제가 몇 번의 파도를 타며 지나간 후였는데 수많은 파고를 헤치며 여기까지 왔다는 것이 기적 같았다. 일본과의 교류는 가까워졌다가 멀어졌다가 하며 지지부진인 경우가 대다수인데 규슈 공무원들과의 만남에서 그런 기류는 찾아볼 수 없었다. 오히려 내가 만난 공무원이나 과자집 주인은 한국의 드라마 이야기를 끄집어내어 분위기를 띄웠다. 가상의 이야기는 두 나라 국민 사이에 아무런 위해가 되지 않았다. 초밥집에서 사케를 마시며 테츠야에게 조심스레 물어본 적이 있었다. 그때 일본 총리가 정초에 신사참배를 해서 한국의 언론이 시끄러웠고 한국정부에서는 일본대사 초치를 하며 감정의 골이 깊어지던 때였다.

"관심없어요. 내 삶에 중요하지 않잖아요."

테츠야의 덤덤하고 아무렇지 않은 태도에서 깨달았다. 양국 문제는 정치인의 게임이란 것을. 자국내에서 인기가 떨어지거나 선거를 유리하게 치르려 할 때마다 되풀이 되는 고전적인 수법이 아직도 통한다는 게 놀랄 일이지만 말이다. 부서가 바뀌고 나서 두 번인가 규슈에 출장을 왔다. 기타큐슈 시 자연사시립박물관에서 J시의 근대 개항 자료전시회를 여는 문제를 협의하기 위해서였다. J시에서는 기타큐슈 시 백 년의 발자취를 J시 시립박물관에서 교차 진행하던 때였다. 판화, 사진전 위주로 전시를 하는데 두 도시 모두 항구라는 특징이 있어서 교감하기가 쉬웠다. 나를 위시하여 실무담당자 직원 한 명을 데리고 왔는데 시민회관에서의 만찬이 인상 깊었다. 시장과 시의회 의장이 연단에서 축사를 하는 동안 넓은 홀에는 사람들이 가득 찼다. 둥근 식탁에는 초밥, 김밥, 고구마튀김과 야채 튀김, 만두, 초장, 와사비를 올린 간장과 구운과자, 바나나와 오렌지, 수박 같은 먹거리가 차려졌는데 긴 축사에도 아무도 음식에 손을 대지 않았다. 캔맥주나 포도주, 샴페인, 콜라 같은 음료가 있었고 지역 명사들이 축사를 하는 동안에도 음료를 마시거나 음식에 손을 대는 사람이 없었다. 인사말이 끝나기 전에도 시장이나 의장이 말할 때 박수가 터져 나왔다. 모든 초청 인사에게 주는 박수 세례는 요란했다. 초밥을 한 점 입에 넣고 싶어도 눈치가 보였다. 축사와 인사만으로도 한 시간이 지나갔다. 마지막으로 연단에 내가 불려 나가 짧은 인사말을 하자 우레와 같은 박수소리가 터져 나왔다. 삼층짜리 케이크를 절단하는 것으로 기념식은 끝났다. 테츠야가 케익 조각을 접시에 담아 갖다 주고 시의회 의장과 시의원이 내 자리에 와서 음료를 따라주고는 옆 좌석으로 갔다. 그 자리에 칭다오에서 온 창이 있었다. 그는 눈이 크고 서글서글한 인상이었는데 테츠야를 따라다니며 음식을 나른다거나 음악 시디를 갈아 넣는다거나 음료수 병을 갖다 주며 일을 했다. 사백여 년 전 조선 땅에서 조선군과 명나라, 일본이 싸운 일쯤은 지나간 과거로 잊어버린 듯 이날 삼국 공무원들 사이에 역사 논쟁은 없었다. 물론 아무도 그 문제를 끄집어내어 거론하지 않았다. 술자리에서 조심스럽게 물었을 때 테츠야는 내 질문을 피해갔다.

"도요토미 히데요시 후손에 대해서는 알려진 게 있나요."

"아들이 없어서 후계구도가 불안했죠."

"후손이 잘 돼는 게 이상한 거죠."

뼈아픈 농담을 하고 나서 잠깐 후회했다. 마사코가 심각한 얼굴로 쳐다보고는 시선을 돌려버렸기 때문에 그녀가 불편해한다고 느꼈다. 외할아버지가 한국인이라고 잠깐 방심한 건지도 몰랐다. 마사코는 어쨌거나 일본인이고 일본인의 피가 흐르지 않던가.

“가토 기요마사는 아들을 셋 두었는데 일찍 죽어버렸어요.”

“그 너른 영지와 권력을 두고 죽기 아까웠겠네요.”

“그럴지도 모르죠.”

마사코의 감정없는 목소리가 공허하게 울려왔다. 사실 나는 평소 역사에 별 관심을 두지 않았지만 일본을 드나들면서, 규슈에 오면서 대화 중에 혹시 필요할까 싶어 예의상 검색을 해보았다. 가토 기요마사가 조선에서 여진족과 싸워 패했으며 적지에서도 자국내 라이벌을 의식해야 하는 처지에 놓였단 것을 알았다. 더구나 도요토미 히데요시의 죽음을 숨긴 반대 세력으로 인해 전쟁터에서 무의미한 시간을 보내야 했다. 마흔아홉에 죽은 그는 자신이 구축한 구마모토 성과 권력마저도 아들이 아닌 라이벌에게 빼앗겼다. 기술직 건축기사였던 나는 가토 기요마사가 쌓아올린 견고한 석축과 기왓장을 보면서 세월의 무상함을 느꼈다. 목조건축양식이나 석탑, 비석, 기와의 모양을 비교하며 일본의 전통에 대해 생각하던 중이었다. 기차를 타고 일본의 시골을 지나가면서 화려한 주택이나 아파트, 다양한 색상의 건축물을 배제하고 그들의 전통을 지켜서 놀라웠다. 단조로운 기와의 먹색과 흑갈색으로 도배된 건축에서 시류에 휘둘리지 않는 그들만의 집요한 고집이 엿보였다. 붉은색 톤으로 통일된 유럽의 지붕들이 통합된 건축양식의 아름다움을 보여주듯 먹색과 흑갈색의 단조로움이 빛나 보였다.

"일본은 외세 침입이 없었죠?"

"한국이 외세침략에 시달린 역사라면 일본은 자연재해와의 끊임없는 싸움이었죠. 긴 역사를 돌아보면 동일본대지진 이전에도 몇 번의 큰 지진이 있었는데 많은 사람들이 죽었어요."

"공평하다고 해야 하나요. 개인이나 사회나 쉬운 게 없으니 말이에요."

내 질문에 마사코는 담담하게 말을 했다. 아시아 동북쪽에 위치한 일본은 특이한 섬나라라고 할 수 있겠다. 세계의 열강들을 대상으로 선전포고도 없이 전쟁을 일으켰으니 다른 나라 다른 민족을 밟고 오늘의 번영을 누린 것에 대해 일말의 반성이나 성찰이 없다는 게 문제라면 문제일 것이다. 같은 아시아인이면서 정작 그들은 아시아보다는 유럽 백인들과의 관계에 치중하고 눈치를 보고 협력을 하고 있으니 특이한 민족성임에는 틀림이 없었다.

"배고프지 않아요?"

"우동 맛있는 집이 있어요."

서둘러 구마모토 성을 나와서 시장 쪽으로 걸어가는데 흰 가루를 뿌려놓은 듯 거리는 꽃잎이 흩어져 있었다. 마사코의 안내를 받아 시장 안으로 들어서자 멸치국물 우린 냄새가 골목에 가득했다. 치킨 집과 만두집, 말고기 전골과 말고기돈가스를 판다고 그림을 곁들여 포스터가 붙어 있다. 말고기 식당을 지나 우동 그림이 화려하게 입구를 장식하고 있는 음식점으로 들어섰다. 손님들이 꽤 많았고 앞치마를 두른 남자가 식탁으로 안내를 해줬다. 돼지고기 육수로 만든 우동이었다. 굵은 면발에 유부와 어묵이 들어갔고 대파와 쑥갓이 향긋하게 입맛을 자극했다. 대나무젓가락으로 우동을 먹다보니 양이 많아서 남겼지만 맛은 있었다.

시장을 벗어나 기념품 가게를 기웃거리는데 작은 나무됫박에 오차를 수북이 올려놓고 팔았다. 흰 가운을 입은 청년이 소주잔만한 종이컵에 뜨거운 물을 부어 지나가는 사람들에게 주며 호객행위를 했다. 볶은 차 조알갱이가 동동 뜨는 오차를 받아 마셨다. 길가에는 나처럼 서서 오차를 마시는 사람들이 더러 있었고 그런 풍경이 아무렇지 않은 듯했다. 첫 출장 때 연로한 구순의 할아버지를 찾아뵙고 인사를 드린 적이 있었다. 시골의 오래된 한옥에서 요양보호사의 도움을 받으며 혼자 살고 있던 할아버지는 맏손자가 일본을 가게 되었다고 인사드리자 놀라며 거길 왜 가냐고, 상놈과는 상대도 하지 말라고 화를 내셨다. 목소리에는 힘이 없었지만 두려움과 분노가 깔려 있었다. 아버지에게 얼핏 들은 바에 따르면 근로자로 일본을 갔다가 해방이 되어 피골이 상접한 몰골로 돌아와 마을 사람들이 알아보지 못했다고 한다. 모친만이 알아보고는 버선발로 뛰쳐나와 목을 끌어안고 울었고 할아버지도 모친을 붙잡고 한참 울었다고 했다. 할아버지의 몸이 서서히 기력을 되찾기까지 오랜 세월이 걸렸고 후손을 못볼까봐 걱정을 했다니 얼마나 망가져서 돌아왔는지 짐작이 갔다. 할아버지 댁에 가면 마을에 금광을 채굴하던 동굴이 있었다. 일제는 동굴이 가까운 시골마을에 변전소를 세우고 전기공급을 하여 밤에도 금을 캐냈다. 많은 조선인이 금광에 동원되었고 일본으로 반출되었다. 장비를 들이기 위해 산자락을 파내고 트럭이 다니는 찻길을 만들었다. 그때부터 신작로라는 새로운 어휘가 생겨났다. 다이너마이트를 터트려 바위벽을 뚫을 때는 산이 무너져 내렸다. 그때 조선인 근로자들이 많이 죽었다고 했다. 할아버지 댁을 갈 때 아스라한 낭떠러지 산중턱 도로를 달리는 버스 안에서 일제가 닦은 길을 그대로 이용하는 것 같았다.

옛말에 이웃은, 원수와 이웃 사이를 오가며 한 생을 같이 간다고 하더니 일본과 우리가 꼭 그 짝이었다. 멀고도 가까운 사이, 원수가 따로 없다고 하면서도 마주

보고 살아야 하는 사이, 지정학적으로 안보고 살 수 없는 사이에 역사논쟁까지 피곤하기 그지없었다. 이사를 가도 이웃을 잘 만나야 한다고 하지 않던가. 마사코가 하품을 했다. 이른 저녁으로 우동을 먹어서 조금 헛헛했다. 호텔로 돌아오는 기차 안에서 마사코는 잠이 들었다. 나는 불이 켜지는 도시와 마을과 들판을 가로지르는 기차 바퀴의 규칙적인 마찰음을 들으며 머리를 의자에 기댔다. 먹색과 흑갈색의 전통 기와지붕이 단아한 시골마을을 바라보며 가로등이 켜지는 풍경을 하염없이 바라보았다. 평화롭기 그지없는 풍경이었다.

"맥주 한 잔 하고 가요."

헤어지기 전에 치킨을 시켜놓고 맥주라도 사주고 싶었으나 마사코는 한사코 사양했다. 돈을 봉투에 넣어 건넸으나 받지 않고 가버렸다. 호텔로 들어가기 전에 술을 한 잔 하고 싶었다. 화려한 간판이 요란한 먹자골목으로 접어들었다. 가로등불이 저녁하늘을 배경으로 오렌지빛 색깔로 빛났다. 봄밤의 서늘한 바람이 목덜미를 할퀴며 지나갔다. 혼자라는 느낌이 강하게 내 영혼을 휘감았다. 조금씩 하늘이 검붉은 색으로 빛났다. 싸한 밤 기운이 콧속으로 파고들며 술 생각이 간절했다. 대나무발이 내려진 술집으로 들어가려는데 어디선가 노랫소리가 들려왔다. 노랫소리를 따라 몇 걸음 내디뎠다. 뿌연 선술집 유리문 안에서 중절모를 쓴 노인들이 엔카를 부르는 장면이 보였다. 나이가 꽤 들어보이는 노인들 서너 명이 앉거나 서서 술잔을 들고 있었다. 그들의 합창소리가 검붉은 노을과 어울려 묘한 분위기를 연출했다. 퇴화한 노인들의 목소리가 어우러진 규슈의 밤이 깊어가고 있었다. 가슴이 먹먹해지며 울음이 목젖까지 차올랐다. 지나간 밤들이, 혼자 십 년을 살아온 세월이 길고 어두운 밤처럼 출렁거리며 흘러가고 있었다. 엔카가 울려 퍼지는 골목에 서서 오래오래 그들의 노래를 들었다.

자정 무렵 호텔로 돌아왔다. 많이 취한 것 같지는 않았다. 호텔 유리문 밖으로 어둠이 짙게 내려앉고 있었다. 띄엄띄엄 서 있는 가로등과 음식점, 술집 간판의 붉은 불빛이 비 오는 날의 야경처럼 흔들렸다. 피곤이 한꺼번에 몰려왔다. 긴 하루였다. 침대 시트는 차갑고 서걱거렸다. 이불 홑청을 둘둘 말아 감고 소파에 드러누웠다. 새벽녘쯤 추워서 잠이 깨었다. 벚꽃이 하늘거리던 그 따스한 봄볕이 순식간에 사라져버린 밤의 규슈는 겨울이 다시 시작된 듯했다. 커피포트에 물을 끓여서 녹차 티백을 마셨다. 여전히 이불 껍데기를 둘러쓰고 유리문 밖을 내다보았다. 희미한 불빛과 부연 안개 사이로 오렌지빛 가로등이 깜박이는 정경이 꿈속의 일처럼 혼몽했다. 혼자라는 사실은 밤이 되어서야 자각하게 된다. 박민주가 떠나고 제일 먼저 느낀 감정은 외로움 따위가 아니라 심심함이었다. 심지어 활동을 하는 낮에도 심심했다. 혼자 덩그러니 남은 밤에는 심심함과 고독이 함께 왔다. 심심해를 혼자 중얼거리며 몇 개인가의 계절이 지나갔다. 예전처럼 심심하다는 느낌은 사라지고 그 자리에는 깊은 고독이 들어앉아 내 영혼을 갉아먹고 있었다. 승진을 해도 아무리 성취를 해도 재미가 없었다. 당신, 대단해. 예전의 박민주는 내가 일급 컴퓨터 자격증을 따냈을 때 엄지손가락을 치켜세우며 칭찬을 했고 나는 은근히 으쓱해하며 그 분위기를 즐겼다. 아내였던 여자 박민주가 떠나고 모든 일이 재미가 없고 시시해졌다. 같이 살 때는 몰랐는데 박민주의 그 한마디가 그렇게 힘이 세고 영향력이 있을 줄은 몰랐다. 내가 이렇게 소심한 인간이었나. 내가 이렇게 한심하고 작은 칭찬에 힘을 얻는 못난이였나. 생각하면 남자라는 종족은 참 약한 동물 같았다.

따뜻한 녹차가 몸을 조금 데워주는 것 같았다. 밝은 여명이 유리문을 투과하여 객실 내부를 비췄다. 소파와 탁자, 침대 모서리에 은은하고도 우유빛 같은 아침이 서서히 스며들고 있었다. 나는 두 팔을 치켜들고 기지개를 켜며 밤의 규슈를 잊기로 했다. 어둡고 무거운 역사만큼이나 춥고 지루했던 규슈의 밤이었다. ✈

등대가 보이는 밤

개 짖는 소리에 잠에서 깼다. 침대에서 천천히 일어나 거실 벽에 걸린 시계를 보니 새벽 4시. 창밖은 어둠이 가득 에워싸고 어둠 속에서 개는 울음을 그치지 않았다. 남자의 달래는 소리가 났지만 개는 계속 짖어댔다. 목청이 큰 것으로 보아 어린 강아지는 아닐 것이었다. 산책길에서 개를 끌고 가는 남자를 본 적이 있다. 덩치가 큰 진돗개였는데 새벽을 깨우는 저 개가 그 개일까. 다시 잠이 오지 않아 누워서 뒤척였다.

동이 터 올 무렵 겉옷을 걸쳐 입고 산의 초입으로 갔다. 몇몇 사람이 마스크를 쓰고 뛰거나 빠른 걸음으로 둘레길을 걸었다. 산자락으로 안개가 피어 올랐고 바람이 차갑게 살갗을 스쳤다. 숲은 어두웠고 일찍 깨어난 새들이 시끄럽게 지저귀고 있었다. 약수터 근처 의자에 앉아 하늘을 쳐다보는데 묵은 오리나무 열매들이 내려다보고 있는 듯했다. 까만 열매가 오리나무 눈 같아서 나는 고개를 돌렸다. 나무는 수백 개의 눈을 뜨고 산을 살피는 것 같았다. 예전에 어머니와 산책을 나오면 약수터에서 물을 떠마셨다. 이런 깨끗한 물을 어디서 또 맛보겠니. 어머니는 세상의 보물을 가슴에 안은 양 두 팔을 가득 벌리고는 즐거워했다. 오래 살 것 같았던 어머니는 팔십 수를 채우지 못하고 가버렸는데 그 후 약수터에 발길을 끊었다가 어머니 집에 이사를 오면서 다시 찾았다. 한 시간쯤 걸었을 무렵 먼 산 능선에서부터 노랗게 밝은 빛이 펴지기 시작하는 것을 보고 오던 길을 되돌아 걸었다. 사람들이 모여들기 시작하면서 좁은 산길에 등을 돌리고 섰다가 다시 걸어야하는 번거로움이 있었다.

관리소 건물을 지나자 낡은 다세대 주택의 자줏빛 지붕이며 칠이 벗겨진 건물 벽체가 보이기 시작했다. 어린 시절 어머니와 살 때는 예쁘고 아담한 산속의 집이었다. 건물 벽에는 재건축을 요구하는 현수막이 비스듬하게 걸려 있다. 다리가 무거워지고 등허리에 땀이 났다. 잠시 서서 집들을 바라보았다. 시멘트가 떨어져나간 벽은 휑하니 골조가 들여다보였다. 크림색 벽은 얼룩이 졌고 군데군데 철근이 드러나보일 정도로 벽체가 훼손되었는데 고쳐서 살아도 될 것 같은 건물이었다. 먼 바다에서 불어오는 바람에 갯비린내가 묻어왔다.

숨을 헐떡이며 계단을 올라 현관문 앞에 서자 개 짓는 소리가 다시 들려왔다. 목청이 쉬어 그런지 늙어서 그런지 심하게 그르렁거렸다. 삼층 거실에서 밖을 내다보면 고층 건물 뒤로 숨어버린 개펄의 흔적이 보이지 않았다. 어머니는 한동안 거실에 앉아 유리문 밖을 바라보는 것으로 소일했다. 젊은 어머니일 적에는 일하느라 정신이 없었지만 늙은 어머니가 되고나서는 밖을 내다보는 게 일상이 되었다. 언덕 위에 자리한 집들은 작고 예뻤다. 어린 시절 학교 운동장에서 바라다보는 집들은 장난감처럼 작으마했다. 어머니는 개펄에서 돌아와 칠게장을 만들거나 뜨개질을 했고 이웃 여자들은 관리소 작은방에서 화투를 쳤다.

"그날 밤 무슨 일이 있었는지 아니. 불빛이 번쩍거렸어. 느 외할아버지는 돌아오지 않았고, 난 무서웠지."

나이 들어 기력이 쇠잔해지면서도 어머니는 그날 밤 일을 중얼거렸다. 그날 밤 무슨 일이 있었던 거야, 물으면 어머니는 빤히 쳐다보고는 고개를 돌렸다. 고층 건물이 빽빽한 해안 쪽으로 뿌연 미세먼지가 자욱하게 시야를 가로막았다. 우중충한 건물들만이 먼지 속에 덩그러니 서 있는 모양새가 사막의 신기루처럼 느껴졌다. 바다를 매립하기 전에는 이름 없는 섬이었던 곳이었다. 운동장에서 놀다보면 골목을 휘젓는 스피커 소리가 웅웅거리며 들려왔다.

– 살던 터전 떠나라니 이게 웬 말인가!

– 조상님이 물려준 땅 죽음으로 지키자!

– 어민들 삶 다 죽이고 누구를 위한 개발인가.

소형 트럭에 매단 스피커에서 연신 고함소리가 터져 나와 마을을 휘돌았다. 남자들은 끼리끼리 모여 술을 마셨고 여자들은 걱정스런 얼굴로 근심을 나누었다. 술을 마신 남자들이 늦은 밤 돌아와서는 부인들과 다투는 소리가 열린 유리창으로 들려왔다. 관리소장이 집집마다 팸플릿을 돌리다가 마주친 날을 생각하면 오래 전 어머니와 실랑이를 벌이던 소장의 험악한 얼굴이 떠올랐다. 외출에서 돌아와 막 현관문으로 들어서려던 참이었다. 입구에서 기웃거리던 관리소장은 대뜸 성질부터 냈다.

"재건축 도장 안 찍었죠. 다 좋자고 하는 일인데 왜 안 찍는 거요."

"사인하고 싶지 않아요."

"왜 반대하는 거요? 세빠지게 뛰어다니며 성사시키려구 하는 사람도 있는데, 정신이 있소?"

"……."

"그러지 말고 후딱 사인이나 해요. 이 통로에는 댁만 남았어요."

누구 좋으라고 사인을 해요, 쏘아붙이려다가 관리소

장의 붉게 충혈된 눈을 보고는 입을 다물었다. 익숙하고도 두려운, 욕망에 가득한 눈빛이었다. 관리소장과 헤어지고 옆집 현관문을 두드렸다. 여자는 잘 알아보지 못하다가 옆집 할머니댁 딸이라고 하자 그때서야 경계를 풀고 안으로 들어오라고 문을 활짝 열어주었다.

"오랜만이에요."

"그러게요."

우리는 소소한 안부를 물으며 서로의 근황을 탐색했고 그러면서도 반가운 마음을 숨기지 못하고 두 손을 맞잡았다. 여자는 찬장 서랍을 열었다 닫았다 하며 무슨 차를 내놓아야 하는지 분주했다.

"커피 하실래요? 아니면 우롱차도 있고."

"커피 주세요."

여자는 물을 끓이고 잔을 내놓은 후 냉장고에서 사과를 꺼내놓았다. 시든 바나나와 오렌지를 식탁 가운데로 밀어놓고 커피콩을 갈았다. 여자의 행동거지에서 뭐라도 대접하려는 마음이 느껴졌다. 여자가 커피콩을 가는 동안 커피포트에서 물 끓는 소리가 요란하게 났다. 오래 전 여자가 그녀의 남편과 살 때는 집안이 꽉 차 있다는 느낌을 받았었다. 어쩌면 거실과 베란다에 가득 쌓인 생활 물품 때문이었는지도 모르겠다. 사과 상자, 귤 상자, 택배 상자, 관엽식물을 키우는 화분과 자잘한 선인장 화분이 널려 있던 거실에서 생활이 팽팽하게 돌아가는 냄새, 된장찌개거나 간장 달인 냄새 같은 그런 것들을 떠올렸다. 살림을 줄였다고 여자가 말을 하면서도 여전히 살림이 많다고 중얼거리며 그녀는 뜨거운 물을 커피분말에 부었다. 부엌과 베란다로 막혀 있던 벽을 터서 유리문에 나뭇가지가 늘어진 풍경이 고스란히 들어왔다. 탁 트인 전경이 시원했으나 한쪽 유리창은 양문형 냉장고가 막고 있어서 조금은 답답했다.

"베란다 확장하는데 비용이 얼마나 들었어요?"

"죽은 남편이 한 일이라서 모르겠어요."

여자가 내 앞으로 커피 잔을 밀어놓았다. 하루에 걷기를 만 보씩 한다는 그녀는 커피를 마시다 말고 일어나 찬장 서랍에서 견과류를 꺼내 놓으며 먹어보라고 말했다. 그녀와의 대화가 건강 쪽으로 흘러가자 그간 암 완치 판정을 받기까지의 다양한 경험이 쏟아졌다. 물어보고 싶은 것이 있었으나 여자는 고기보다는 채식을 주로 하지만 건강을 위해 단백질도 필요하다며 두부가 있으니까요, 그러고는 자기가 운동 중독증에 걸린 것 같다고 고백했다. 하루라도 운동을 안하면 안될 것 같은 강박에 시달린다고 그러면서도 치열하게 걷기를 한다고 했다. 머리로는 이해가 갔지만 이미 여자의 말에 내 기력이 소진되는 느낌이었다. 여자의 목소리는 힘이 있었고 지독한 병마로부터 살아남은 자의 끈기와 저력이 있었다. 여자는 쉬지 않고 말을 했다. 저 정도의 에너지라면 충분히 암을 이기고도 남을 체력이었다. 몸에 좋다는 온갖 약재와 과일과 견과류와 잡곡과 운동법에 이르기까지 여자는 모르는 게 없었다. 여자가 말한 정보가 사실인지 아닌지 알 수는 없었지만 건강식품과 운동법에 대해서는 박사가 되어 있었다.

오래 전, 남편이 떠나던 날 현관문이 열린 줄도 모르고 안방에서 울었다. 밤새 남편과 다퉜기에 어쩌면 옆집여자는 상황을 주시하고 있었는지도 모른다. 아침에 여자는 죽을 끓여서 멸치볶음과 가지볶음을 쟁반에 담아왔다. 눈이 퉁퉁 부은 나에게 수저를 쥐어주며 한술이라도 뜨라고 채근했다. 입맛이 없다는 내 말에 여자는 빤히 쳐다보더니 이대로 죽을 건가요, 하고 물었다. 여자의 당돌한 질문에 할 말을 잃은 나는 수저를 들고 천천히 죽을 먹었다. 버섯이 씹혔으나 무슨 맛인지도 모르고 아주 느리게 몇 수저를 떴다. 죽을 먹는 동안 여자는 그녀의 남편이 암 병동에 있으며 시한부 선고를 받았다고 말했다. 죽고 사는 일도 있는데요 뭐. 여자의 말이 가슴을 찌르며 지나갔다. 한 번도 내색하지 않고 계단에서 만나면 밝게 웃던 그녀였다. 그 일 이후 여자는 가끔 반찬을 만들면 갖다 주고는 어떻게 사는지 내 근황을 살폈다. 얼마 후 나는 집을 세놓고 먼 도시로 떠나버린 터여서 여자의 소식은 끊어졌다.

"오늘이 남편 기일이라 마음이 그래서 산에 갔다 왔어요."

여자가 묻지도 않은 일을 무심하게 말했다. 여자의 남편이 암에 걸렸던 일도 까마득히 잊고 살았다. 커피를 마시며 여자가 어떻게 살았냐고 물었다.

"정신없이 세월이 갔네요."

"나는 남편 보내고 이듬해 유방암 진단 받고 투병 생활하느라 시간이 어떻게 갔는지 몰라요. 완치 판정을 받은 건 몇 년 됐는데 며칠 전 의사가 이젠 그만 와도 된다고 건강관리 잘하라고 하더라고요."

"고생하셨네요. 그것도 모르고 지냈으니 야속하네요."

남편과 헤어지고 나서 상실감을 메우려 발버둥치며 사는 동안 여자는 암 투병으로 그 시간을 보낸 셈이었다. 여자와 내가 각자 자기만의 운명과 싸우는 동안 십 년이 가버렸다.

"숙명이네요. 우리가 자기 인생을 건사하느라 치열하게 사는 동안 십 년이 그냥 지나가버렸으니 말이에요."

"이제부터 건강 챙기며 살면 되죠 뭐."

"아, 참 재건축 사인 하셨어요?"

"안했어요."

"관리소장이 거짓말했네요. 우리 동에서 나만 사인 안했다고 하던데요."

"사인 안한 사람 많아요. 여기는 고도 제한이 있어서 재건축 쉽지 않아요."

오래 전에도 그랬었다. 반대하는 사람들과 찬성하는 사람들이 패를 나누어 다투다가 결국 한 사람이 죽어 나가면서 잠잠해졌다. 살기 좋던 마을은 인심이 사나워지고 흉흉해졌고 마을은 매일매일이 시끄러웠다. 고층 건물이 올라가기 시작하자 분양권을 가진 사람들은 대부분 팔아치웠다. 당장 먹고 살 일이 급박한 데다 비싼 분양가를 감당할 여력이 없었다. 어민들은 보상을 받고 뿔뿔이 흩어졌다. 매립지 안쪽 작은 섬 주변에는 자잘한 바다생물이 살았다. 어민들이 남은 자투리 개펄에서라도 게나 고둥, 주꾸미를 잡을 수 있게 해달라고 사정을 했고 시에서는 암암리에 묵인을 해줬다.

그때 일을 떠올리며 우울해졌다. 역사는 반복되는 건지 피해 갈 수 없는지 답답함이 에워쌌다. 산자락의 빌라아파트-빌라도 아파트도 아닌 다세대주택을 그렇게 불렀다-로 이사 오기 전에도 이런 일이 있었다. 젊은 어머니는 어판장에서 일하거나 개펄에서 양식을 구해 왔다. 한가로운 어촌 마을의 흔적은 어디에도 남아 있지 않았다. 산천은 의구한데란 말도 이제는 바뀌어야 할 판이었다. 여자가 커피 리필을 해주며 뜬금없이 죽은 그녀의 남편 이야기를 끄집어냈다.

"그가 죽고 나서 처음 일 년 간은 정신이 없었어요. 막막하더라고요. 죽음이 임박하자 그가 내 손을 꼭 잡고 말했어요. 얼마간 있는 돈도 없는 티를 내라고, 자식도 믿지 말라고."

"홀로 남겨두고 가자니 걱정이 됐었나 보네요."

"그나마 통장에 있던 돈도 동생들이 다 빌려갔는데 돌려받지 못했어요. 심지어는 빌려간 것도 잊고 있더라고요."

"자식도 믿지 말라는 말은 아이러니예요."

"아들이 매 달 생활비를 얼마간 보내줘요. 남편이 남긴 국민연금이랑 합해서 살만 해요."

죽은 사람의 기억보다 살아남은 사람의 무게가 더 무거웠음인지 여자는 어떻게 살아왔는지에 대한 이야기를 끊임없이 했다. 슬픔의 무게는 일 년이면 충분했다. 사별이나 생이별이나 경중을 달 수야 없겠지만 나는 나름대로 상실감에 고통스러운 시간을 보냈다. 십 년이 지나서야 먼 과거에 있었던 사건이며 남의 이야기하듯 할 수 있게 되었다. 원인이 무엇이었건 사람과의 관계란 인연이 따로 있어야 한다고 운명론에 기대기도 하였다. 왜 그렇게 힘들었는지 이유도 희미해졌고 미움도 고통도 희석되어 아득한 세월 저 너머의 일이 되었다.

옆집 여자와 헤어지고 돌아와 낮잠을 자고 오후에는 해안을 따라 드라이브를 갔다. 산자락에서 내려다보면 아득하게 보이던 개펄이 해안가에 바짝 잇대어 있어서 주말이면 아이들을 데리고 나온 젊은 부부들이 더러 있었다. 작은 섬 아암도는 어민들이 개펄에서 일을 하다가 주로 쉬던 곳이었으나 지금은 관광지로 변해서 상품이 돼버렸다. 길옆에 주차를 하고 공원 안으로 들어가니 물 빠진 개펄에는 작은 게들이 구멍을 찾아 들어가거나 나돌아다녔다. 차량이 질주하는 도로 옆 개펄에는 번잡한 세상일은 상관없다는 듯 검은 머리 도요새, 가마우지 같은 새가 한가롭게 서 있었다. 청라 시흥에 걸쳐 삶의 지평을 향유하던 새들에게 좁아진 환경은 숨막히는 압박일 것이었다. 칠게를 꿀꺽 삼키는 검은 머리 갈매기가 어딘가 먼곳을 바라보았다. 대가리를 쳐들고 있는 품새가 위태로워 보였다. 너른 개펄을 유영하던 과거를 회상하는 듯 새는 가느다란 목과 다리가 유난히 추워보였다.

매립지에 고층 아파트가 세워진 후 어머니는 살던 터를 떠나 산자락으로 옮겨 살았다. 한때는 개펄에 물이 차오르면 앞마당처럼 헤집고 다니던 추억을 회상했다. 어머니처럼 멀리 가지 못하고 주변 도시에 포진하고 사는 사람들끼리 한 달에 한 번씩 모여 계모임을 했다. 집집이 돌아가며 어탕을 끓이거나 문어숙회, 잡채를 만들어 먹었다. 나중에는 회비를 걷어 식당 예약을 하고 돌아가며 한 턱씩 쏘았는데 꽤 오랜 시간 그 모임이 지속되었다. 그 모임이 없어진 시기는 잘 기억나지 않았다. 내가 독립을 하고도 한참 후의 일이었으니 말이다. 하나 둘 아프거나 죽거나 자식들을 따라 가구를 합치거나 여러 가지 사유가 있었다.

신도시 계획이 발표되고 주민들이 떠나고 건물이 한 층씩 치솟을 때 어머니는 무얼 생각했을까. 어머니의 막막함이 평생 터전을 잃어버리는 상실감이 밀물로 차오를 때 그 공허를 무엇으로 지탱했을지 감히 상상조차 할 수 없었다. 바다 위에 덩그러니 신기루처럼 생겨난 신도시, 그 도시로 진입하기 위해서 긴 다리가 놓여졌다. 고무대야에 나를 앉혀놓고 개펄을 뒤지던 어머니는 삶이 막막할 때 자식 때문에 살았다고 회고했다. 어린 새떼가 꼬리를 까닥거리며 바닥을 쪼아대고 있다. 이제 개펄은 온전히 새들에게 돌아갔다. 아무도 게를 잡거나 주꾸미를 잡거나 망둥어를 잡지 않았다. 개펄을 막고 있는 건물들과 도로와 공사판이 예전으로 돌아가기엔 멀리 와버린 것임을 알려주었다. 바다로 가는 길이 막혀버린 개펄은 아주 작은 섬의 운명이 되어 있었다. 어민들의 생계를 유지해주고 어민들과 살아가던 아암도 개펄은 동물원에 갇힌 신세가 되어 식물인간처럼 겨우 숨만 쉬는 환자가 되어버렸다. 말끔하게 단장된 진입로와 색색의 보도블럭을 밟으며 어머니를 생각했다.

“나 살던 곳에 좀 데려다 다오.”

어머니는 요양원에서 마지막 남은 숨을 얄게 뱉어내며 생의 마지막을 애원했다. 해가 기우는지 바닷바람이 차가워졌다. 어머니와의 추억 중에서 잊을 수 없는 것은 인천상륙작전기념관 휴게소에서 아이스크림을 먹은 일이었다. 그날 어머니는 외출복으로 갖춰 입고 내 손을 잡았다. 산자락 오솔길을 따라 조금만 걸어가면 인천상륙작전기념관이 있고 그 옆에 간이 휴게소가 있었다. 휴게소로 가기 전 숲 속에 비행기가 있었다. 어린 내 눈에 비친 비행기는 거대한 세계였다. 비행기 앞에서 한참을 움직이지 않고 흥분해 있다가 돌아보니 어머니가 보이지 않았다. 엄마, 엄마, 이름을 부르며 찾아 나섰다. 한참을 헤맨 끝에 멀리서 웅크린 여자의 등을 볼 수 있었다. 발걸음을 멈췄다. 어머니의 어깨가 미세하게 흔들리며 울고 있는 것 같았다. 어머니의 등 뒤에 오랫동안 서서 가만히 있었다. 한참 울고 난 어머니가 정신이 돌아왔는지 내 이름을 불렀다. 나는 어머니에게 달려가 품속에 안겼다.

“내 새끼, 내 강아지. 너만은 아비 없는 자식으로 키우고 싶지 않았는데…….”

어머니는 나를 힘껏 끌어안으며 볼을 비볐다. 어머니

인생에서 남자는 없었다. 외할아버지가 그랬고 아버지 또한 어머니를 일찍 떠나갔다. 어머니가 팔을 풀어 기분 좋은 숨막힘에서 벗어났다. 우리는 나란히 계단에 주저앉아 해수풀장을 내려다보았다.

"아직도 그날 일이 꿈에 나타나. 캄캄한 바다 위로 불빛이 번쩍거리던 날, 하늘이 불타는 줄 알았지."

"등댓불이었겠지."

"등댓불을 모를까봐. 천둥소리가 진동했으니까. 그날 사람들이 많이 죽었어. 미군이 월미도에 폭탄을 터트린 거야. 느 외할아버지는 그날 큰집에 갔다가 못 돌아왔어."

"미군이 왜 폭탄을 터트려?"

"몰라. 상륙작전을 하려고 그랬다나 뭐라나."

"상륙작전 하는데 왜 월미도에 폭탄을 터트린대."

"월미도에 인민군 진지가 있었으니까."

"엄마, 무서운 얘기 싫어."

"그래 그 얘기 그만할게. 아이스크림 사줄까."

"응."

어머니는 내 손을 잡고 휴게소로 갔다. 오랜만에 아이스크림을 먹으며 방금 전 어머니에게 들은 얘기는 까마득하게 잊혀졌다. 아이스크림의 달콤한 맛이 내 기억을 가져간 것 같았다. 그날 이후 어머니는 그 이야기를 안했다. 치매가 생기면서 어머니는 다시 그날 밤

이야기를 뜬금없이 끄집어내거나 혼자 중얼거렸다. 어머니와의 좋은 추억을 떠올리면 없는 형편에도 휴게소에서 아이스크림을 사 준 기억이 남았다.

휴게소 문은 자물쇠로 잠겨 있었다. 숲 속 비행기는 오래 전에 봤던 그 모양 그대로 있었다. 세월의 간극에도 그대로 놓인 비행기가 신비했다. 기억 속에 존재하던 비행기는 거대하고 컸는데 다시 본 비행기 몸체는 작아보였다. 비행기를 한참 바라보다가 어머니와 앉았던 계단에 주저앉아 먼 바다를 바라보았다. 매립지에 신기루처럼 생겨난 도시를 뿌연 먼지가 에워싸고 있었다. 말끔하게 단장된 인천상륙작전기념관은 월요일이라 문이 잠겨 있고 관리인이 한두 명 어정거렸다. 기념탑 주위로 젊은 연인이 두 팔을 벌리거나 혹은 손을 맞잡고 사진을 찍었다. 전쟁의 흔적도 상품이 돼버린 현장을 보는 것 같았다. 철모를 쓴 군인들 동상을 지나 오솔길을 걸어 박물관으로 향했다. 박물관 앞 포장마차 주위에 사람들이 모여 있었고 고소한 버터 냄새가 났다. 포장마차 안에는 냄비에 어묵이 담겨 있고 커피를 파는 도구와 샌드위치를 열심히 만드는 중년의 여자가 바쁘게 손을 놀렸다. 치즈 토스트를 주문하고 박물관 안마당으로 다가갔더니 그곳도 출입문에 걸쇠가 걸려 있었다. 박물관을 찾아왔다가 헛걸음을 한 사람들이 포장마차 주변에 모여 있거나 박물관 마당에서 서성거리며 시간을 보내고 있었다. 포장마차 여주인은 밀려드는 주문에 돈을 받아 옆에 놓인 종이상자에 던져버리고는 뜨거운 철판에 버터를 녹이고 식빵을 올리고 계란물을 부었다. 설탕은 넣지 마세요. 포장마차 주인이 바쁜 나머지 케찹을 넣지 말라는 것인지 설탕을 넣지 멀라는 것인지 헷갈려서 나를 쳐다보았다. 그녀가 설탕을 뿌리려는 순간 아, 아니요, 넣지 마세요, 소리치자 그제서야 식빵에 계란물을 넣어 익힌 내용물에 케찹을 발라 기름종이에 싼 후 종이봉투에 넣어 주었다.

이층 계단 앞에서 현관문을 열고 나오는 남자와 개를 만났다. 산책길에서 봤던 개였다. 개는 이빨을 드러내고 짖어댔다. 남자가 목줄을 잡아당기며 진정을 시켰으나 개는 적의를 드러내며 으르렁거렸다. 괜찮아, 괜찮아. 나는 손을 내밀어 개를 안심시키려 했다. 꼬리를 또아리처럼 둥그렇게 말고 있었다. 덩치가 컸고 흰색 털은 윤기가 흘렀다. 개는 진정할 기미를 보이지 않았다. 남자가 진땀을 흘리며 달랬다.

"시골에서 누님이 키우던 진돗개예요. 잠시 맡아달라고 해서 가져왔는데 계속 키우게 됐네요."

"개가 잘 생겼어요."

남자가 미안한지 묻지도 않은 말로 설명을 했고 달리 할 말이 없어 이례적인 인사를 했다. 평소에는 본 적도 없는 이웃인데 개로 인해 말을 트게 된 상황이 우스웠다. 아기를 어르듯이 쯧쯧쯧를 외쳤더니 진돗개가 빤히 쳐다보았다. 까만 눈이 공허해보였다. 벽에 등을 대고 밀면서 조심스럽게 개 앞을 지나 오는 동안 개주인은 목줄을 꽉 움켜쥐고 진돗개 머리를 쓰다듬었다. 집안에 들어서자 온 몸의 기운이 다 빠져버린 듯했다. 진돗개 짖는 소리가 멀어져 갔다. 손을 씻고 소파에 비스듬히 드러누웠다. 방금 본 진돗개의 공허한 눈동자가 떠올랐다. 첫날 새벽에 진돗개 짖는 소리에 잠에서 깬 이후 이른 저녁마다 개 짖는 소리에 신경이 예민해져 있었다. 빌라 뒤쪽에 버려진 밭도 있고 숲도 있고 빈터가 있는데 굳이 집안에서 큰개를 키우는 건 문제가 있었다. 질주 본능이 있는 개가 좁은 집안에 갇혀 사는 것도 감옥일 터였다. 신도시와 도로에 갇힌 아암도 개펄이 언뜻 떠올랐다 사라졌다.

피곤이 몰려왔다. 소파에 누운 채로 창밖을 내다보았다. 앞 동 자주색 지붕너머로 하늘이 붉게 물들어가고 있었다. 옅은 남색을 배경으로 자잘한 구름이 뜯어진 솜털처럼 흩어지며 흘러갔다. 맵싸한 초봄의 공기 속에 매연 냄새도 들어 있었다. 어머니와 살던 예전 집의 풍경이 떠올랐다. 저녁이 오면 집집마다 냄비에 무를 썰어 넣고 생선 내장과 대가리를 푹 삶아 먹던 풍경이 아른거렸다. 흰 러닝셔츠를 입은 남자들이 평상에 모여 막걸리를 마시면 파전 안주를 내어가던 여자들의 모습도 새삼스러웠다. 아이들은 별똥별을 쫓아 몰려다녔다. 창문을 열어놓고 방안에 누워 있으면 바닷물이 개펄을 쓰다듬는 소리가 났다. 물이 들어오고 나가면서 온갖 쓰레기를 먼 바다로 가져가면 뻘은 말끔해졌다. 어머니 옷자락에서는 갯내음이 났다. 코끝에 스치는 비릿한 갯내음, 생선 내장이 발효되는 듯한 갯내음이 집안 구석구석 스며 있었다. 성장해서도 어린 시절 맡았던 갯내음이 문득문득 생각났다.

"그날 밤 무슨 일이 있었는지 아니. 어둔 밤 하늘에 환한 불이 날아다녔지. 우레와 같은 천둥소리도 들렸어. 월미도 큰할아버지 댁에 간 느 외할아버지는 돌아오지 않았지. 천둥이 잡아간 거야."

정신이 오락가락해진 어머니는 그날 밤 일을 그렇게 말했다. 천둥이 잡아갔다거나 불이 삼켰다거나. 외할아버지가 그 밤에 어딘가로 사라진 이후 어머니의 삶은 결핍으로 채워졌다. 어머니의 기억이 토막토막 잘리는 통에 자세한 내막은 알 수 없었다. 어머니가 가슴에 품고 살았던 천둥소리와 번쩍이는 불빛에 대한 궁금증을 해소하려 도서관을 뒤졌다. 내가 알고자 하는 진실은 없었다. 어머니가 기억하는 일들은 찾을 수 없었다. 그날 밤 무슨 일이 있었던가.

그날 새벽, 팔미도 등대의 석유 심지에 불이 당겨졌

다. 먼 바다에 대기하고 있던 항공모함과 구축함, 순양함 이백육십여 척이 조용히 움직이기 시작했다. 초가을의 바람이 불고 한지로 꼬아 만든 심지가 석유를 힘껏 빨아들이며 불을 밝혔다. 한적한 해안과 조그만 섬에 쏟아진 폭탄과 네이팜탄은 조용히 살아가던 사람들의 삶을 나락으로 떨어뜨렸다. 본국에서의 정치적 입지를 노린 유엔연합군사령관 맥아더의 모험은 성공했으나 그로 인해 수많은 사람들이 죽어갔다. 기록은 50년 9월 15일 새벽으로 되어 있다. 인천상륙작전은 전쟁의 전황을 역전시키는 전기가 되었고 피난 갔던 많은 사람들이 돌아왔다. 폭격으로 집을 잃은 사람들과 가족을 잃은 사람들이 울부짖으며 거리를 돌아다녔다. 밤이면 바람소리와 울음소리가 허공을 떠다녔다. 어머니는 돌아오지 않는 외할아버지를 기다리며 바다를 바라보았다. 인천상륙작전을 본격적으로 시작하기 전에 상륙 지역을 고립시키기 위한 공중 폭격이 두 주 전부터 계속되었다니 고요하던 어촌 마을은 한순간에 아수라장이 되었다. 미국 해병대 항공기는 네이팜탄으로 월미도를 폭격한 이래 수십 회에 걸쳐 북성포나 화교들이 사는 마을, 화수동과 만석동 자유공원을 폭격하였다. 그날 새벽 맥아더가 직접 관측하는 가운데 상륙작전이 개시되고 몇 만 명의 병사들이 움직였다. 한 번, 두 번, 상륙작전은 조용히 진행되었으며 월미도에 이어 북성동과 낙섬에 순조롭게 진입하였다. 북한군 진지를 묶어놓은 후라 가능했다. 다음날 해병들이 인천 전역에 대해 수복작전을 펼치며 상륙작전은 막을 내렸다. 다음날 아침까지도 해안 일대에 연기가 피어 올랐다.

인천상륙작전에 대한 기록은 현대사에 남아 있다. 기념관에서 본 것 외에 특별한 점은 없었다. 한 가지 의문이 남은 것은 어머니가 기억하는 시점이었다. 어머니는 그날 밤에 어떤 일이 있었다고 말했다. 인천상륙작전은 오전 이른 시간에 이루어졌고 2차도 오후 시간 즉 낮의 시간대였다. 그런데 어머니는 왜 자꾸 밤을 이야기하는 것인지 도무지 알 수 없었다. 이웃들은 모두 피난을 떠나고 어머니는 남아 있었다. 어머니가 피난을 떠나지 못한 이유는 아마도 외할아버지 때문일 것이었다. 월미도로 간 외할아버지는 집에 돌아올 수 없었고 어머니의 마음은 절망으로 까맣게 탔을 것이었다. 어머니의 심경이 캄캄한 밤을 대변했는지 그것은 모르겠다. 그렇다는 짐작일 뿐이다. 어머니가 기억하는 인천상륙작전은 절망과 공포, 두려움이었을 것이다. 외할아버지를 잃어버린다는 두려움, 혼자 남게 된다는 공포가 에워쌌을 것이다.

북한군에 의해 억류되어 있던 많은 사람들은 피난을 떠날 수 없었다. 서울과 인천을 빼앗기고 낙동강까지 후퇴한 한국군과 유엔군은 다급했다. 맥아더는 모두들 말리는 상륙작전을 감행했다. 남아 있던 사람들에 대한 배려는 없었다. 그는 오직 이 전쟁을 승리로 이끌어야 했고 한국민족에 대한 안위는 그 다음이었다. 사람들은 쏟아지는 포탄 속에서 개펄로 뛰어들었다. 뻘을 흰옷에 바르며 숨어 있다가 살아난 사람들의 증언이 쏟아졌다. 육지도 아니고 바다 위 낚싯배도 아닌 개펄에 뛰어든 사람들은 뻘이 자신들을 살렸다고 말했다.

목이 탔다. 차가운 정수기 물을 마시고 나니 머리가 맑아진 듯했다. 주위가 어두워졌다. 하루 종일 무얼 먹은 기억이 없었다. 어머니가 만든 된장과 젓갈 간장이 먹고 싶었다. 바다물빛이 순해진 봄날, 어머니는 어판장에서 생멸치를 대야에 이고 왔다. 눈알이 또록또록하고 배가 불룩한 작은 멸치였다. 바가지로 생멸치를 항아리에 담은 어머니는 굵은 소금을 한 됫박씩 얹었다. 다시 생멸치를 한 바가지 깔고 소금을 넣고 생멸치 한 바가지를 넣고 소금을 얹었다. 굵은 소금 서너 됫박이 얼추 들어갔다. 항아리 속을 들여다보았더니 멸치는 안보이고 하얀 소금알갱이만 가득 했다. 여름 내내 멸치 삭아가는 냄새가 떠다녔다. 가을볕이 부드러워졌을 때 어머니는 꼭꼭 싸맸던 항아리를 풀었다. 뚜껑을 열자 멸치와 소금이 사라지고 흐물흐물한 액체만 진하게 남았다. 고소하고 달큼한 냄새가 났다. 김장철에 배추김치와 섞박지를 담갔다. 오래 삭힌 젓갈을 끓여 맑은 액젓으로 간장을 만들어 썼는데 어머니만의 손맛이 배어 있어서 누구도 흉내 내지 못했다. 매운탕을 끓이거나 미역국을 끓일 때면 젓갈 간장으로 간을 했다.

무슨 국을 끓일까 고민하면 어머니의 젓갈이 떠올랐다. 밥솥에 쌀을 씻어 안치고 멸치와 다시마를 넣어 육수를 만들었다. 시래기를 넣고 유기농 된장 한 수저를 떠 넣으니 집안에 된장찌개 냄새가 가득했다. 혼자가 아닌 가족이 함께 하는 것 같은 저녁이었다. 가족과 함께 밥을 먹은 지가 까마득해서 언젯적 일인지 기억이 희미했다. 함께 미래를 약속했던 그 남자는 어머니의 집이 어둡다고 싫어했다. 멀리 해안이 내려다보이고 뒤로는 사계절이 지나가는 집을 그는 유난히 싫다고 했다. 나에 대한 그의 마음이 닫혀 있어서였는지도 모르겠다. 초봄의 진달래꽃이 필 무렵 틈만 나면 베란다로 나가 진달래에게 말을 거는 나를 그는 한심하다는 듯 쳐다보았다. 남들이 보면 웃겠다. 그의 비아냥거림에 마음이 닫히면 그만큼 달팽이처럼 웅크리고 살았다.

"살아남은 게 용했지."

어머니는 옛날을 회고할 때마다 그 말을 되뇌었다. 세상이 종말을 고할 것 같던 그 일도 지나가고 외할아버지를 잊고 산 세월이 다 돈 때문이라고 어머니는 말했다. 돈이 제일 무섭다고, 돈이 전쟁이라고 말했던 어머니는 꼬깃꼬깃 뭉쳐진 종이 지폐를 몸빼 바지 안주머니에 넣고 다녔다. 하도 오래 되어 지폐가 너덜너덜해져서 일련번호가 지워졌는데도 버리지 못했다.

사막의 신기루, 개펄 위에 세워진 도시의 형상이 자꾸 아른거렸다. 유리문 밖을 내다보니 고층 건물들이 빽빽하게 시야를 막고 있었다. 바다는 영영 사라졌다. 그러고 보니 어제 아침부터 귀를 파고들던 전기톱날 소리가 신경에 쓰였다. 개가 짖는 이유도 전기톱 때문이었다는 걸 뒤늦게 알아차렸다. 공원 녹지로 묶여 있어서 개발이라는 건 꿈에도 생각하지 않았던 산이었다. 그런데 청량산 자락 나무들이 쓰러지기 시작했다. 전기톱이 산자락을 휘젓고 다니는 동안에도 어디 먼 곳에서 간벌하는 것이겠지, 그러고는 외출을 했었다. 우연히 내다본 뒷산 중턱이 휑하니 민둥산으로 바뀌어 있다. 무슨 일이지. 불안이 피어 올랐다. 어쩌면 어머니처럼 살던 터를 내주고 이사를 가야하는 게 아닌가, 그런 의문이 들었다. 재건축을 한다고 주위에 소문이 나서 카페 여주인이나 미용실에서도 거기 집값 많이 올랐죠, 하고 물었다.

"진달래 필 때가 되었어요."

그들의 질문에 그렇게 대답하면 다시 또 질문이 들어왔다.

"좋겠어요."

"뭐가요."

"집값이 많이 올랐잖아요."

"그게 좋은 건가요."

집값이 올라도 내 삶은 변한 게 없었다. 많은 것들이 사라졌다. 살던 집도 바다도 어머니도 모두 사라졌다. 어머니는 개펄과 바다에 대한 추억에 기대어 살았다. 아주 어릴 적, 아마도 다섯 살인가 여섯 살 때 어른들과 배를 타고 작약도로 소풍을 갔었다. 어른 남자의 팔에 안겨 있었던 나는 훗날 그 남자가 아버지였을 걸로 추측했다. 어른들이 낚시로 물텀벙이를 잡아 회를 떠서 소주와 먹을 동안 옆에서는 매운탕이 끓었다. 자갈밭에 부려진 아이들은 까맣게 타도록 돌을 갖고 놀다가 칠게에 물려 울음을 터트리기도 하였다. 등대에 불이 들어오고 바다물빛이 붉게 출렁이면 배를 타고 돌아왔다.

손때가 묻은 자개장롱은 경첩에 녹이 슬어 문을 여닫을 때마다 삐걱거렸다. 버릴까 하다가 어머니 유품을 남기기로 했다. 어머니는 자개장롱을 들이고 나서 틈날 때마다 쓰다듬고 걸레질을 했다. 밤이 깊어갔다. 초봄의 바람이 부드러워졌다. 베란다 창을 열어놓고 어두운 밤하늘을 내다보았다. 어머니가 그러했듯 나는 두 다리를 올리고 소파에 비스듬히 드러누워 하염없이 밤하늘을 쳐다보았다. 멀리서 불빛이 반짝하고 빛나는 것 같았다. 눈꺼풀이 자꾸 무겁게 내려앉았다.

귀청을 찢는 소리에 눈을 떴다. 아침 햇살이 거실에 깊이 들어와 있고 숲에서 강한 쇳날이 빠르게 돌아가는 굉음이 났다. 엉거주춤 일어나 내다보았다. 뒷산 가득 빽빽하던 나무들이 사라지고 하늘이 휑하니 다가왔다. 진달래와 산수유가 여기저기 쓰러져 있는 게 보였다. 무슨 일이 일어난 거지. 철모를 쓴 인부 서너 명이 쇠톱으로 나무를 자르느라 산이 아수라장이었다. 전기톱날을 허리쯤 대자 나무가 맥없이 쓰러졌고 뒤이어 뿌리 쪽 땅에 닿는 부위를 잘라버렸다. 순식간에 크고 작은 나무들이 쓰러져 덤불처럼 뒤엉켜버렸다.

"아저씨, 나무 베지 마세요!"

베란다 창문에 매달려 소리쳤다. 내 소리는 전기톱 소리에 여지없이 잘려나갔다.

"아저씨, 나무 베면 안돼요!"

다시 고함을 질렀으나 공허한 메아리가 되어 돌아왔다. 보존녹지로 지정되어 비닐하우스 한 개도 설치하지 못하던 터였다. 무슨 일이 일어나고 있는지 알 수가 없었다. 구청에 전화를 했다. 콜 센터 여직원은 사유를 꼬치꼬치 캐물었다. 공원녹지과에 연결이 되었다.

청량산 자락 나무들이 베어지는데 현장 확인하라는 내 말에 담당 공무원은 집주인이 하는 거라고 자기네도 어쩔수 없다고 대지로 지목변경이 되었는데 건축과에서 허가했다고 변명을 늘어놓았다. 나무를 베면 안 되는 거 아니냐고 대지로 지목 변경이 될 수 없다는 거 잘 알지 않냐고 예전에는 땅 한 평도 마음대로 할 수 없는 녹지대 아니었냐고 항변하자 직원은 다시 건축과에서 다 한 거라고 대답을 했다. 공원녹지과는 책임이 없냐고 따지자 공무원은 다시 건축과를 둘러댔다. 전화는 끊어졌다. 겉옷을 걸쳐 입고 집 밖으로 나갔다. 경비가 게시판에 공고문을 붙이고 있어서 물어 보았다.

"산주인이 업자에게 팔아서 빌라를 짓는대요. 경비실 입구에서부터 어린이 놀이터 있는 곳까지요."

"저쪽 주차장 말인가요."

"그렇죠."

쇠 톱날 소리 사이로 고함소리가 섞여왔다. 목청 큰 남자 목소리였다. 조금 후 사람들이 몰려나오기 시작했다. 하나 둘 사람들의 무리가 나무들이 쓰러진 산 쪽으로 이동하기 시작했다. 나도 사람들 무리에 섞여 앞으로 나아갔다. 누군가 선창하고 사람들이 다 같이 후렴구를 외쳤다. 막막하고 어두운 장면이 떠올랐다. 오래 전 신도시 개발을 앞두고 모여 있던 사람들의 모습이 겹쳐졌다.

"투기 자본 물러가라!"

“조상들이 물려준 터 마구잡이 개발이 웬 말이냐!”

“우리는 맑은 공기, 맑은 숲을 원한다.”

사람들의 목소리가 커지기 시작했다. 쇠 톱날 소리가 멈춰 섰다. 합창소리는 빌라 아파트 지붕을 넘어 쓰러진 나무들 위를 지나 벌거벗은 산중턱을 떠돌았다. 뒤를 돌아다보니 옆집 여자가 보였다. 옆집 여자 뒤로 진돗개가 짖으며 따라왔다. 이층집 남자가 진돗개 목줄을 잡고 있었다. 선창자가 구호를 외치자 진돗개가 큰 소리로 컹컹 하고 짖었다. 개소리는 산중턱 바위에 부딪혔다가 메아리가 되어 흩어졌다.

그녀가 올까요

한무택이 알랙세이를 만난 건 늦은 가을이다. 농장에서 일하던 계약직 일꾼이 어머니가 아프다고 고향집에 다녀오겠다고 말하고는 길을 떠났는데 여태 돌아오지 않고 있었다. 비닐하우스 가득 익은 딸기향이 넘쳐나도록 오지 않는 일꾼을 마냥 기다릴 수는 없었다. 한무택은 여기저기 알아보다가 인력회사를 통해 연줄이 닿았다. 알랙세이는 여자와 함께 오겠다고 했고 한무택은 사람이 더 필요할지도 모르겠다는 생각으로 흔쾌히 허락을 했다. 알랙세이의 여자친구는 소냐였고 두 사람은 결혼자금이 필요했고 둘이 의논한 결과 러시아에서 한국으로 날아온 거였다. 한무택은 러시아 말을 한마디도 못했고 알랙세이와 소냐는 한국말을 전혀 못했다. 언어가 통하지 않아도 일하는 데는 지장이 없었다. 딸기를 따서 플라스틱 대야에 담아 비닐하우스 밖으로 갖고 나오면 농협에서 트럭이 나와 선별장으로 싣고 갔다. 한무택은 발음이 어렵다고 알랙이라 불렀고 알랙세이는 별 불만이 없는 듯했다. 알랙과 소냐는 김치찌개나 된장찌개, 소금에 절인 양파 피클 등 주는 대로 먹었지만 한무택은 그들을 배려해서 우유식빵이나 초코파이, 믹스커피, 비스킷을 사다 주었다. 알랙과 소냐는 육 개월을 머물다 돌아갔다. 공항에 태워다주고 돌아서며 한무택은 그들과 악수를 했고 돌아서 가던 알랙이 다시 되돌아와 포옹을 하고 갔다. 그후 알랙과 소냐의 소식은 들을 수 없었다.

삼 년이 지나 한무택은 알랙으로부터 전화를 받았다. 그동안 한국말 공부를 했는지 어눌한 우리말로 일거리가 있냐고 물었다. 한무택은 알랙의 목소리를 알아들었고 반가웠고 당장 사람이 필요하다고 오늘이라도 와줬으면 좋겠다고 서둘러 말했다. 전화를 끊고 나서야 소냐가 같이 오는지 묻지 않았음을 알았다. 일손이 절박하게 딸리지는 않았지만 소냐가 합류해도 괜찮겠다는 계산을 끝내고서야 마음이 한결 가벼워졌다. 귀농 삼 년차인 한무택이 떠밀리다시피 이장이 된 건 경로당 노인들이 하도 사정을 해서였다. 젊은 사람들이 빠져나간 마을에는 오래 산 노인들만 남아 있었다. 이장을 뽑아야하는데 마땅한 사람이 없었고 한무택의 의견은 들어보지도 않고 노인들은 그를 막무가내식으로 이장으로 밀었다. 한무택은 얼떨결에 이장이 되고나서 툭하면 회의에 세미나에 협의회 모임에 집을 비웠다. 이래저래 분주해진 한무택은 농장 일에 전념하기에는 잡무가 많았다.

알랙은 볼 살이 빠져 홀쭉했고 삼 년 전에 비해 많이 말랐다. 소냐와는 헤어졌다고 그간 의정부와 양주 쪽 공장에서 쭉 있었다고 말했다. 알랙은 뭔가 달라져 있었다. 담배를 수시로 피웠는데 딸기에 혹 영향을 줄까봐 불안했다. 한 시간 일하고 하우스 밖으로 나가 담배 한 대 피고 들어오다가 급기야 삼십 분에 한 대씩 담배를 피는 것 같았다. 담배는 몸에 해로워. 한무택은 에둘러서 한 마디 했으나 알랙은 고개만 끄덕이고는 담배를 줄일 생각이 없는 듯했다.

"사장님, 허리가 아파요."

어느날 한무택이 담배를 끊으라고 하자 알랙은 오래 참고 있었던 듯 그 말을 했다. 한무택은 순간 찔끔 했다. 최근에는 일하기 편하게 작업장을 설치하는 추세인데 한무택 농장에서는 재래방식으로 허리를 구부려 일을 해야 했음으로 불편한 건 사실이었다. 현대식 시설을 갖추려면 돈이 많이 들어 엄두가 안 나서 옛날 방식을 고수하고 있는데 그걸 알랙이 지적한 것이었다. 이번에는 한무택이 알랙에게 담배를 한 대 얻어 피우며 비용이 많이 들어 당분간은 어렵지만 언젠가는 현대식 시설로 바꿀 거라고 말했다. 알랙은 별다른 반응 없이 손을 털고는 하우스 안으로 들어갔다.

그날 저녁 한무택은 알랙에게 삼겹살을 사줬다. 식당에는 남방 계열의 이주 노동자들이 더러 눈에 띄었는데 알랙처럼 백인은 없었다. 옆자리에 앉은 동남아 계열 청년들이 맥주를 쳐들며 건배를 했고 시끄럽게 떠들며 고기를 구워먹느라 어수선했다. 그 중에는 정만국 농장에서 일하는 뚜엔도 있었다. 뚜엔이 한무택과 눈이 마주치자 환하게 웃었다. 알랙은 말없이 상추에 돼지고기를 얹어 쌈을 싸먹으며 소주를 마셨다. 소주가 싱겁다고 알랙이 말했다. 보드카를 마시던 알랙에게 소주는 순한 술일 테지만 이날 밤 알랙은 다른 분위기를 풍겼다. 알랙이 소주를 연거푸 마시자 한무택은 불안해졌다. 알랙이 식당 밖으로 나가 어디인가 통화를 했다. 통화는 한참이나 길어졌다. 한무택은 계산을 하고 나와 알랙을 찾았다. 알랙이 식당 뒤 도랑가에 머리를 처박고 토하고 있었다. 한무택이 다가가 등을 두드려주었다. 알랙의 눈가에 눈물인지 물기가 맺혀 있었는데 울었는지 토하느라 그랬는지 알 수 없었다.

차를 식당 앞에 두고 한무택은 알랙과 걸었다. 작은 고개를 넘으며 알랙은 사장님은 좋은 사람이에요, 했다. 모든 것은 다 지나가는 거라고, 괴로워하지 말라고 한무택이 중얼거리듯이 대꾸를 했다. 알랙이 발걸음을 멈추고는 바닥에 주저앉았다. 한무택도 숨이 찬 터라 나란히 주저앉았다. 달이 밝았다.

"소냐와 통화했어요."

"잘됐네."

"다시 시작하고 싶다고 했더니 돌아올 수 없대요."

"이 봐, 알랙. 세상에 널린 게 여자야. 마음 단단히 고쳐먹고 새로 시작해."

"저도 그러고 싶어요. 그게 마음대로 안돼요. 소냐는 지금 여행 중이에요. 그녀는 떠돌아다니는 인생을 사랑해요."

한무택은 알랙의 말 속에서 소냐를 깊이 사랑하고 있음을 알고 쓸쓸해졌다. 귀농을 결정했을 때 한무택의 사업은 망해가고 있었다. 아내는 시골로 올 수 없다고 했고 도시에 남았다. 아내는 이혼 서류를 내밀었고 한무택은 외면한 채 귀농했으므로 그들 부부는 남이라고 할 수도 그렇다고 부부라고 할 수도 없는 어정쩡한 관계에 있었다. 한 해 두 해 흐르다보니 아내와 전생에 인연을 맺었던 사람처럼 아득해졌다. 한때 달콤했던 아내와의 시간들은 멀리 휘돌아나가는 강물처럼 흘러가버렸고 서로를 애타게 목말라하던 날들도 가물가물해졌다. 지나간 시간은 차갑고 냉혹하게 현실에 차단막을 설치하고 부드러운 감정의 결을 얼려버렸다. 알랙이 어깨를 들썩이며 흐느꼈다. 달빛이 대숲에 쏟아지며 바람이 댓잎을 흔드는 소리와 알랙이 흐느끼는 소리가 불협화음을 내며 어두운 밤을 수놓았다.

다음날 알랙은 늦잠을 잤고 한무택은 농협에 들렀다가 면사무소에 나갔다. 이장단 회의가 있었고, 모임이 끝나고 점심 초대를 받았다. 정만국이 염소를 잡았다고 면장과 직원들, 이장들을 집으로 초대했다. 정만국이 이장은 아니지만 단체 회의가 있을 때 종종 밥을 사는지 초대받은 사람들은 얻어먹는 것을 당연하게 생각하는 듯했다. 정만국이 부자라는 소문은 있으나 얼마나 자산을 보유했는지 아는 사람은 없었다. 삼천여 평 터에 집을 들여앉히고는 다양한 식물들을 심어놓은 정원은 도시의 중산층 부럽지 않을 만큼 꾸며져 있었다. 잔디와 소나무를 심었고 울타리로 황금 측백을 조성했는데 바람이 불 때마다 햇볕을 받은 황금 측백이 노랗게 빛을 튕겨내는 풍경은 현실을 잠시 잊게 만드는 마법 같은 효과를 냈다. 뒤뜰에는 마천석 돌담을 쌓고 군데군데 영산홍을 심어 꽃망울이 한참 올라오고 있었다.

마당에서 염소고기 바비큐를 하는데 고기는 연하고 부드러웠다. 소고기 안심살을 구워먹는 듯 입안에서 녹았지만 한무택은 몇 점 집어먹고는 입맛이 달아났다. 지지리 궁상으로 살던 정만국이 청계 닭과 흑돼지와 젖소를 기르다가 좋은 값으로 외지인에게 넘기고 딸기를 시작한 건 신의 한수였다. 그의 농장 규모는 전체 시를 통틀어 최대였는데 이주 노동자들을 합숙시키며 얻어낸 결과였다. 초등학교 동창인 정만국을 다시 보게 될 줄은 몰랐지만 유난히 친밀함을 드러내는 그가 부담스러웠다. 한무택은 알랙이 잠시 떠올랐다. 직접 담근 복분자 술이 분위기를 돋웠고 면직원들은 고기만 구워먹고 돌아가고 이장들만 남아 농작물 이야기로 꽃을 피웠다. 비닐하우스에 바나나를 키워 성공했다는 이야기와 제주도에서만 나는 천혜향과 레드향을 성공시켜 백화점에 납품한다는 사례발표에 이어 방울토마토와 쌈채소 재배 경험의 발표가 있었다.

한무택은 말없이 그들의 이야기를 들으며 복분자술을 마셨다. 딸기농사는 전망이 밝지 않았다. 삼사십 년 전 딸기로 고소득을 올리던 사람들은 노인이 되어 호황이던 과거를 회상하며 남은 인생을 보내고 있지만 새로 딸기 농장을 시작한 사람들은 미래가 어두웠다. 쌀을 포기하고 딸기를 심는 농가가 늘어나면서 이제 전국이 딸기 산지로 변모되어 가고 있었다. 한무택은 자신이 딸기농사를 지으면서도 그 많은 딸기가 소비된다는 사실이 경이로웠다. 농장 마당에 세워놓은 이장들의 외제차에 햇볕이 머물렀다. 한무택의 트럭이 그들 외제 승용차 옆에서 햇볕을 받고 있었다. 한무택은 조용히 일어나 트럭을 몰고 농장으로 돌아왔다.

며칠 후 한무택은 알랙을 데리고 옛 창촌 장터로 갔다. 진주농민항쟁 기념탑이 우뚝 솟아 있는 공터에 꽹과리 소리가 요란했다. 큰들 문화센터 농악대가 단체복을 갖춰 입고 탑 주위를 돌고 있었다. 기관장들이 맨 앞자리에 앉아 있고 사회자가 인사소개를 했다. 그들이 돌아가며 몇 마디씩 축사를 했다. 노래패 '맥박'이 나와 농민가를 부르자 모두들 일어나 주먹을 쥐고 팔을 흔들며 노래를 따라 불렀다. 멜로디는 군가 같아서 박력이 있고 가사는 애달팠다. 걸개그림이 걸린 현수막에는 일백오십여 년 전 농민항쟁을 이끈 류계춘이라는 인물이 소개되었는데 산적두목같이 턱수염이 더부룩한 인물 그림이 박여 있었다. 대학에서 류계춘을 연구한 학자가 나와 진주 농민항쟁에 대해 뭐라고 설명을 했으나 한무택의 귀에는 류계춘이 양반이라는 내용만이 기억에 남았다. 전국 농민회 대표가 나와 오늘의 농민 현실에 대해 일장 연설을 했는데 요지는 여전히 농민은 살기 어렵다는 것이고 따라서 농민 연금을 줘야 한다고 주장했다. 박수소리가 터져 나왔다. 기념식이 끝나고 농민항쟁기념탑으로 자리를 옮겨 대표자가 분향을 했다. 탑 주위에는 그 시대 부패한 관료와 제도에 대항하다가 참수된 인물들의 명단이 돌에 새겨져 있었다. 한무택은 탑 주위를 돌며 속으로 이름을 하나하나 불러보았다. 그러다가 사노 맹돌, 사노 귀대, 사노 순서, 사노 검동이라 쓰인 돌에 발길이 멈춰 섰다. 노비가 항거에 가담하였는데 그들 이름이 역사에 남아 있었다. 성은 없고 이름만이 또렷하게 새겨져 있는 그들의 신분은 사노였다. 굶주리는 백성들에게 관에서 봄에 양식을 꾸어주고 추수기에 거둬들이는 환곡제도는 지방관리의 탐욕이 가세하면서 문제가 곪아터졌다. 몰락 양반이던 류계춘은 직접 농사를 짓거나 하지는 않았지만 농민들의 우두머리가 되어 항쟁을 이끌었고 결국 효수되어 목이 없이 몸만 묻혔다.

자원봉사자들이 준비한 비빔밥을 먹고 한무택은 알랙과 농장으로 돌아왔다. 덕천강이 흐르는 길을 따라 농장으로 오는 길은 한가하고 고즈넉했다. 새 떼가 강에 떠 있는 풍경은 세상 무엇보다 평화로운 낙원이라고 보여주는 듯했다.

"내 할아버지도 혁명에 참여했었어요."

"혁명이라고?"

"러시아 국민들은 빵을 달라고 시위를 했어요."

"백성들이 굶주림에 시달리다가 시위를 하고 중앙정부에서는 이를 해결하지 못해 결국 한 왕조가 막을 내리는 데 단초가 된 건 러시아나 조선이나 마찬가지네."

"할아버지 대부터 아버지 대를 어렵게 살아와서인지 발전한 한국을 보면 부러워요."

알랙의 말에 한무택은 잠시 자신을 돌아보았다. 소비

가 미덕이라는 경영이론을 공부하며 한 시절을 보낸 다음 죽어라 하고 일만 하며 애쓴 보람도 없이 가정도 자식도 지켜내지 못하고 혼자 시골살이를 하는 자신이 실패한 인생 같아 허망했다. 당장 빵은 해결했지만 저녁이 없는 삶은 사람 사는 게 아니었다. 딸기하우스 주변에 주차된 승용차들은 대부분 외제차였다. 외제차 옆에는 컨테이너 집이 어김없이 들어앉아 있었다. 마을에 집을 두고 컨테이너에 살고 있거나 원래부터 집이 없이 컨테이너에서 사는 사람들이거나 딸기농사를 짓는 사람들은 모두 컨테이너에서 대부분의 시간을 보냈다. 내부는 텔레비전과 냉장고, 소파, 에어컨이 설치되어 있고 일반 가정집과 똑같은 구조였는데 외부 모형만 커다란 박스형이었다. 목돈이 들어오면 힘들게 번 돈으로 비싼 차를 사서 타고 다니는 농장주인들 대부분은 빚에 쪼들렸다. 딸기하우스 시설을 편리한 현대식으로 전환할까 몇 번이나 고민하다가 농협에서 대출 상담을 하던 중 알게 된 내용이었다. 한무택은 대출금 이자가 그 사이 또 올라 엄두가 안 나서 되돌아왔다.

하우스 농장에 알랙을 내려주고 한무택은 트럭을 집 앞에 세웠다. 농장에서 이백여 미터 떨어진 단층 주택은 귀농하던 해에 새로 지었다. 할아버지가 남긴 산자락 비탈밭 한 뙈기는 한무택에게 귀농을 결심하게 해준 땅이었다. 할아버지와의 추억이 깃든 시골은 이혼 위기와 이직과 사업 실패를 겪을 때마다 한무택의 심경을 흔드는 도피처로 떠오르곤 했다.

"빵도 중요하고 자유도 중요하지."

한무택은 스스로 중얼거리며 농민항쟁에 가담한 노비들의 이름을 입속으로 되뇌어보았다. 맹돌, 귀대, 순서, 검동… 성도 없이 이름으로 불린 노비들이었다. 어쩌면 이름도 없이 돌석이, 검둥이 등으로 불리다가 후대 사람들이 한자를 차용해 붙여준 이름인지 모른다.

"주민 여러분께 안내 말씀 드립니다. 생멸치를 주문하실 분은 신청해주시고 감자 씨 주문은 마감했습니다."

마이크를 끄고 나서 한무택은 농협이 할 일까지 떠맡아서 일을 해야 하나 하는 의문이 들었다. 농협에서는 수고비로 월 십오만원 씩 입금을 해주기는 하지만 면사무소에 협조하는 일을 하기에도 바쁜데 농협일을 이장이 다하는 현실이 불만스러웠다. 뭐라 항변할 수도 없었다.

"사장님, 큰일 났어요."

느긋하게 커피를 한 잔 마시려는데 알랙이 숨을 헐떡거리며 뛰어왔다. 한무택은 마시던 커피를 내려놓고 서둘러 외출준비를 했다. 알랙이 말하지 않아도 심각한 일이 일어났음을 알 수 있었다. 딸기에 곰팡이병이 번져가고 있었다. 농약을 칠 수도 없는 작물이라 속만 태울 뿐 어찌해야 할지 몰라 면 산업팀으로 달려갔다. 마을에는 고산지대에서 어린 딸기 모종을 키워 하우스에 옮겨 심은 딸기 명장 이야기가 심심치 않게 흘러나왔다. 척박한 환경에서 고생을 시킨 후에 부드러운 하우스 흙에 옮겨 심으면 딸기가 잘 큰다는 이야기였다. 실제로 마을에는 연로한 노인 중에 그렇게 농사를 지어 자식 넷을 대학까지 보내고 도시에 상가를 사놓고 임대료를 받으며 사는 노인이 있었다. 먼 옛날에 있었던 전설 같은 이야기였다. 너도 나도 딸기농사를 짓겠다고 덤벼드는 마당에 딸기 값은 떨어지고 당도는 더 신경 써야 하며 일은 몇 배로 늘어났다. 산업계 팀장은 어두운 얼굴로 별 다른 조치를 취할 수 없다고 내년을 기약해보라고 말하고는 출장이 있다며 일어섰다. 한무택은 힘이 하나도 없는 걸음걸이로 농장으로 돌아와 알랙을 불렀다.

"담배 끄, 끊을게요."

알랙이 겁먹은 얼굴로 말을 더듬었다. 한무택은 그런 알랙을 멀거니 바라보다가 어깨를 툭툭 쳐주고는 밖으로 나왔다. 벌통을 하우스 안에 넣어주었는데 벌들이 날지 않을 때부터 느낌이 좋지 않았다. 바람이 잦은 환절기라고는 하나 가을볕은 따스했고 기온이 부드럽게 올라가는데도 벌들의 활동이 굼떴다. 딸기꽃이 지고 열매를 맺기 시작하는 늦가을이 되면서 한무택은 비로소 한시름 놓았다. 더구나 알랙이 합류하면서 농장에 활기가 돌았다. 알랙은 한국말은 어눌해도 말귀는 다 알아들었다. 마을 노인들과 농담도 하고 인사도 잘했다. 알랙은 한무택이 이장 일로 바쁠 때면 밥을 해놓고 기다릴 줄도 알았다. 혼자 밥을 먹던 한무택이 언젠가부터 알랙을 불러 함께 밥을 먹었다. 같이 밥을 먹은 지도 꽤 되었다. 알랙은 트럭을 몰거나 심부름을 하기도 했다. 이제는 한 가족 같은 느낌이 들었다. 새참으로 자장면을 시켜주면 맛있게 잘 먹었고 치킨을 시키는 날에는 엄지손가락을 치켜들며 코리안 치킨 넘버원,이라고 너스레를 떨었다.

딸기곰팡이병균 때문에 속상해할 사이도 없이 함안댁 할머니가 돌아가셨다는 부고를 받았다. 노인요양병원에 있은 지 삼 년이 되는 해였다. 사람들은 함안댁을 잊고 있다가 부고를 받고서야 아직도 살아 있다는 게 믿어지지 않아하는 눈치였다. 아흔여섯 살에 돌아가셨으니 천수를 다했다고도 볼 수 있었다. 올 봄에도 노인 두 분이 귀천했다. 한무택이 귀농한 삼 년여 동안에만도 노인이 다섯 분이나 세상을 떠났다. 노인이 살던 집은 비어진 채로 퇴락해갔다. 아기울음소리 사라진 마을에는 적막이 돌았다. 그나마 학교가 있을 적에는 아이들의 떠드는 소리가 사람 사는 동네 같았으나 학교가 없어지고 나서는 죽을 날만 기다리는 산송장뿐인 노인들이 마을을 지키고 있었다. 노인이 마을을 지키는 건지 마을이 노인을 지키는 건지 구분이 안갔다. 지난 구정 때 내걸었던 -고향에 오심을 환영합니다- 현수막이 비스듬하게 기울어진 채 전봇대에 매달려 있는 게 볼썽사나웠다. 중학교 동문 축제 한마당, 이라는 현수막도 바람에 펄럭거렸다. 군데군데 허공을 가로막는 현수막이 사람 사는 마을이구나 알려주는 듯 아무개 집 증손녀가 사법고시에 합격했다거나, 누구네 딸이 대학 전임교수가 되었다거나, 서울 소재 대학뿐 아니라 지방 소재 대학 합격 소식, 공무원 진급 소식이 현수막으로 마을 진입로에 펄럭일 때마다 유일하게 그 소식이 살아있는 생명체 같았다. 이제 마을 구성원의 개인사는 현수막을 통해 알 수 있게 되었다. 한무택이 이장이 되었다고 현수막이 내걸리지 않음이 다행이었다.

한무택은 제방을 따라 걸었다. 둑 아래로 죽 늘어선 비닐하우스가 멀리 흐르는 강물처럼 보였다. 오토바이 소리가 나더니 한무택 옆을 스치듯이 지나갔다. 베트남에서 온 청년 뚜엔이 뒤에 여자를 태우고 머플러를 휘날리며 달려가고 있었다. 정만국을 떠올리자 괜히 더 화가 났다. 힘들면 언제든지 부탁해, 도울 일이 있으면 도와야지, 친구끼리. 정만국의 말은 한무택의 비위를 거슬렀다. 친구끼리 부탁하라는 그의 말 속에서 어렵게 살던 정만국의 어린 시절이 겹쳐졌다. 다들 살림살이가 비슷비슷하게 어려웠지만 유난히 정만국네는 모친이 품앗이로 다섯 남매를 키우며 사는 터여서 더욱 어려웠다. 아이들에게 놀림 받고 학교에서도 겉돌던 정만국이 딸기하우스 스무 동을 하며 외국인 근로자 봉급으로만 한 달에 일천만 원이 든다는 말은 사실인 듯했다. 조합장 선거에 한 번 떨어진 후 다시 재도전을 준비하는 정만국을 두고 사람들은 그의 재력을 보며 언젠가는 조합장이 될 거라는 추측을 하기도 했다. 손에 흙 한 번 묻히지 않고 외제차를 타고 다니며 인생을 유희하는 그를 사람들은 곱게 봐주지 않았지만 겉으로 내색하지는 않았다. 예닐곱 명의 외국인 근로자들이 정만국이 제공한 컨테이너에서 합숙을 하며 음식을 해먹었는데 그들이 강의 물고기 씨를 말린다고 이장단 모임에서 누군가 푸념을 했다.

일손이 모자라 쩔쩔 맬 때 마을 사람치고 정만국네 일꾼 덕을 안 본 사람이 없었다. 알랙이 장염으로 병원에 입원했을 때 뚜엔이 나타나 딸기를 따 준 일로 정만국은 아무렇지 않은 듯 친구끼리 돕고 살아야지를 반복했지만 한무택은 마음의 빚을 진 느낌에 속이 편하지 않았다. 뒤이어 또 한 대의 오토바이가 지나갔다. 하마터면 치일뻔한 터라 한무택은 화가 났다.

"야, 뚜엔!"

앞에 가던 오토바이가 급하게 브레이크를 밟으며 섰다. 뒤따라가던 오토바이도 길옆으로 비껴 섰다.

"죄송해요."

뚜엔이 오토바이에 올라탄 채 꾸벅 인사를 했고 그의 뒤에 앉은 여자 애가 고개를 숙인 채 뚜엔의 허리를 꽉 움켜잡고 있었다.

"어디 가냐."

"물고기 잡으러 가요."

"고기가 잡히냐."

"고기 많아요. 우리 잘 잡아요. 요리 잡수러 와요."

"알았으니 가봐."

꾸벅 인사를 하고 돌아서는 뚜엔을 한무택이 다시 불렀다.

"어이, 뚜엔, 헬멧 쓰고 다녀."

저녁 해가 기울어지고 있었다. 강변에는 모닥불을 피워놓고 노는 사람들의 그림자가 얼핏 비쳤다. 이장 김씨가 자기네 집에서 일하는 라오스 청년이 물고기를 잡아다 요리를 해줬는데 맛이 기가막히더라는 이야기를 해 준 적이 있었다. 일이 끝난 밤이면 동남아에서 온 아이들이 둑방에 몰려다니며 담배를 피우거나 강에서 노는 일을 종종 목격했다. 경찰이 몇 번 헬멧을 쓰고 다니라고 주의를 줬는데 이장들이 지구대에 찾아가서 애들 겁주지 말라고, 불법체류자라 경찰이 불러 세우기만 해도 겁먹고 도망간다고, 누구 농사일 망칠 셈이냐고 항의했다는 말을 들었다. 이주 노동자를 두고 몇 번 지구대에 민원이 들어가고 경찰청에 항의가 쏟아지자 난감한 건 경찰이었다.

딸기잼을 만드는지 달콤한 딸기향이 허공에 떠다녔다. 일찍 딸기수확을 마감하고 잼을 만들어서 수익을 올리는 일에 매달리는 사람들이 늘어나고 있었다. 기력을 다한 딸기 덤불이 뿌리 뽑힌 채 하우스 주위에 쌓여 있는 게 보였다.

길을 가운데 두고 양쪽으로 이어진 딸기하우스 안에서 자잘하게 커가는 딸기 모종이 언뜻 보였다. 개가 짖어댔다. 어린 강아지 두 마리가 맹렬하게 짖으며 한무택을 따라왔다. 길가에 세워진 플라스틱 간이 화장실 문짝이 바람에 삐걱거리고 컨테이너에서는 라면 냄새가 풍겨왔다. 하우스 한쪽에 컨테이너가 놓여 있거나 하우스 안에 칸막이를 세워 끓여먹거나 잠을 자는 공간으로 활용하는 집이 대부분이었다. 딸기하우스나 컨테이너에서 생활하다가 정착한 사람들이 내다버린 쓰레기 더미가 전봇대아래 쌓여 있었다. 쓰레기가 썩어가며 역한 냄새가 코를 찔렀다.

긴 비닐하우스가 늘어선 농로를 따라가는데 개들이 모두 모여와 동네가 떠나가라 짖어대며 쫓아왔다. 돌멩이를 집어 던지자 개들은 뒤로 후퇴했다가 다시 그악스럽게 짖어대며 따라왔다. 개들을 풀어놓고 키우는지 원래 목줄을 했다가 잠시 풀어 놓았는지 알 수 없었지만 목줄을 매단 흔적이 보이기는 했다.

열린 비닐하우스 안에서는 끝물 딸기가 익어가고 있었다. 저녁의 부드러운 바람결에 달콤한 향내가 떠다녔다. 도랑물 소리가 귓전에 들려왔다. 예부터 물이 많아 물수에 골곡 자를 써서 수곡이라 이름 지은 선조들의 지혜가 대단하다고 생각하며 한무택은 도랑물을 내려다보았다. 농수로에 세차게 흐르는 도랑물은 시름이 없이 흘러흘러 어디론가 가고 있었다. 남의 딸기를 훔쳐보는 한무택은 속이 편치 않았다. 어디선가 오리 울음소리가 들려왔다. 오리 울음소리가 나는 곳으로 발걸음을 옮기자 도랑물에서 헤엄을 치며 놀고 있는 흰 오리를 발견했다. 사료 그릇이 있는 것으로보아 주인이 있는 오리 같았다. 회식이 있는지 마실을 갔는지 하우스 주위가 조용했다. 사람들을 기다리다가 한무택은 발길을 돌렸다.

천천히 둑길을 따라 오는데 강 쪽에서 웃음소리와 시끄럽게 떠드는 소리가 들려왔다. 브엉, 밍, 홍 하고 즈들끼리 부르는 소리로 보아 조금 전에 만난 베트남 청년들 같았다. 한무택은 강 쪽으로 내려갔다. 파란 하늘과 그 하늘에 떠 있는 흰 구름이 덩어리를 이루어 강에 깊게 내려와 있었다. 뚜엔이 투망을 던지자 양동이를 든 여자 애와 남자 애가 따라다녔다. 한무택은 투망은 불법이라고 차마 말이 나오지 않아 멀거니 바라만 보고 섰다. 마을에서는 아무도 물고기를 잡지 않았다. 물고기를 잡을 시간도 없고 돈이 되지 않는 일은 아무도 하지 않았다. 간혹 노인들에게서 메기 잡던 이야기나 장어 잡던 이야기를 듣긴 하지만 그들도 옛날 일이라 기억이 가물가물한지 메기나 장어를 스무 마리 잡았다고 했다가 서른 마리 잡았다로 말을 바꾸거나 매 번 그 수가 달랐다. 장작불 위에는 솥단지가 걸려 있고 솥 안에서는 물이 팔팔 끓었다. 뚜엔이 투망을 들고 자갈밭으로 나와 펼쳐놓았다. 피라미들이 배를 뒤집으며 팔딱팔딱 뛰었다. 새우 서너 마리, 쏘가리, 붕어가 늘어져 있고 대부분은 어린 물고기였다. 뚜엔이 아무렇지 않은 듯 투망을 뒤집어 자갈밭에 물고기를 쏟았다. 장작불이 지펴지는 한쪽에는 비닐과 스티로폼 같은 쓰레기가 쌓여 있었다.

멀리서 경찰차의 사이렌 소리가 들려오자 뚜엔을 비롯한 그의 일행이 투망을 풀숲에 숨기고는 모닥불 주위에 몰려들었다. 사장님, 나빠요. 배고팠어요. 공장을 떠돌다가 밀린 임금을 못받고 시골로 온 뚜엔의 말이 귓전에 맴돌았다. 한무택은 뚜엔의 뭉툭한 손가락을 힐끔 바라보다가 이제 괜찮다고 경찰차가 가버렸다고 말했다.

"뚜엔, 일은 할 만해?"

"사장님, 정 많아요. 돈, 집에 보내요. 힘 하나도 안 들어요."

그러고는 웃었다. 모닥불이 사위어 가고 뚜엔 일행이 다시 투망을 집어들고 어두운 강 쪽으로 다가가자 한무택은 천천히 돌아섰다. 딸기농사를 계속 지어야 할지 고민이 되었다. 냉장고에서 소주를 꺼내어 마시다가 소파에서 잠이 들어버렸다.

한무택은 꿈을 꾸었다. 어린 날 할아버지 손을 잡고 들판을 바라보는 꿈이었다. 새벽녘 갈증에 목이 타서 일어난 한무택은 꿈속이 아닌 할아버지와 거닐던 논두렁과 언덕을 회상했다. 아버지가 말아먹은 터전을 바라보던 할아버지는 손자인 한무택에게 희망을 걸었다. 할아버지가 손을 들어 가리킨 너른 들판에는 벼이삭이 피고 있었고 개구리 울음소리가 요란했다. 쌀은 사람을 살리고 자연을 살리는 기라. 할아버지의 말이 들려오는 듯했다.

뻐꾸기 울음이 적요한 마을을 휘젓고 있었다. 한무택은 비닐하우스 쪽으로 발걸음을 옮기다가 트랙터 소리를 들었다. 트랙터 소리가 나는 곳을 향해 걸어갔다. 귀농한 심 씨네 밭이었다. 심 씨가 양파를 갈아엎고 있었다. 어른 주먹만한 양파가 트랙터 바퀴에 맥없이 깔려 으깨어지는 장면을 본 한무택은 소리를 질렀다.

"이봐, 심 씨, 이게 뭔 일이야!"

심 씨가 한무택을 발견하고 트랙터를 멈추고는 이마에 맺힌 땀을 옷소매로 닦았다. 심 씨는 아무렇지 않은 표정으로 인사를 하며 한숨을 내쉬었다. 양파값이 떨어져 인건비가 안 나온다고, 양파농사 헛지었다고, 이럴 줄 알았으면 완두콩이나 심는 건데 그랬다며 푸념을 했다. 한무택은 트랙터 밑에 깔린 양파를 힐끔 보며 딸기에 곰팡이가 생겨 올해 딸기는 접어야겠다고 말을 했다. 그러자 양파를 갈아 엎던 심 씨가 목초액을 써보라고 말했다. 한무택은 목초액 생각을 왜 못했을까, 그러며 참나무를 태워 숯을 만드는 숯굴에 생각이 미쳤다. 마을로 진입하기 전 건너편 골짜기에 사철 하늘로 치솟던 연기는 참나무를 태워 숯을 만드는 공장이었다.

"이장님은 딸기 수확으로 돈 좀 만졌지요?"

"에이, 무슨 그런 말을, 겨우 본전인데."

"알랙이 그러던데요. 작년보다 작황이 좋다고."

"알랙이?"

그제서야 한무택은 알랙에게 볼 일이 있었음을 기억해내고는 심 씨에게 수고하라고 손을 들어 흔들며 돌아섰다. 너른 들판에는 흰 비닐하우스가 가득 들어차서 원래 논이 있었던 곳인지 비닐하우스가 그 자리에 있었던 것인지 구분이 안갔다. 벼농사가 사라지자 메뚜기와 개구리가 사라졌다. 한무택이 마을 농로로 접어들자 불루베리로 목돈을 좀 만졌다는, 처가가 있는 이곳으로 귀촌한 젊은 청년 박이 인사를 꾸벅 하며 말을 걸어왔다.

"이장님, 우리도 다른 마을처럼 가공시설 하나 들여와야 하지 않겠어요?"

"가공시설이라니."

"요 앞전에도 성공사례 발표를 보고 왔는데요, 딸기 가공센터나 아로니아 분말 가공 등을 우리가 직접 참여하여 만드는 거죠."

"글쎄."

"맨날 농산물가격에 일희일비 하는 것도 지겹잖아요."

"그렇긴 하지만……."

"내 동창이 사는 마을에는 군에서 예산 지원을 하여 가공센터를 지었다는데요."

"불루베리농사는 잘되고 있나?"

"불루베리를 접고 아로니아 시작한 지 올해 이 년차예요."

한무택은 청년 박의 얼굴을 빤히 쳐다보며 놀랍다는 표정을 서둘러 감추려고 애썼다. 귀촌한 지 얼마되지 않은 새내기 농사꾼이 적응을 잘하는 것 같아 자신과 대비되었기 때문이었다. 사실 한무택은 이것 저것 손을 댔으나 모두 실패했고 초보 농사꾼이라 실패는 당연하다고 스스로 위로를 하며 하루하루 살아왔다. 농사 지을 작물 선택은 그로서는 시험을 치르는 입시생처럼 어렵고 힘든 과제였다. 부추, 토마토, 오이, 가지, 호박을 심었다가 실패하고 그나마 딸기를 택한 것은 주변 농지가 모두 딸기하우스로 뒤덮였기 때문이었다. 한무택이 딸기를 시작하던 첫 해에 다른 한쪽에서는 불루베리농사를 지었다. 그것은 모험이었다. 성공한다는 확신이 없었지만 과감하게 추진하는 경우가 있었다. 불루베리가 우리 땅에 맞다 안맞다 하며 농학자들이 설전을 벌이는 사이 이미 다른 한켠에서는 불루베리를 수확하여 백화점에 납품하고 있었다. 단가가 높다보니 너도나도 불루베리를 재배한다고 나서는 바람에 묘목 판매가가 급등하여 전국 농장에 불루베리가 퍼졌다. 그 바람에 가격 폭락이 왔고 발빠른 사람들은 대체 작물로 돌아섰는데 그 중 대표적인 작물이 아로니아였다. 전통적인 농사법이 사라진 마을의 풍경에 한무택은 무슨 농사를 지어야할지 막막했다. 벼농사를 하기에는 일손이 없었고 대량으로 논을 빌려 한다고 해도 비싼 기계를 빌리거나 사야 했다.

가끔 밤에 혼자 술을 마시다가 알랙을 불러 같이 마셨다. 알랙이 혼자서 라면을 끓여먹었는지 컵라면 빈

컵이 문밖에 소복하니 쌓여 있었다.

— 서류 정리는 언제 해줄 거야?

한무택은 아내의 문자를 떠올렸다. 아내의 문자에 답을 안했더니 이번에는 좀 더 격한 표현을 썼다. 난 당신 두 번 다시 보고 싶지 않아. 왜 정리를 안 해 주는데? 아내가 보낸 문자를 확인하는데 밥차가 지나갔다. 새참 시간이 되었나. 딸기하우스에서 일하는 이주 노동자들을 위해 농장주인은 뷔페음식을 배달시켜주기도 하는데 특히 그들에게 뷔페는 인기였다. 자장면이나 짬뽕, 비빔국수가 새참으로 나오거나 밭두렁 나무 그늘 밑에서 치킨과 맥주를 시켜놓고 모여 앉아 먹는 풍경은 흔한 정경이었다.

강바람이 시원하게 불어왔다. 한무택은 너른 들과 깊은 강을 바라보며 가슴 안에 부드러운 뭔가가 어루만지는 것만 같아 충족감이 왔다. 그때 외제 승용차 한 대가 다가오더니 운전석 문이 열리며 정만국이 얼굴을 내밀었다.

"어이, 친구, 술 한 잔 하지."

한무택이 달갑지 않은 투로 미적거리자 차를 세운 정만국이 팔을 잡아 끌며 조수석에 태우는 바람에 못이기는 체 동행했다. 정만국의 표정이 평소와 다르게 어두웠다. 해장국을 시켜놓고 정만국이 소주를 따라주고는 자신의 잔에도 따랐다. 무슨 일인가 궁금했으나 끈기있게 기다렸다.

“아니 일손 부족한 건 어떻게 하라고 애들을 정리한다는 거냐. 막말로 개네들 다 내쫓으면 농촌은 누가 살리는데.”

정만국이 소주를 연거푸 두 잔 마시더니 한숨을 깊게 내쉬었다.

“우리 애들, 다음 달에 다 간댄다.”

“아니 왜?”

“정식으로 절차를 밟아 연수원 교육을 받은 적법한 외국인 근로자를 쓴다는 거지. 불법체류자에게는 출국 때 과도한 벌금을 물리겠다고 하고.”

한무택은 비로소 정만국이 발등에 불이 떨어졌음을 실감했다. 외제차를 타고 다니며 손에 흙 한 번 안 묻히고 염소똥 냄새 한 번 맡지 않은 세월을 살아온 그에게 이주 노동력이 빠져나가면 당장 딸기농사를 접어야 할 판이었다. 한무택의 경우는 알랙이 없으면 없는 대로 혼자 조금 더 바지런을 떨면 그럭저럭 유지는 할 수 있었다. 이웃 마을을 보더라도 미등록 노동자들이 농촌 일손을 전담하다시피 했다. 한 달에 130만 원이나 140만 원을 받으면 백만 원을 고국에 부치고 남은 삼사십만 원으로 생활했다. 연수원생을 쓴다는 것은 4대 보험 외에도 주거권을 확보해주어야 했다. 목욕, 냉난방, 채광, 환기, 화재 예방 시설 및 화장실과 세면대, 1

인당 2.5평방의 방 크기를 갖춰야했다. 한무택은 비닐하우스 안에 임시로 마련해준 알랙의 숙소를 떠올리며 내심 걱정이 앞섰다. 정만국이나 이장들 대부분 샌드위치 패널이나 컨테이너를 개조하여 이주 노동자들의 숙소로 내주었다. 그 문제에 대해 아무런 고민이나 깊이 생각하지도 않았다. 알랙 춥지 않아? 물을 때마다 그는 괜찮아요, 대답을 했다. 몇 번이나 집에 데리고 들어와 같이 살까, 하는 고민을 했다. 그럴 때마다 한무택은 아내의 얼굴을 떠올렸다.

"세상이 왜 이러냐. 나는 누구를 보고 싸워야 돼냐 말이야. 너도 알잖아. 우리 부모가 어떻게 살아왔는지, 내가, 내가…… 난 이제 망했다."

정만국의 혀가 조금씩 꼬여 갔다. 한무택은 묵묵히 정만국의 하소연을 들어주었다. 돌석, 검동 같은 사노들이 문득 떠올랐다. 뚜렷한 대상과 목표를 향해 들끓어올랐을 그들의 증오와 분노는 역사가 증명해주지 않던가.

'자네는 아직도 배고픈 것인가.'

한무택은 정만국을 빤히 바라보며 묻고 싶었지만 속으로 그 질문을 삼켰다. 그러고는 자신의 처지를 돌아보았다. 아무리 일을 해도 나아지지 않는 형편에 절망감이 몰려왔는데 하소연할 곳도 없고, 억눌린 분노를 표출할 곳도 없이 암울한 날들을 버텨 왔다. 밖에는 불투명한 어둠만이 막막했다.

택시를 불러 정만국을 태워 보내고 알랙의 거처로 갔다.

"알랙, 알랙."

"……."

"알랙 안에 있는가."

문을 열자 알랙이 창백한 낯빛으로 소주를 마시고 있다. 알랙은 힐끔 쳐다보더니 떨리는 목소리로 호소했다. 그 목소리에는 울음이 차있다.

"사장님, 저 여기 계속 있고 싶어요. 월급 조금 주셔도 괜찮아요. 돌아가면 집도 없고 가족도 없어요. 여기서 사장님과 평생 살래요."

"알랙, 괜찮아. 내가 4대보험 다 들어줄게. 귀국했다가 다시 와, 응."

돌연 알랙이 훌쩍이기 시작했다. 한무택이 알랙의 어깨를 두드리며 괜찮다고, 시간이 가면 모든 게 해결된다고 말하며 등을 쓸어주었다.

"소냐가 여기 올지도 모르는데, 소냐가 여기에……."

"……."

"외로워서…… 죽고 싶어요. 소냐가 여기 올까요?"

알랙의 울음 잠긴 목소리가 한무택의 닫혀 있던 가슴을 흔들었다. 누군가를 기다린다는 것의 막연함, 혼자 길을 간다는 것의 두려움 같은 것이 어두운 밤길을 걷는 것처럼 불안했는데 알랙을 보며 아내를 기다린 시간을 헤아려보았다. 아내의 문자에 답을 하지 않았던 시간들, 그 시간은 막막했다. 너무 멀리 온 게 아닐까. 한무택은 알랙의 어깨를 계속 두드리며 자신의 지난 시간을 돌아보았다. 사람이 배고픔 때문에 죽는 게 아니라 절망 때문에 죽을 수도 있겠다는, 외로움 때문에 죽을 수도 있겠다는 생각이 잠깐 들었다. 열어놓은 창문 밖으로 밤이슬이 축축하게 내리고 있었다. ✻

예당의 밤

붕어는 깊은 호수 속으로 가버린 듯했다. 새벽 일찍 내려온 탓에 잠도 부족하고 몸살기가 있었다. 아스피린 두 알을 먹고 뜨뜻한 방에서 한 잠 자고 싶었다. 낚시도구를 걷어 철수를 하고 한옥에서 눈을 좀 붙인 후 밤낚시를 하면 될 터였다. 예당호가 내려다보이는 산자락 전통 한옥에 도착하자 주인 남자가 장작을 한 아름 아궁이에 갖다 주었다. 마루 밑으로 푹 꺼진 아궁이가 있고 무쇠솥단지가 걸려 있는 구조였다. 잠깐 귀찮은 마음이 들었으나 솔가지 불쏘시개를 넣어 소나무장작에 불을 지폈더니 금세 타올랐다. 불꽃을 보며 묘한 흥분이 일어났다. 고대 원시인의 유전인자가 발동하는 게 아닌가 할 정도로 불 지피기에 푹 빠져 있었다. 남자가 다가와 나무를 그만 넣어도 된다고 말했다. 남자는 키가 크고 호리호리한 몸매의 중년으로 보였다. 샤

워를 하고 이불을 눌러 쓰고 낮잠에 들었다.

기타 반주에 맞춰 노랫소리가 들려왔다. 눈을 뜨자 등허리가 젖어 있었다. 방바닥이 뜨거워서 땀을 흘리며 잔 것 같았다. 저녁 해가 문지방 근처에서 어정거리며 방안에 꼬리를 길게 밀어 넣었다. 일어나니 몸이 개운했다. 소리가 나는 방향을 따라 몇 걸음 옮겼더니 안채 마루에 남자가 앉아 노래를 부르고 있었다. 목소리보다 기타 실력이 수준급이라 놀랐다. 막내아들 대학시험, 뜬 눈으로 지내던 밤들…… 그 대목에서 나도 모르게 울컥했다. 아내와 헤어지고 아들 대학 입학은 물론 졸업식에도 얼굴을 비치지 않았으니 항상 그 점이 미안했다. 자식은 아내와 또 달랐다. 시간이 가면서 아내와의 기억은 희석되고 멀어져갔으나 아들아이만은 늘 가슴 한켠에 그림자로 남아 있었다. 세월은 그렇게 흘러 여기까지 왔는데, 인생은 그렇게 흘러 황혼에 기우는데…… 노랫말처럼 아내와 평생을 해로하며 기쁨과 슬픔, 고통과 상처까지도 나누며 늙어가고 싶었다. 어디서부터 잘못된 것인가. 영화나 드라마에서 반백이 되도록 함께 산 부부들을 보면 가슴 안에 묵직한 돌덩이가 들어앉은 것 같았다. 여러 형제 중에서 막내인 아내와 연년생으로 태어나 맏이라고 본보기로 어머니에게 맞으며 성장한 나는 공통점이 없었다. 시장에서 장사를 하던 어머니는 가난에 허덕이느라 마음의 여유도 생활의 여유도 없었다. 엄격하게 자식을 키우는 게 그분의 철학이었다. 아내는 나에게 나는 아내에게서 의존할 대상을 찾았던 것 같다. 우리는 각자의 결핍을 상대방에게서 채우려 했으니 어긋날 수밖에 없었다. 나중에는 서로가 지쳐서 미워하고 증오가 싹텄다. 무슨 일 있으면 전화할 게. 헤어질 때 아내는 그렇게 말했다. 병환 중에 있던 장인의 일을 염두에 둔 듯했다. 장인이 돌아가셨을 때 아내는 연락하지 않았다. 아들을 통해 알면서도 나는 가지 않았다. 두 번 다시 전화는 없었다. 한편으로는 아내의 전화를 기다렸다는 생각이 들었다. 내가 먼저 전화를 해야 한다는 생각을 못하고 살았다. 아내의 마지막 말만을 믿고 기다렸으니 지나간 시간이 때때로 야속했다.

"잘 주무셨어요?"

반주를 멈춘 남자가 왕벚꽃을 쳐다보며 중얼거렸다. 나무의자에 주저앉아 벚나무를 쳐다보았다. 풍성한 겹꽃잎이 가지를 늘어뜨린 채 허공을 가득 덮고 있었다. 가지가 흔들릴 때마다 진분홍 꽃잎 수십 수백 이파리가 마당에 떨어졌다. 향기가 허공을 가득 덮었다. 꽃잎을 쳐다보며 머릿속이 비워지는 느낌과 동시에 기억도 비워지는 듯했다. 내가 왜 이 자리에 서 있는지 아무런 생각이 나지 않았다. 봄날이 가는구나, 꽃이 지는구나, 인생이 지나가는 구나 그런 상념에 젖어들었다. 남자도 벚꽃을 쳐다보며 아무런 말이 없었다. 한옥은 낚시를 다니며 한두 번 이용한 적이 있었다. 백발의 노모가 안내를 해주곤 했는데 노인은 보이지 않았다. 지붕위로 늘어진 왕벚꽃 가지가 흔들렸다. 남자가 다시 기타 반주를 넣어 노래를 불렀다. 남자의 목소리와 꽃잎이 날리는 풍경이 묘한 분위기를 연출했다. 우울한 것 같기도 가벼워진 것 같기도 생의 마지막을 보내는 것 같은 그런 느낌이었다.

"어죽 먹으러 가실래요?"

남자가 노래를 끝마치고 내 눈을 바라보는데 거절하면 안될 것 같은 분위기였다. 어차피 저녁은 먹어야했고 남자에 대해 오래 전부터 궁금하던 것을 묻고 싶었다. 남자의 SUV차에 올라타고 좁은 논두렁길을 지나 호수 둘레를 십여 분 달렸다. 꽤 유명한 어죽집이라고 낚시꾼들이 많이 찾아온다고 남자가 말했다. 된장과 고추장 맛이 바탕에 깔린 어죽은 쌀알이 탱탱하게 살아 있어서 입맛을 돋우었다. 밥이 아닌 생쌀을 넣어 죽을 끓이는 집이라고, 할머니 대를 이어 딸이 하고 있다고 남자가 설명을 했다. 국수가닥보다 쌀알이 더 입맛을 당겼다.

"붕어는 좀 잡으셨어요?"

"바람이 불어서인지 조황이 좋지 않았어요."

"집에 가서 막걸리 한 잔하죠."

돈을 내려는데 남자가 내 팔을 잡아당기며 계산을 끝내버렸다. 한옥 주위로 매화가지에 연둣빛이 짙어지고 군데군데 꽃잎 몇 잎이 남아 봄이 깊어가는구나 싶었다. 낚시꾼은 저수지에서 먼저 봄을 감지했다. 버들가지가 피고 물이끼가 녹빛을 띠어가며 강바람이 부드러워짐을 몸으로 먼저 느꼈다. 혼자 되고나서 주말마다 낚시를 다녔다. 퇴직한 후에는 주중에 주로 움직였다. 강화도와 경기도 일대, 충청도 내륙 지방까지 원정을 갔다. 추운 겨울에는 하우스낚시를 하며 적적함을 달랬다. 시간이 느리게 갔고 아들이 생각나면 소주를 마시고 잤다.

남자가 부엌에서 막걸리를 꺼내왔다. 밤낚시는 글렀구나 싶었지만 이 시간도 괜찮을 것 같았다. 막걸리를 세 사발 째 들이켜며 낮부터 궁금하던 것을 물었다.

"이 집, 오래 전에 혹시 궁궐 터였나요?"

남자의 입가에 미소가 피어오르며 빤히 쳐다보았다. 그 느낌이 나쁜 것 같지는 않았다. 남자는 집 주위를 휘둘러보더니 절이 있던 자리라고 말했다. 그러면서 조심스럽게 호국 사찰 터가 아니었을까, 짐작한다고 했다. 바닥에 깔린 돌이며 나무를 받친 주춧돌과 섬돌 크기가 예사롭지 않았는데 큰 절에서나 볼 수 있는 너비였다. 일제시대 때 일본군인들이 점거하여 사무실로 쓰기도 했다고, 왕벚꽃 수령이 삼백 년이 넘었다고 남자가 말했는데 나는 더 멀리까지 보고 있었다. 예당호는 꽤 여러 번 찾아왔는데 봉수산 기슭에 핀 흰 매화나무들이 인상에 남아 있었다. 호수에서 쳐다본 산자락에 가득 핀 흰 매화꽃을 보며 그 주인이 궁금하던 터였다. 주인 남자는 매실을 수확해서 발효를 시키는데 발효실이 따로 있다고 했다.

"기타 실력이 대단하던데요. 노래도 잘하시고, 음반을 내도 되겠어요."

남자가 작곡을 전공했는데 어쩌다 건설업 일을 했다고, 고향에 노모가 돌아가신 후 낙향했다고 말하는데 어딘지 쓸쓸한 느낌이 났다. 정읍사 한 가락이 나올 것 같은 분위기였다. 아궁이에는 타고 남은 숯불이 빨갛게 깜박거렸다. 남자가 소나무 장작 몇 개비를 더 넣었다.

"봉수산에는 가보셨어요?"

"오래 전에 가봤는데 후백제 부흥운동이 일어난 곳이라서 그런지 감회가 남다르던데요."

"가끔 우리 한옥을 찾는 사람들이 있는데 역사학자나 작가들이 관심을 갖더군요."

남자가 내 눈을 흘깃 쳐다보았다. 무슨 일을 하는지 에둘러 묻는 것 같아 남자고등학교에서 역사를 가르치다가 일찍 그만뒀다고 했더니 고개를 끄덕끄덕했다.

"가슴 아픈 역사의 현장이네요. 예당호에 낚시를 올

때마다 봉수산을 한 번씩 쳐다보게 돼요."

후백제의 장수 흑치상지가 의자왕의 셋째 왕자 부여풍을 도와 나당 연합군에 대항하다가 당에 투항한 사연은 가슴에 깊게 남아 있었다. 그는 왜 당에 망명했을까. 이미 주류성이 무너지고 임금과 후계자가 당으로 끌려간 상황이었다. 멸망한 나라를 세워보겠다고 애쓰다가 일어난 내분은 흑치상지에게 배신감과 좌절을 안겼으리라 짐작된다. 그 심경이야 아무도 알 수 없겠지만 측근의 이간질과 배신, 왕자의 견제로 절망스러운 상황이지 않았을까 싶었다. 의자왕의 사촌 복신과 승려 도침의 유혈극, 왕자 풍마저 죽이려는 위기 상황에서 백제 부흥운동은 무기력해질 수밖에 없었다. 막걸리 두 병째를 비우는데 어둠이 왔다. 보름달이 떠오르고 있었다.

"달이 참 좋죠."

남자가 다시 마루 기둥에 세워두었던 기타를 잡았다. 기타반주의 손놀림이 현란했다. 초록 싹을 틔우는 잔디에 밤이슬이 맺히며 공기가 눅눅했다. 남자의 목소리에도 초저녁의 축축한 습기가 베어 있었는데 달과 벚꽃이 잘 어우러지는 밤이었다. 저렇게 노래를 부르고 싶어서 다른 일을 어떻게 했을까, 안타까운 마음이 생겼다. 남자가 노래를 부르는 동안 혼자 막걸리를 마셨다. 꽃잎이 까맣게 하늘을 날아다니는 밤이었다.

"흑치 성 씨는 왜 없을까요. 을지 성 씨도 그렇고."

"글쎄요. 왕조가 바뀌면서 살아남으려고 다른 성 씨를 썼을 수도 있겠죠."

"간혹 흑치나 을지가 지역 이름이거나 부족 성 씨라고 생각하는 학자들이 있죠. 그걸로 보아 조선 반도가 아닌 중국 어느 지역이라고 주장하는 설도 있더군요."

"검은 치아를 가진 부족이면 동남아 고산지대 원주민이 생각나는군요."

"아프리카에도 끊임없이 무슨 식물인가를 씹으며 에너지를 얻는 부족이 있죠."

"굳이 멀리까지 갈 필요가 있을까요. 우리나라에도 특정 지역에서 검다는 뜻의 지명을 쓰는 곳이 있죠."

"어쨌거나 이 땅에서 치열하게 살다 간 인물의 흔적을 좇으려니 허망한 기분이 듭니다."

"그렇죠. 피와 눈물과 땀이 스민 땅 위에서 살아남아야 하는 숙명도 있는 거니까요."

"숙명이라……."

"그 말을 듣고 보니 함부로 살아서는 안 될 것 같은 어떤 의무감 같은 게 느껴지네요."

"이 터도 예사롭지 않은 것이 저 둥글고 큰 주춧돌을 보세요. 숨결이 느껴진다니까요."

주인 남자가 냉장고에서 다시 맥주와 소주를 꺼내왔다. 달밤에 마시는 알콜에 서서히 취해갔다. 취했다기

보다는 늦게까지 정신이 말짱했다는 게 맞을 것이다. 화장실에 간 사이 남자가 다시 기타줄을 퉁기며 노래를 불렀다. 마당 귀퉁이 정자에 기대어 남자의 노래를 들었다. 그 목소리에 간절함이 느껴졌다. 이어서 몇 곡을 더 부르는 동안 하늘을 쳐다보는데 별들이 나타나 어둠을 밝히고 있었다. 정자 마루에 비스듬히 누워 한옥 지붕을 덮은 나뭇가지들과 짙은 남빛으로 어두워져 가는 하늘을 쳐다보았다. 이룬 것도 없고 희망도 보이지 않는 현생에서 나는 무의미한 존재구나 싶어 울컥 슬픔이 북받쳤다.

밤의 대기가 차츰 바닷속 같은 깊이로 어두워져 갔다. 흑치상지는 당에 투항 후 그토록 지키고자 투혼을 사르던 임존성 공격에 앞장 섰다. 임존성이 무너지고 흑치상지는 당나라 수도 장안으로 갔다. 주변 나라를 공격할 때 흑치상지는 몸을 아끼지 않고 싸웠고 인정을 받았으나 그는 백제인이었다. 작은 틈이라도 생기면 살아남기 어려운 환경이었다. 그 많은 전투에서의 공적과 헌신에도 불구하고 억울하게 죽었고 몇 년 후 복원되어 왕족과 귀족들의 묘지인 북망산에 묻혔다. 외로운 삶이었다. 후대에 그의 묘지석이 발견되어 그의 흔적이 세상에 알려졌으나 그는 고국이 아닌 남의 나라 이국에서 눈을 감고 묻혀야 하는 운명이었다. 실제로 북망산에 가기 위해 당나라의 옛 수도 장안을 찾은 적이 있었다. 결혼 후 아내와의 첫 여행이었다. 돈도 지리도 언어도 부족했으나 무조건 장안을 향해 날아갔었다. 옛 수도 장안은 서안으로 바뀌어 있었고 도시를 가로지르는 장안성에 올라 현대와 고대 사이에서 만감이 교차했었다. 의자왕의 무덤을 볼 수 있지 않을까하여 방학을 맞아 떠난 여행이었다. 여행이 끝난 후 아내와의 관계는 최악이 되었다. 역사 유적을 찾아가고 싶은 내 마음과 달리 그녀는 누구나 다 가는 유명한 관광지 위주로 돌아보고 싶어 했다. 발굴이 미뤄진 진시황의 무덤 둘레를 걸으며 한때의 영웅도 관광객의 발아래 묻혀 편히 쉬지 못하는 구나싶어 많은 생각을 하던 때였다. 오후 늦게 회족 거리에 도착했을 때는 지쳐 있었다. 기념품을 파는 가게를 지나 음식점이 즐비한 골목에 들어서자 역한 기름냄새와 향신료 냄새가 떠다녔는데 속이 메스꺼웠다. 만두를 파는 가게 앞에는 끝도 없이 사람들이 줄을 서서 기다렸는데 아내의 요구대로 그 줄 뒤에 서서 한 시간여를 기다려 기름에 튀긴 만두를 사서 복잡한 골목 귀퉁이에서 먹었다. 고기와 양배추, 당면과 버섯류가 들어간 만두였는데 기름 범벅에 뜨거워서 후후 불며 먹었다. 숙소로 일찍 돌아갈 생각이 없는 아내는 양꼬치 구이점 앞에 서서 그걸 먹고 가겠다고 고집을 부렸다. 밤은 깊어가고 전등불을 밝힌 골목은 꾸역꾸역 사람들이 모여들고 끝이

날 것 같지 않은 장면이었다. 양꼬치구이를 담은 종이 봉투를 들고 허둥지둥 택시를 잡아타고 호텔에 돌아오니 자정이 다되어 있었다. 결국 내 불만이 폭발했는데 다음날은 그녀를 호텔에 두고 나 혼자 숙소를 나와 목적지를 향해 떠났다. 무엇보다도 흑치상지의 흔적을 좇아 동도인 낙양으로 가려고 서둘렀는데 기차 역무원의 꾸물거림 때문에 눈앞에서 기차를 놓치고는 역무원 사무실에 항의했으나 허사였다. 그 일로 인해 아내와의 다음 일정이 엉망으로 꼬여 버렸고 귀국 비행기에서는 서로 말을 하지 않은 채 돌아왔다. 그 일 이후 낙양에는 다시 가지 못했다.

임존성이 있던 산 아래 마을, 후백제의 병사들과 유민들이 지키고자 싸우던 그 역사의 현장에서 밤을 보내는 심경이 애틋했다. 아무리 마셔도 취하지 않을 것 같았다. 맥주를 마셔서 그런지 화장실에 자주 들락거렸다. 비틀거리며 일어나니 대기가 축축했다. 찬바람이 목덜미를 파고들었다. 뒷목이 서늘해지며 몸을 웅크렸다. 남자는 밤새워 노래를 부를 기세였다. 어쩌면 일생을 두고 부를 노래를 그 밤에 몰아서 다 부르는 것 같았다. 별들이 서서히 어딘가로 이동하며 흐르고 있었다. 일어서려다가 정자 마루에 드러누웠다. 깜박 잠이 들었다.

"방에 들어가서 주무세요. 여기서 그냥 자다가는 입

돌아가요."

주인 남자가 내 팔을 흔들었다. 무거운 몸을 그의 어깨에 기대어 안으로 들어갔다. 입은 옷 그대로 그냥 고꾸라졌다.

다음날 아침에 남자가 매실 효소를 따뜻한 물에 타서 갖다 주었다. 속이 풀릴 거라며 해장국을 끓일 사람이 없다고 하는 것을 보면 집안에 여자가 없는 듯했다. 낚시도구를 승용차에 실어놓고 물 한 병을 챙겨 봉수산을 올랐다. 한옥에서 산자락 능선을 타고 오르면 임존성에 닿았다. 일반인이 다니는 등산코스가 아닌 한옥 뒷산으로 이어진, 남자가 알려준 길로 산을 올랐다. 계곡 중간쯤에서 바위에 앉아 쉬며 물을 마셨다. 바위 아래로 계곡물이 흐르고 도롱뇽 알이 몇 군데 모여 물살에 흔들렸다. 도롱뇽 알을 들여다보다가 기지개를 켜고 일어나 숲길을 걸었다. 숲은 비밀스러웠다. 진달래와 생강나무 향내가 풍겼다. 숲속에 봄빛이 머무르는 것을 다양한 생명이 제 할 일을 하는 것을 귀로 눈으로 가슴으로 느끼며 천천히 산을 올라갔다.

전망대에서 예당호와 너른 들판이 보였다. 굽이굽이 휘돌아나가는 물줄기와 들판 위로 수많은 전쟁을 딛고 살아남은 사람들의 영혼이 머무르는 듯했다. 그 혼이 물길 위에 숲에 나무에 바위에 깃들이며 끈기 있는 생명을 이어가지 않았나 하는 잡념에 마음이 어지러웠다. 돌아보면 아무것도 아닌 인간의 길이었다. 아주 가끔 아내가 생각났다. 나에게 집착하고 기대고 뭔가를 갈구하고 요구하던 그녀가 그 후의 시간을 누구에게 기대어 살았을까, 하는 엉뚱한 생각도 들었다.

전망대를 벗어나 성곽을 걸으며 이름 모를 병사들의 목숨이 스러진 현장을 둘러보았다. 흑치상지의 용맹함과 장수로서의 고뇌도 떠올려보았다. 연둣빛 순이 자잘하게 돋아나는 산에는 햇볕이 뜨거웠다. 산새가 지저귀고 바람소리가 부드러웠다. 이름 모를 꽃들과 잡초들이 나무들 사이에 자신만의 영역을 확장하며 자리를 잡고 있었다. 무엇을 위해 그토록 기를 쓰며 싸워야 했는지 무엇을 얻고자 그토록 피를 흘리며 죽이고 죽었는지 허망하기 이를 데 없었다. 아내와의 갈등과 상처의 시간들이 떠올랐다 사라져갔다. 이십여 년이 훌쩍 지나갔지만 때때로 과거의 시간에 머물러 괴로울 때가 있었다. 무엇을 얻고자 죽어라 싸웠는지 왜 싸웠는지 이유도 희미해졌다. 내 안에 온갖 망상의 잡초가 자라고 스러지며 키를 키울 동안 몸은 조금씩 쇠잔해졌다. 성곽 옆 그늘에 드러누워 두 팔을 벌렸다. 푸른 하늘이 끝없이 흘러가고 있었다. 땅에서 눅눅한 습기가 올라와 내 몸을 휘감았다. 커다란 나무뿌리가 흙을 헤치고 슬금슬금 다가와 몸을 휘감는 것 같았다. 그대로 누워 한 줌 흙이 되고 싶었다. 지천명을 지나 이순을 바라보는 나이, 살만큼 살았다는 생각이 들었다. 나뭇가지가 내 몸 위에서 흔들렸다. 인간의 육신을 덮는 관 같았다. 따스한 햇볕, 부드러운 바람, 산새소리, 내 몸을 쓰다듬는 나뭇가지 그림자…… 눈을 감았다. 눈을 감은 채로 오래오래 누웠다가 그렇게 가버리는 인생도 괜찮을 것 같았다. 사람들의 말소리가 귓가에 두런두런 들려와서 눈을 떴다. 등산복을 입은 젊은 남자와 여자가 유쾌한 목소리로 떠들어대며 성곽을 걷고 있었다. 내 짧은 안식은 여기까지였다. 물을 마시고 하산을 시작했다.

"오늘은 바람이 불어 조황이 어렵겠는데요."

컨테이너 가게 사장이 지렁이와 떡밥을 팔며 묻지도 않은 말을 했다. 물고기를 못잡으면 어때요 뭐, 속으로 대답하고는 웃어주었다. 낚시점 사장이 나룻배에 태워 좌대까지 데려다주었다. 예전에는 모터보트가 다녔는데 어쩐 일인지 보트가 돌아다니는 흔적이 없었다. 기다란 노를 저을 때마다 나무와 나무 틈이 맞물리며 삐거덕거렸다. 컨테이너에서 낚시용품을 파는 그는 검소했다. 라면을 끓여먹거나 어쩌다 부인이 도시락을 싸다 주었다. 도시락을 받아먹는 낚시점 사장이 왠지 대단해보였다. 물론 낚시점 사장 부인이 도시락을 갖다주는 것을 한 번 본 것이었지만 가끔 도시락 배달을 온다고 지나가는 소리로 말을 해서 화목한 가정임을 알 수 있었다. 나보다 몇 살 아래로 보였으나 나이는 정확히 알 수 없었다. 언뜻 지나가는 소리로 삼남매의 학비가 만만치 않다며 한숨 쉬는 소리를 들었지만 그의 그런 푸념마저도 잘 살아온 이 시대의 가장 같아서 부러웠다. 가정을 지키고 식구를 거느리고 밥벌이를 하는 이 시대의 사냥꾼인 아버지, 낚시점 사장을 볼 때마다 내 어깨가 움츠러들며 위축되는 느낌이었다.

혼자 되고나서 달라진 점은 동창회에 잘 나가지 않는다는 것이었다. 직장 상사 얘기, 신입 얘기, 자식들 교육 얘기…… 이 시대의 가장들은 주로 그런 이야기를 공유했다. 일찍 결혼한 친구들의 자녀 혼사 소식이 올 때는 참석했다. 오랜만에 만난 친구들의 모습에서 쇠락해간다는 느낌을 강하게 받았다.

물결이 흔들렸다. 지느러미를 꼿꼿이 세우고 물살을 따라 달리는 붕어 등짝이 보였다 사라졌다. 잠깐 딴 생각에 잠겨 있다가 지렁이만 빼먹고 도망가는 붕어를 쫓아 내 시선은 머물렀다.

"고놈, 되게 잽싸네."

혼자 중얼거리며 바늘에 다시 지렁이를 매달았다. 대는 두 개만 사용했다. 여러 대를 걸쳐 놓고 잡을 때도 있지만 느긋하게 붕어와 놀아볼 생각이었다. 찌가 물속으로 들어갔다가 수면으로 올라왔다. 조금만 더, 조금만 더 초단위로 재기 시작했다. 찌가 다시 물속으로 들어가며 물결이 흔들렸다. 순간 대를 잡아채고 들어 올렸다. 빈 낚싯바늘이 허공에서 대롱거렸다. 성질이 급한 놈인 게 분명했다. 놈을 잡아야겠다는 목적이 생겼고 그것은 집착으로 이어져서 시간이 어떻게 지나가는지 잊어버렸다. 놈과의 길고 긴 줄다리기가 시작되었는데 밑밥을 깔아놓고 통통한 지렁이를 미끼로 썼다. 놈은 나타나지 않았다. 갈증이 일어났다. 버너에 물을 끓여 믹스커피를 마시고 나니 정신이 맑아지며 점심때가 지났음을 알았다. 라면을 끓여 소주를 마셨다. 낚시터에서 라면과 소주는 궁합이 잘 맞는 짝이었다. 기계에 기름칠을 한 듯 윤활유가 들어간 몸은 생기가 돋는 것 같았다.

호수 건너편에 알록달록한 옷을 입은 사람들이 보였다. 둘레길을 걷는 사람들인데 웃음소리가 건너편까지 들려왔다. 세상에는 그들만이 있는 듯 그들의 웃음소리와 떠들어대는 소리가 물결을 따라 흘러왔다 흘러갔다. 멀리 구름 위에 뜬 듯 출렁다리가 보였다. 음악분수가 시작 될 모양인지 사람들이 몰려들고 있었다. 고즈넉한 호수는 관광객의 발길로 점점 번잡함을 띠어갔다. 처음 예당호를 찾았을 때의 적막과 고요가 사라지고 어디에나 인간의 흔적이 남았다. 지난밤 뜨듯한 방에서 잤더니 몸은 개운했다. 꿈속에서 아내를 만났다. 아내는 젊었고 나는 그녀 옆에서 무슨 일인가 유쾌하게 웃고 있었다. 예닐곱 살의 아들은 모래장난을 치는 것으로보아 어느 바닷가로 여행을 간 것 같았다. 반바지를 입은 아내는 두 다리를 쭉 펴고 양손으로 모래바닥을 짚은 채 상체를 뒤로 빼고 어딘가 먼 곳을 바라보고 있었다. 그녀의 흰 종아리와 통통한 팔이 햇볕에 익어갔다. 파도가 흰 거품을 물고 다가왔다가 미끄러지는 것을 보면 동해바다 쪽인 것 같았다.

잠을 깨고 의식이 돌아왔을 때도 눈을 감은 채 꿈속의 장면을 복기 하고 있었다. 무엇 때문에 그렇게 큰소리로 웃었는지 기억나지 않지만 내게도 한때는 그렇게 크게 웃을 일이 있었다는 사실이 생경했다. 아내와 헤어지고 나서 크게 웃을 일이 없었고 웃을 일이 있다고 해도 유쾌하게 웃어지지 않았고 깊은 우울이 내 안에 뿌리를 내려 세상 모든 일에 즐거움이 없었다. 낚시를 다니면서 많은 시간이 흘렀지만 내 시간은 아내와 헤어지던 그날에 멈추어 있었다. 그건 인생을 실패했다는 자책감, 죄의식, 억울함 같은 게 깔려 있어서 무의식중에도 과거의 그날에서 서성이고 있었던 게 아닌가 했다.

바람이 조금씩 차가워지며 물안개가 피어올랐다. 검은 물고기 떼가 한꺼번에 이리 저리 몰려다니는 게 보였다. 물속 세상이 육지의 세상보다 고요하고 평화롭게 흘러가는 것 같았다. 물고기 떼가 물속에서 몰려다닐 때 새들이 목을 길게 빼고 깊은 바닥을 들여다보았다. 새의 초점은 오로지 움직이는 물고기에 가있었다. 물속을 응시하는 새의 인내와 끈기와 집착과 집요함이 드디어 성공했다. 펄떡이는 붕어를 입에 물고 호수를 가로지르는 새의 날갯짓소리가 들렸다. 살아감이란 치열해야 하고 때로는 전 생애를 투신해야 하는 모험이기도 했다. 긴 시간을 대치하다가 잡은 한 마리 물고기를 물고 날아간 새는 자신만의 안가에서 포식자로 느긋한 시간을 보낼 것이었다.

낚싯대를 정비하여 멀리 던지고 나서 하늘을 쳐다보았다. 구름이 드문드문 느리게 푸른 하늘을 배경으로 움직이고 있었다. 평화로운 풍경이었다. 돌멩이 하나를 집어 들고 호수 위로 던졌다. 겹겹이 물결이 파동을 일으키며 밀려갔다. 푸른 하늘이 흔들렸다. 구름도 바람도 흔들렸다. 그 순간 찌가 흔들리며 물속으로 곤두박질쳤다. 그 모양을 뻔히 바라보다가 뒤늦게 정신을 차리고 대를 들어올렸다. 지렁이가 사라지고 빈 대가 덩그러니 허공에서 흔들렸다. 낚싯대를 그냥 던져놓고 의자 등받이에 기대어 눈을 감았다. 바람이 이마를 스치며 지나갔다. 어디선가 물이 흘러가는 소리가 낮게 들려왔다. 그 소리가 귀에 부드럽게 스며들었다. 오래전 아내가 머리카락을 넘기는 손길 같기도 허밍으로 부르는 낮은 노래 소리 같기도 꽃망울이 터지는 소리 같기도 수컷 붕어가 암컷을 부르는 소리 같기도 했다. 눈을 감으니 미세한 소리의 음향이 들렸다. 세상이 돌아가는 소리였다. 나 혼자 제 자리에서 맴을 돌고 있는 사이 시간이 가고 세계의 질서는 저만치 앞서서 돌아가고 있었다.

피곤이 몰려왔다. 하루 사이에 초여름이 성큼 다가온 듯 버드나무 가지에 그늘이 깊어졌다. 봄꽃이 지고 나뭇잎이 푸른 기운을 뻗으며 세상을 점령해 가는 듯했다. 물속에는 까만 치어 떼와 피라미들이 한꺼번에 몰려다니고 있었다. 수초와 수초 사이를 헤집으며 그들만의 삶을 향유하는 물고기의 세상이 부러워졌다. 녹색 수초들이 조용히 흔들리고 있는 풍경이 나에게 손짓하는 것 같았다. 겉옷을 벗었다. 러닝셔츠와 팬티와 양말을 벗어놓고 물속으로 들어갔다. 물은 차가웠다. 조금씩 움직이자 적응이 되었다. 눈을 뜨고 깊은 바닥으로 향했다. 모래와 수초, 작은 돌멩이와 치어 떼가 보였다. 두 다리를 움직여 천천히 유영을 했다. 피부에 닿는 물의 감촉이 부드러웠다. 물 밖으로 고개를 내밀고 참았던 숨을 내쉬었다가 들이마셨다. 안개에 덮인 호수는 아무것도 보이지 않고 물결만이 잔잔하게 흘러갔다. 다시 물속으로 들어갔다. 차가운 물이 내 몸을 감싸주는 것 같아 편안했다. 나를 구속하던 모든 것들이 사슬을 풀어내고 놓아주는 것 같아 그대로 물 속 세상에 잠기고 싶었다. 아내와 함께 살 때는 그녀가 나를 구속하고 끊임없는 잔소리 속에 가두려고 했었다. 정작 혼자가 되었는데도 자유롭지 않았다.

눈을 크게 뜨고 주위를 휘둘러보았다. 작은 물고기 떼와 큰 물고기들이 우주의 공간을 떠다니는 것 같았다. 가슴에 묵직한 통증이 일어나며 숨이 가빠졌다. 수면 위로 올라가지 말까, 이대로 물속에 갇혀 버릴까, 하는 복잡한 심경이 들었다. 가물가물 의식이 흐려지는 것을 느끼며 두 팔과 두 다리를 펼친 채 물 위를 쳐다보았다. 푸른 하늘이 아득히 멀어져가며 순간 옛 당나라의 도시 서안이 떠올랐다. 한 시대를 풍미했던 진시황이나 전장을 누볐던 영웅들이나 모두 흙이 되어 관광객의 호기심과 흥미의 대상이 되어 있는 현상을 어떻게 받아들여야 할지 쓸쓸한 심경과 허무함이 아스라이 멀어져가는 의식 안으로 희미하게 지워져갔다.

그날의 일들이 꿈결인 듯 몽롱하게 아른거렸다. 의자왕과 그 아들, 흑치상지의 무덤은 장안이 아니라 낙양에 있었고 그때만 하여도 중국과 교류가 많지 않아 정보가 어두웠다. 고구려나 백제의 귀족과 왕족이 당나라에 끌려가 그들의 왕족 공동묘지에 묻혀 있는 현실은 후대 입장에서 볼 때 허망한 역사였다. 연개소문의 아들들과 흑치상지의 부자, 의자왕의 부자가 한 곳에 묻혀 영욕의 세월을 함께하는 건 어떻게 설명해야 할까. 시간은 부질없이 흘렀다.

진시황릉은 미발굴 상태로 관광객들에게 바가지요금을 받고 있었다. 셔틀버스를 타고 내려서 오 리 남짓 걸어갔는데 막상 눈앞에 펼쳐진 장면은 돌에 새겨진 진시황릉 표시뿐이었고 입구가 어디인지 광대한 산 둘레는 가늠조차 할 수 없었다. 하늘에서 내려다보아야 겨우 규모를 짐작할 수 있을 듯했다. 진시황릉이라고 안내 표시가 가리키니까 그런가 보다 했지 거대한 산 둘레 입구에서 무얼 보았는지 상점도 하나 없고 식당은 물론 관광지로서의 면모는 찾아볼 수 없는, 허허벌판에 막다른 느낌이었다. 자본주의 보다 더한 그들의 이면을 보는 것 같아 씁쓸했다. 어딜 가나 외국인에겐 그들 국민의 입장료보다 두세 배는 더 받았다. 아내가 진시황릉이라 쓰인 커다란 바위 앞에서 사진을 찍느라 부산할 때 그 전에 병마총을 본 터여서 시간의 영속성을 생각하고 있었다.

숨이 가빠왔다. 한편으로는 의식이 가물가물 흐려졌으나 편안했다. 서안에서의 일들이 아내와의 크고 작은 갈등이 부쩍 커버린 아들과의 냉랭함이 아득한 수면 너머로 사라져갔다. 누군가 내 몸을 흔들면서 뺨을 때렸다. 볼에 통증이 느껴지며 눈을 떴다. 낚시점 주인이 눈앞에서 내 눈을 들여다보며 정신 차리라고 소리를 질러댔다.

그가 담요를 덮어주며 어찌된 일이냐고 물었다. 주문한 물건을 갖다 주러 오다가 물속에 들어가서 한참을 기다려도 안 나오길래 황급히 달려왔다고 설명하는 그에게서 안도의 숨이 새어나왔다. 낚시점 사장 옷자락에서 물이 뚝뚝 떨어졌다. 그가 겉옷 자켓을 벗어 물기를 짜내고 다시 걸쳐 입는 동안 기억을 회생시켜보았다. 그제서야 가스버너 부루스타를 주문한 것을 기억해냈다. 낚시점 주인이 감기 걸리겠다며 옷을 입으라고 채근했다. 그가 나를 일으켜 세웠다. 좌대 안에는 방바닥에 아무렇게나 흐트러진 침낭과 옷가지가 널브러져 뒹굴었다. 그가 주섬주섬 옷을 치우고 침낭을 개어 옆에 놔두었다. 낚시점 사장은 돌아갈 생각을 안하고 근심스러운 표정으로 나를 쳐다보았다. 돈을 안줘서 그러나 싶어 지갑을 찾으려고 주머니를 뒤지자 그가 계산은 안해도 된다고 나중에 생각나면 달라고 말했다. 버너에 부루스타를 연결하여 물을 끓였다. 라면 드시고 가실래요? 묻자 그가 가봐야겠다며 일어섰다. 낚시점 사장이 타고 온 나룻배가 좌대 옆에서 물결에 흔들렸다. 작은 나무배는 긴 노를 액스자로 가로질러 저었다. 호수 주변에는 몇 개인가의 나무배가 눈에 띄었는데 그래서였는지 모터 소리가 나지 않아서 낚시점 사장이 다가오는 줄 모르고 있었던 것이다. 모터 배가 사라지고 호수는 더 적막에 휩싸였다. 계절이 고요히 지나가고 있었다. 모터보트의 기계음에 놀라 흩어지던 물고기 떼도 느긋하게 그들만의 세상을 유영하고 있었다. 알을 낳거나 자다가 놀랄 일이 없을 듯했다. 해가 지기에는 조금 이른 시간이었다. 라면을 먹으며 건너편을 바라보니 산그림자가 조금씩 내려오고 있었다.

날벌레 떼가 허공을 까맣게 덮으며 곡예를 하거나 호수 주위를 날아다녔다. 물 위에 닿을 듯 말 듯 아슬아슬하게 비행을 하는 벌레들도 있었다. 순간 어디선가 뻑뻑뻑뻑 소리가 들렸다. 주위를 돌아보았다. 붕어 떼가 주둥이를 물 위로 내놓고 날아가는 날벌레를 포착하여 삼키느라 내는 소리였다. 물 위에 빗방울이 방울방울 맺히듯 동그랗게 물결무늬가 새겨졌다. 붕어들이 입을 쩌억 벌렸다가 눈깜짝할 사이에 벌레를 삼키고는 다시 주둥이를 놀리느라 소란스러웠다. 뻑뻑뻑뻑, 뻑뻑뻑뻑…… 그 소리가 호수 주위를 메아리처럼 떠돌았다. 민첩한 물고기 한 마리가 허공을 솟구쳐 올랐다가 물속으로 들어갔다. 간혹 날아가는 벌레를 포착하고 허공을 솟구쳐오르는 물고기가 있었다. 그럴 때면 은빛비늘이 마지막 남은 저녁빛에 반사되어 반짝였다. 허리를 비틀어서 낚아채는 동작은 살아있는 생명의 약동이었다. 대부분의 물고기는 활동반경을 넓히지 않고 물 밖을 지켜보다가 물에 닿을 듯 말 듯 아슬아슬하게 날아가는 벌레를 노렸다. 동틀 무렵이거나 저물녘이면 물고기들은 끼니를 해결하기 위해 분주해졌다. 사람과 비슷하게 저들도 아침녘에 활동을 하고 저녁이 오면 배를 채우고는 밤동안 잠잠해진다. 밤을 보내고 날이 밝으면 하루의 끼니를 위해 물 밖을 주시하며 지나가는 벌레를 기다린다. 떡밥이나 지렁이에 길들여진 붕어들은 낚시꾼이 던져주는 떡밥 요행을 기다리기도 한다. 낚시꾼은 물속을 들여다보고 물고기는 물 밖 하늘을 쳐다본다.

낚시를 처음 시작한 계기는 영화 '흐르는 강물처럼'에서 플라잉 낚시를 하는 브레드피트 삼형제를 보면서였다. 낚시도구를 처음 장만한 것도 산천어를 잡기 위해서였다. 친구를 따라 인제 내린천이나 설악산 갈천 계곡을 갔을 때는 가을 단풍이 막 물들기 시작할 무렵이었다. 여름 내내 살을 찌워 포동포동해진 물고기는 겨울을 나기 위해 포식을 했다. 등허리가 거뭇거뭇해진 산천어들이 소 밑에서 돌아다니는 장면을 보자 심장이 벌렁거렸다. 친구는 자리를 잡고 근방에 돌아다니는 벌레를 잡아 바늘에 꿰고 있었다. 동물의 털로 만든 인조 미끼를 던지는데 친구가 자세를 낮추라고 손짓으로 사인을 했다. 허리를 숙이고 바위 위를 기어갔다. 기포가 생겨서 포말을 이루는 소 밑을 정조준했다. 작은 폭포수가 떨어지는 곳이었다. 검푸른 물속에서 거뭇거뭇한 물고기가 유유히 돌아다녔다. 몇 미터 거리에서 물살에 떠내려가는 인조미끼를 본 산천어가 지느러미를 꼿꼿이 세우고는 서서히 상류를 향해 다가왔다. 조금만 더, 조금만 더 속으로 세며 침을 삼켰다. 최대한 몸을 낮추고 물고기가 다가오기를, 미끼를 물기를 기다렸다. 순간 물고기와 눈이 딱 마주쳤다. 산천어는 대가리를 휙 돌리더니 오던 길로 도로 가버렸다. 그러고는 바위 밑에 숨었는지 몇 시간동안 움직이지 않았다. 눈앞에서 살찐 산천어를 본 후에는 그곳을 떠날 수가 없었다. 바위 밑 소를 향해 낚싯줄을 던지고, 던지고 자꾸 던졌다. 친구가 자리를 옮기자고 말을 했지만 아쉽고 미련이 남아서 미적거렸다. 첫 낚시에서 물고기와 눈이 마주친 이후 그때 알았다. 물고기도 사람을 주시하고 있다는 것을. 물고기는 물 밖을, 물 위를 바라본다는 것을.

그동안 자주 다녔던 계곡을 다시 찾았을 때는 이십년이 훨씬 지나서였다. 많은 일들이 있었다. 결혼을 했고 아이를 낳았고 이혼을 했고 혼자가 된 뒤였다. 전국에 펜션 열풍이 불었는데 계곡마다 포크레인이 산을 뭉개고 있었고 계곡물이 붉은 황토로 뒤덮여서 몸살을 앓았다. 아가미로 숨을 쉬는 물고기들이 어떻게 되었을지는 안봐도 훤했다. 붕어낚시로 전향한 것은 풍광이 변해서이기도 했고 훼손되어버린 자연에 실망을 해서였다. 저수지를 찾아 붕어낚시를 하면서도 계곡에서 처음 만난 물고기의 눈빛을 잊지 못했다. 플라잉 낚시에 대한 추억은 흐르는 강물처럼 기억 속에서 조용히 잊혀졌다.

바람이 조금씩 차가워졌다. 주위에 얼쩡대던 관광객도 사라지고 음악분수도 꺼진 저물녘의 호수에 붉은 노을이 번지며 붕어 울음소리가 들려왔다. 알을 낳기 위해 붕어는 뭍이 가까운 얕은 물이나 논으로 들어가 벼 그루터기에 알을 낳았다. 붕어 떼 울음소리가 어두워지는 주위의 적막을 흐트러뜨리며 초저녁이 지나가고 있었다. 사방에서 붕어 떼 울음소리가 들려왔다. 낚시꾼은 죽어서 물고기가 된다는 전설이 있었다. 전생에 그가 했던 대로 물고기가 된 낚시꾼은 미끼를 물다가 입이 찢어지기도 하고 비늘이 뜯겨 나가거나 낚시바늘로부터 달아나려 몸부림을 치다가 죽거나 다치는 일을 똑같이 경험한다는 이야기였다. 낚시꾼 사이에 전해오는 이야기이긴 하나 누군가 심심해서 해 본 소리일지도 몰랐다. 그렇지만 때때로 낚시꾼의 운명이 물고기와 무관하지 않으리라는 어렴풋한 예감이 들기도 했다. 긴 시간을 물고기를 기다리는 일이란 전생에 인연이 없으면 못할 짓이기도 했다.

어둠이 깊어가자 붕어 떼 울음소리가 잠잠해졌다. 검푸른 하늘에는 별들이 떠오르고 건너편 호수 끝에는 야광찌가 흔들렸다. 야광찌들이 물결을 따라 조금씩 이동하는 것을 빼면 주위는 적막했다. 속이 헛헛했다. 지렁이를 바늘에 매달아놓고 대를 고정시켜놓았다. 가스버너에 물을 끓여 느긋하게 믹스커피를 마셨다. 달달한 커피가 몸속에 들어가자 기분이 가벼워졌다. 의자에 기대어 고개를 뒤로 젖히자 검은 어둠이 가득했다.

지렁이와 떡밥을 다시 챙겨 본격적인 낚시를 하려는데 대 하나가 사라지고 없었다. 힘 센 놈이 끌고 가버린 게 틀림없었다. 남은 대 한 개에 미끼를 끼워 멀리 던지고 의자에 기대어 앉았다. 건너편에 밤낚시를 온 사람들의 움직임이 소요를 일으키다가 잠잠해졌다. 가끔 헤드랜턴 불빛과 야광찌가 어둠 속에서 흔들렸다. 밤이 깊어갔다. 검푸른 하늘에서 움직이는 별을 보노라니 정신이 맑아지는 듯했다.

수면이 흔들리며 물결 파동이 밀려왔다. 야광찌가 까닥까닥했다. 기다려야 했다. 찌가 곤두박질하며 물속에 들어갔다가 쑤욱 올라온 찰나 대를 낚아챘다. 대를 잡으니 묵직한 무게감이 전해져왔다. 대물임에 틀림없었다. 두 손으로 대를 잡아당기려는데 놈도 만만치 않았다. 줄을 풀었다 감기를 반복하며 놈의 힘을 뺐다. 한 시간이 지났으나 놈은 지친 기색이 없었다. 팽팽한 줄다리기가 이어졌다. 바람도 물결도 숨을 죽인 시간이었다. 팔목이 아파오고 손에 땀이 났다. 삶과 죽음의 경계에서 놈은 사투를 벌였고 나는 밀리지 않으려 온 힘을 다했다. 서서히 지치기 시작했다. 아마도 놈은 새끼를 밴 잉어일 것이다. 새끼를 지키려는 동물의 보호 본능은 죽음을 넘어서니까. 아들을 놓고 양육권을 다툴 때 아내의 눈빛은 살기가 넘쳤고 그녀의 그 눈빛에 이미 나는 제압당하고 있었다. 아내의 온 몸에서 전의가 타올랐고 그런 아내를 보며 뒤로 주춤 물러났다.

잠시 소강상태에 들어갔다. 놈의 움직임이 멈춰 선 것 같았다. 지친 것인가. 참았던 오줌을 누고 바지를 추슬렀다. 그때였다. 조용하던 주위에 물결이 한바탕 일어나며 요동쳤다. 순간 대가 쑥 뽑히며 물속으로 사라지고 있었다. 놈이 낚싯대를 끌고 가버렸다. 잠시 방심했던 나를 탓하며 어두운 수면을 노려보았다. 물결이 잠잠해지고 호수에는 다시 적막이 찾아왔다. 허탈했다. 죽기를 각오하고 싸우는 놈한테 무슨 수로 당해낸단 말인가. 어쩌면 잘 된 일인지도 모르겠다. 긴 시간 사투를 벌이느라 놈은 상처를 입었을 것이다. 상처가 곪아터지고 아물어갈 때 쯤이면 놈도 지나간 상처를 기억에서 지우고 호수를 유영할 것이었다. 멀리 산등성이에 붉은 기운이 퍼지기 시작했다. 새벽이 오면서 잠에 빠졌던 물고기들이 서서히 깨어나기 시작했다. 동그랗게 무늬가 수면 위에 그려지거나 그들만의 신호를 주고받는지 미세한 소음이 들려왔다. 물고기의 세상이 밝아오고 있었다. 나는 그들의 세상에서 조용히 철수 준비를 했다. 연락을 받은 낚시점 사장의 나무배가 물결을 밀어내며 조용히 다가오고 있었다. 순간 내 인생이 닻도 없이 바다 위를 떠다니는 배 같다는 느낌을 지울 수가 없었다. 삐걱거리는 노의 마찰음이 먼 다른 세상에서 들려오는 것처럼 아득했다.

남해의 밤

승용차를 공터에 세워두고 바래길을 걸었다. 여름의 끝자락에서 불어오는 바람이 고사리 고랑 사이로 축축하게 지나갔다. 끝이 보이지 않는 길, 쥬라기 시대에 갇혀버린 느낌이었다. 길을 잃어버린 것 같았다. 아무리 걸어도 고사리 밭에서 벗어나지 못했다. 쥬라기를 지나 이 시대까지 살아남으려면 얼마나 독한 내성을 키워야하는 걸까. 고기잡이 어선이 그림 속 장면처럼 바라다보이는 언덕에서 진땀을 빼며 문득 든 의문이었다. 푹푹 발이 빠지는 밭 한가운데서 주위를 휘둘러보았다. 멀거나 가까운 언덕들이 모두 연초록 고사리로 덮여 있는 정경은 아주 먼 곳에서부터 불어오는 바람의 냄새만큼이나 이력이 붙어 안정감을 갖는 구도였다. 그것은 마치 견고하고 오래된 풍경이었다.

남해에서 걷기는 두 번째였다. 첫 번째는 남편을 보

내고 무너진 마음을 추스르려 한없이 걷기를 시작했다. 그 후로도 틈만 나면 걸었다. 한 시간 여 내리막을 힘주어 내려오며 낙엽층이 두터운 밭에서 겨우 빠져나오자 무릎에 통증이 일어났다. 그대로 주저앉아 목덜미의 땀을 닦았다. 남해에 대해서는 몇 가지 추억이 있다. 아주 오래 전 일이었으므로 그때 만났던 그들이 아직 그 자리에 있는지 알 수 없지만 십 년이 지난 지금 따뜻한 기억을 복원하고 싶은 속내는 내 마음이 그만큼 황폐해졌다는 증거였다.

해질 무렵 택시를 타고 승용차가 세워진 공터에 도착했다. 바닷가에 자리한 펜션을 찾아들었을 때는 몹시 지쳐 있었다. 펜션 여주인은 지친 내 행색을 보더니 커피를 한 잔 타주었다. 펜션 미라도르. 입력이 잘 안되는 외래어였다. 스페인어로 '전망대'라는 뜻이라고 여주인이 알려주었으나 그 순간 머릿속은 다른 생각을 하고 있었다. 객실 일층 베란다 밖으로 바다가 보였다. 서둘러 샤워를 하고 누룽지를 끓여먹고 일찍 잠들었다.

이튿날은 무릎이 시큰거려 길을 떠날 수 없었다. 주인여자가 파스를 갖다 주길래 무릎에 붙이고는 밍기적거리다가 밖으로 나왔다. 낮의 해안은 한적했고 방파제 끝에 등대불이 깜박였다. 등대 밑에 낚시하는 사람들이 어정거렸다. 젊은 여자와 젊은 남자였다. 집들이 모여 있는 마을은 조용했다. 사람들이 보이지 않는 어촌마을에 낚시꾼 일행과 나만 있는 듯했다. 길고양이가 돌아다니거나 갈매기가 날아다닐 뿐 적막한 마을과 잔잔한 바다는 고요하게 머물러 있었다.

붉은 물고기를 낚아 올린 남자가 환호성을 질렀다. 그 옆에 함께 있던 긴 머리 여자가 뜰채를 받치려는 순간 나는 얼른 사진을 찍었다. 남자는 물고기를 잡은 기쁨에 들떠 환한 미소를 보였다. 한 시간을 기다려 겨우 한 마리 잡았다고 긴 머리 여자가 투덜거렸다.

'한평생 물고기를 기다린 노인도 있는데요.'

헤밍웨이의 '노인과 바다'를 떠올리며 속으로 중얼거렸다.

"어디서 오셨어요?"

"일산에서 왔어요."

"대전이요."

두 사람이 동시에 대답을 하며 서로를 쳐다보았다. 각각의 장소를 말하는 그들의 표정에서 삶에 대한 환상과 기대가 언뜻 엿보였다. 휴가를 같은 날짜에 맞춰서 왔다고 묻지도 않았는데 긴 머리 여자가 말했다. 남자는 낚싯대를 바다에 드리우고 콧노래를 흥얼거렸다. 이십대 후반이거나 많아야 삼십대 초반으로 보이는 두 사람으로 인해 잠깐이나마 막막한 내 인생에 부드러운 바람 한 줄기가 지나가는 듯했다. 내 머릿속이 약간 헝

클어지고 있었기에 밝은 빛깔의 남자와 여자의 등장은 사심없이 바다를 바라보게 했다. 낚시를 하는 남자와 먼 바다를 배경으로 작은 배 한 척이 등장했다. 내 시선은 줄곧 먼 바다를 바라보고 있었다. 여자의 시선은 낚시하는 남자에게 가있었다. 작은 배의 등장에 여자와 내 시선이 흐트러지며 얽혀들었다. 여자가 유쾌한 표정으로 남자와 나를 바라보며 웃었다. 조용해서 좋죠? 긴 머리 여자가 지나가는 소리로 말했으므로 나는 고개를 끄덕여주었고 조금 후 숙소로 돌아왔다.

하루를 쉬는 바람에 펜션 여자와는 좀 더 친해졌다. 다리가 불편한 것을 알게 된 여자가 안됐다는 듯 김치와 라면을 갖다 주었다.

"펜션 이름이 '미라도르'라니 좀 의아했어요."

"아르헨티나에 오래 살았거든요."

"여긴 어떻게 자리 잡았는데요."

"제 고향이에요. 지금도 아르헨티나에 사업체가 있어요. 한국에 나왔다가 전염병 때문에 갇혀 버렸죠."

숙소 객실에 들어서던 순간 예사롭지 않은 인테리어와 이중으로 된 암막커튼, 창유리, 큰 화면의 텔레비전을 보며 꽤 신경 썼구나 싶었다. 욕실 세면기 귀퉁이에 새겨진 이름 있는 회사의 로고와 미끄러지지 않는 수입산 타일까지, 그야말로 공들여서 지은 흔적이 보여서 자본이 넉넉한 주인이구나 짐작했다.

"한국 물정을 몰라서 돈을 많이 썼어요."

펜션 여자가 허브차를 마시고는 바다 쪽으로 시선을 돌렸다. 펜션 여자의 시선을 따라 바다를 바라보다가 방파제 쪽을 보니 낚시하던 커플이 사라지고 없었다.

"죽방멸치길 걸었어요?"

"내일쯤 걸을 예정이에요. 차를 숙소에 며칠 두어도 돼죠?"

펜션 여자가 고개를 끄덕였다. 검은 승용차 한 대가 뒷마당으로 들어오자 펜션 여자가 환하게 웃으며 일어섰다. 승용차 운전석으로 차창이 내려지고 은발의 외국인 남자가 하이, 하며 손을 들어 흔들었다. 펜션 여자가 같이 손을 흔들어주고는 남편이라고, 전망대에서 돌아오는 길이라고 말해주었다. 바래길을 걷다가 멀리 전망대 건물이 햇볕을 받아 밝게 빛나는 것을 본 터였다.

"스페인 바르셀로나 사람이에요. 아르헨티나에서 만났는데 고맙게도 제 고향에 동행해줬죠."

"정착할 생각인가요."

"아직은…… 아르헨티나에 생선 가공공장 사업체도 있고, 고향에 펜션을 지은 건 부모님 제삿날에 형제들이라도 모이고 싶어서였죠. 건물 관리는 오빠에게 맡기고요. 하비는…… 아참, 남편 이름이에요, 하비에르인데 하비라고 불러요. 갇혀 있어서인지 가끔 전망대에 다녀오곤 해요. 대서양을 그리면서."

하비는 남해가 대서양에서 얼마나 먼 곳인지 추측이나 할까. 일본을 거치고 태평양을 지나 미국을 건너 대서양에 닿기까지 한 생을 걸어도 다다르지 못할 거리를 가늠해보았다. 둘레길을 걸으면서 배나 비행기보다 걷기로 거리를 가늠하는 버릇이 생겼다. 어떤 사람에게는 평생 다다르지 못할 길이 있는 법이었다.

"포르투갈 여행 중 유럽 대륙의 끝 대서양 전망대에서 인증 문서를 받은 적이 있어요. 비용이 10유로 안팎이었는데 여행객들을 상대로 짭짤한 수익을 올리더라고요."

펜션 여자와 이야기를 하다보니 잊고 지낸 남유럽의 대서양이 생각났다. 먹고 사느라 까마득히 잊혀진 일이었다. 그때 나는 번역도 하고 통역을 하면서 이 일 저 일 안 가리고 힘겹게 돈을 벌었다. 여행사 가이드가 출산 휴가를 가는 바람에 급하게 통역 아르바이트를 한 적이 있었다. 유럽 대륙의 끝에서 내가 만난 것은 자본주의의 민낯이었다. 대서양의 바다를 배경으로 그곳을 왔다갔다는 인증 문서에 도장을 찍어주고 돈을 받았는데 책상 앞에 길게 줄을 서서 기다리는 사람들로 사무실은 혼잡했다.

"하비가 전망대를 찾아갈 때마다 조금 안쓰럽긴 해요."

"그렇지만 사장님도 아르헨티나에서 청춘을 보냈잖아요."

"그렇긴 하지만, 여자들은 본가를 떠나 세상 어디에서든지 뿌리 내릴 준비가 되어 있나 봐요. 조선 시대에도 친정을 떠나 시가에서 평생 그 집 귀신이 되어 살 각오로 적응했잖아요."

"그거야 남자들도 단단히 각오하고 살아야죠. 부모를 떠나 독립할 때 뿌리뽑힘의 느낌을 똑같이 경험하며 성장해야죠."

펜션 여자가 점심 준비를 하러 안채로 사라지고 사전 답사를 할 요량으로 미라도르를 나와 식당을 찾아 걸었다. 멸치쌈밥, 활어회 간판이 화려하게 시야를 어지럽혔다. 다리 한가운데에 서서 바다를 내려다보았다. 흐릿한 바다가 섬과 섬 사이를 휘돌아나가며 찰랑거렸다. 물결이 흐르는 것인지 정지한 상태인지 알 수 없을 정도로 청회색 물결이 조용히 뒤틀림을 하고 있었다. 어느 한 시기 가장 힘겹던 내 인생의 시간을 들여다보는 듯했다. 남쪽 바닷가가 고향인 남편은 죽기 전에 남해를 가고 싶어 했다. 상태가 악화되어 중환자실에서 버티는 남편의 귀에 대고 퇴원하면 남해바다에 가자고 속삭였다. 남편의 눈에 눈물이 흘렀다. 8년을 누워 지내던 남편은 자기가 벌어놓은 재산을 다 까먹고 가버렸다. 장례식을 끝내고 현실로 돌아왔을 때 내 수중에는 낡은 승용차와 달랑 집 한 채가 전부였다. 남편과 함께 하지 못한 여행을 혼자 했다. 그가 남긴 낡은 에쿠스를 몰고 남해에 왔을 때 언덕 위 과일노점 여자가 핼쑥한 내 얼굴을 보고는 포도 한 송이를 주며 피로회복이 될 거라고 했다. 과일노점 여자는 마흔 중반쯤 되어 보였는데 무슨 연유인지 처음 만나는 사이인데도 불구하고 친절을 베풀었다. 그날 카페에서 커피를 마시다가 노점 여자를 만나야겠다고 생각했다. 과일을 파는 언덕으로 내달렸다. 사과를 사고 싶어졌다. 사과 한 봉지를 골라 담아서 나에게 내밀며 여자가 뭔가 할 말이 있는 듯 미적거렸다.

"혹시 숙소를 구했어요?"

"아뇨. 깨끗한 민박집 있으면 소개해주세요."

"제가 아는 좋은 데가 있는데 기다려보세요."

앞치마에서 폴더 폰을 꺼낸 여자가 어디인가 전화를 했다. 방이 있느냐고 물었고 깨끗한 방으로 비워달라고 말하고는 전화를 끊었다. 주소를 알려주며 과일노점 여자가 저녁에 놀러가겠다고 말했다. 나에게 오겠다는 것인지 민박집 주인집에 오겠다는 것인지 아리송한 채로 '솔바람' 펜션에 도착했을 때 생활한복을 입은 꽁지머리 남자가 마당에 나와 기다리고 있었다. 꽁지머리가 안에다 대고 큰소리로 부인을 불렀다. 아침햇살 같은 미소를 머금은 여자가 수줍은 얼굴로 현관문을 열고 나왔다.

이층 방으로 안내되었는데 아담하고 작은 방이었다. 저녁 식사 시간이 되어 아래층으로 내려갔더니 과일 노점 여자가 와서 상추를 씻고 있었다. 그녀는 오래 알고 지낸 사이처럼 환하게 웃으며 자리에 앉으라고 권했다. 건물 본채 옆에 몽골의 게르 식으로 지어진 공간이었다. 영화를 볼 수 있는 빔이 설치되어 있고 한쪽에 기타와 피아노 바이올린이 놓여 있는 무대가 있었다. 꽁지머리가 내가 앉아 있는 식탁에서 도마를 펼쳐놓고 회를 떴다.

"금방 잡아와서 싱싱해요."

"원장님은 낚시 광이에요."

노점과일 여자가 내 쪽을 바라보며 거들었는데 원장님, 어쩌고 해서 한의사인가 짐작했을 뿐 그가 중국 중경에서 한의원을 했으리라고는 노점과일 여자가 설명하지 않았더라면 상상도 못했을 것이다.

"제 특기는 생선가스에요. 아름다운 분에게만 만들어주는데 오늘 특별히 대접할게요."

꽁지머리가 능숙하게 회접시를 옆으로 치워놓고 가스불에 식용유를 붓고는 튀김반죽을 만들었다. 기름냄새와 생선튀김 냄새가 어우러져 실내는 수증기로 가득했다. 속이 울렁거렸다. 빈속에 기름 냄새를 맡아서인지 어지러웠다. 노점과일 여자는 생선가스를 내 앞으로 자꾸 밀어주었으나 한 조각을 겨우 먹고 상추와 깻잎에 된장을 얹어 먹었다. 꽁지머리가 자신을 소개했다. 중경에서 이십 년을 살았는데 교포들이 점점 줄어들어 한의원 문을 닫고 국내에 들어왔다고, 중국 한의사 자격증은 국내에서 쓸 수 없어서 요양보호사 자격증을 땄다고, 하지만 한 번도 일한 적은 없고 하루 종일 낚시를 한다고 말하는 그의 표정에 쓸쓸함이 언뜻 스쳤다. 그들의 이야기를 듣기만 하다가 새로 일을 시작하기 전에 마음을 다잡으려 여행 중이라고 간단히 나를 소개했다.

"무슨 일을 하시는데요."

"아직 구체적인 계획이 없어서…… 고민 중이에요."

"혹시 요식업을 할 요량이면 나 좀 불러줘요."

노점과일 여자 말에 나는 그녀를 쳐다보았다. 무슨 의미로 그 말을 하는지 혼란이 왔다. 꽁지머리가 중간에 끼어들어 설명을 덧붙였다.

"홍자 씨가 중경에서 이십 년 가까이 식당을 했었죠."

노점과일 여자 이름이 홍자라는 것을 식사 자리에서 알게 되었다. 아마도 두 사람은 중경에서부터 인연이 있었으리라 짐작이 갔다.

"원장님이 귀국한다길래 에라 모르겠다, 하고 같이 따라 들어왔죠 뭐."

"껌 딱지처럼 저를 따라 다녀요. 제가 남해에 정착하자 무작정 쫓아와서는 바람의 언덕에서 사과를 팔고 있어요."

옆에서 꽁지머리의 부인이 맑은 미소로 두 사람을 건너다보았다. 그녀는 한 마디도 하지 않고 조용히 밥을 먹고 있었다.

"원장님 보다 언니가 좋아서 따라 왔죠."

홍자 씨가 놀리듯이 유쾌하게 말해서 분위기는 고조되어 갔다. 와인 잔이 없어서 다기 찻잔에 와인을 나누어 마셨다. 대나무가 그려진 다기 찻잔에 마시는 와인은 운치가 있었다. 시간이 흐르자 캔맥주와 김부각이 나왔는데 칭따오 맥주라고 꽁지머리가 소개했다. 알싸한 맥주에 취해 그날 밤 어떻게 잠들었는지 모르겠다. 새벽에 손가락이 따끔거려 잠에서 깼다. 형광등 불을 켜고 손가락을 살펴보았더니 퉁퉁 부어 있었다. 벌레에 물린 것 같았다. 바닥에 깔린 요를 제치자 붉은 줄이 그어진 연초록색의 지네 한 마리가 꿈틀거렸다. 지네는 손가락길이만큼이나 크고 통통했다. 빗자루를 찾아 쓸어 담아서 욕실 변기에 버리고 물을 내렸다. 시간은 새벽 4시를 넘어서고 있었다. 낯선 방에서 약을 찾을 수도 없고 잠자는 주인 부부를 부를 수도 없어서 가방 안에 있던 바셀린을 발랐다. 잠이 올 리 없었다. 이층방에 지네가 어떻게 들어왔을까. 남편에게 병이 찾아오기 전 함께 동행했던 캄보디아 여행이 그 순간 스쳐갔다. 천장과 벽을 타고 다니던 도마뱀이 혹시 잠든 순간 내 몸에 떨어질까봐 한숨도 못 잔 기억이 났다. 지네나 온갖 벌레가 밤새 천장이며 바닥을 기어 다녔을 거라 생각하니 아찔했다. 길과 작은 화단, 주위에 펼쳐진 산자락의 밭고랑 사이로 거름 더미가 쌓여 있는 산촌이었다. 벌레가 서식할 환경으로는 최적지였다. 커튼을 열어젖히자 희부옇게 하늘이 열리고 있었다. 잠이 더 오지 않아 화장실에 갔다. 그때 내 눈에 들어온 지네 한 마리. 새벽에 보았던 것과 똑 같은 지네 한 마리가 욕조 주변을 돌고 있었다. 나는 그 자리에 얼어붙었다. 두려움이 몰려왔다. 지네라니, 붉고 푸른 몸통의 꿈틀대는 벌레가 흉측하게 자꾸 내 길을 가로막는다는 운명론적인 기분이 들었다. 볼 일을 볼 엄두를 못낸 채 가방을 싸서 그 집을 나와 버렸다.

십 년이 흐른 지금 지네가 나오던 펜션과 주인부부가 왜 생각나는지 모르겠다. 그때 나는 희망이 보이지 않았다. 죽을만큼 힘든 시기였다. 삶의 의미를 잃어버린 시간의 틈새에 그들, 꽁지머리 한의사와 홍자 씨가 있었다. 그들의 호의를 접어둔 채 황급히 떠나와버린 일들이 은연중에 걸렸었다. 삶이 막막했다. 뭔가 새롭게 일을 시작하려 했지만 엄두가 나지 않았다. 무엇이건 다시 시작하고 싶었다. 그때 꽁지머리 한의사와 홍자 씨가 떠올랐다. 중국 한의사 시험에 합격하고 중경에서 잘 나가던 남자가 한국에 돌아와 요양보호사 자격증을 따고 그것도 여의치 않자 매일 낚싯대를 메고 바다에 나간다는 사실이 가슴 한켠에 남아 있었다. 내 전문지식인 번역이나 통역은 살아가는데 별로 도움이 되지 않았다. 출판사 계약직을 거쳐 여성잡지나 주간지 기자를 거쳐 온갖 아르바이트를 전전하기까지 내 마음 속에 남아 있는 꽁지머리의 잔영이 늘 걸렸다. 그가 만들어준 생선가스와 농어회의 시간도 되살아났다.

이번 여정의 끝에 꽁지머리와 홍자 씨가 있었다. 홍자 씨는 아직 그곳에 있을까. 사과를 팔고 있을까. 바람의 언덕이 궁금해졌다. 멀리 바다 속에 솟아 있는 섬들이 징검다리처럼 드문드문 놓여 있는 남해는 바다라기보다 너른 호수 같았다. 무리 지어 다니던 멸치 떼가 바다 한가운데에 갇혀 운명을 기다리는 장면은 생의 아이러니였다. 바다한가운데에 갇힌 멸치라니. 그걸 갇혔다고 할 수 있을까. 바다를 가로지른 높은 대교 위에서 아래를 내려다보았다. 해안을 따라 원시어업의 일종인 죽방렴이 설치되어 있었다. 참나무 말목 삼백여 개를 갯벌에 박고 대나무 발로 조류의 흐름을 역행하여 물고기를 잡는 전통적인 방식이었다. 대나무로 만든 부채꼴 모양의 발이 기둥인 참나무 말목에 기대어 잡어나 물고기들을 유인하고 있었다. 한 번 갇히게 되면 빠져나올 수 없는 죽방렴. 고요한 바다는 이 모든 것을 침묵했다.

안내판은 청정해역의 빠른 유속에 의해 멸치 떼가 죽방렴 안으로 들어가게 함으로써 비늘이나 몸체 손상없이 건져 올릴 수 있다고 설명했다. 청회색 수면 위로 흰 비늘이 반짝였다. 힘 좋은 물고기가 수면 위로 튀어 오르는 장면이 보였다. 한참 서 있었더니 다리가 아팠다. 바람이 축축하게 불어왔다. 소금기를 품은 바람이 내 몸을 조금씩 절이는 것 같았다. 전신이 후줄근해졌다. 시간의 유속을 따라 남해에 왔고 바래길을 걸었고 고사리밭에서 헤맸고 펜션에서 발이 묶여 있는 지금 아무것도 할 수 없다는 사실이 무기력하게 나를 옥죄어왔다. 시간에 쫓겨 살다가 멈추어버린 이 시간이 못 견디게 불안했다. 멀미가 나고 어지러웠다. 무릎이 아팠지만 천천히 발걸음을 옮겼다. 오른쪽 무릎이 아팠는데 이제는 왼쪽 무릎마저 시큰거렸다. 가드레일에 기대어 쉬고 있는데 펜션 여자가 승용차를 몰고 클랙슨을 울렸다. 여자가 타라고 손짓했다.

"걱정이 되어 나왔어요."

"쉬면 좀 나을 줄 알았는데 양쪽 무릎이 다 고장 났나 봐요."

"하루쯤 푹 쉬어야 하는데 제가 볼 때 오늘도 많이 걸었어요."

시계를 보니 숙소에서 나온 지 두 시간이 지나 있었다. 아무래도 걷기는 접어야 할 것 같았다. 완주가 인생의 성공은 아닐 것이다. 고수만이 마라톤을 중도에서 하차할 수 있다고 하던가. 초보는 체면 때문에 자존심 때문에 도중에 그만두지 못하고 뛰다가 쓰러진다고 어느 마라토너를 인터뷰했던 기사가 떠올랐다.

늦은 점심으로 라면을 끓여먹고 침대에 드러누웠다. 식곤증이 와서 잠깐 졸리는 듯했으나 잠은 오지 않고 온갖 잡생각으로 뒤척였다. 커튼을 쳤다가 다시 열었다. 구름 속에 가려진 햇볕이 여러 가닥으로 풀어진 실꾸러미처럼 흘러 들어왔다. 방파제 끝 등대에 불이 깜박였다. 바다는 들판처럼 넓게 펼쳐져서 육지인지 바다인지 경계가 흐릿했다. 바셀린을 무릎에 바르고 파스를 붙였다.

해가 지는 바다는 세상의 평온을 다 가진 듯했다. 검붉은 태양의 잔해가 금빛을 뿌리며 고요히 저물어 갔다. 노크소리에 초저녁잠이 들었다가 깨어났다. 현관문을 여니 펜션 여자가 작은 냄비에 음식을 담아 왔다.

"수제비예요. 맛이 있을런지 모르겠네요."

"신경 안 써주셔도 되는데……."

펜션 사업이 처음이어서인지 여주인은 영업에 적극성을 띠는 것 같지는 않았다. 내가 들어오던 날 청년 두 명이 나가고 더 이상 손님은 없었다.

"이층과 삼층은 다른가 봐요."

"구경하실래요?"

펜션 여자가 앞장서서 이층을 안내했다. 현관 밖으로 나와 이층으로 뻗어 있는 계단이 까마득하게 높아보였다. 어지러워서 계단난간을 붙잡았다. 이층에서 내려다보는 바다는 저물녘에 보는 막막한 들판 같았다. 작은 배가 떠 있었다. 해안가에 서 있는 가로등 불빛과 멀리 건너편 능선의 검은 나무들과 하늘이 뚜렷이 다가왔다. 이층은 침대가 두 개이고 거실과 방이 분리되어 있었다. 붉은 빌로드 커튼이 인상적이었다. 삼층으로 오르는 계단에 서서 펜션 여자가 뒤돌아보았다. 무릎이 아픈 것을 참으며 그녀를 따라 조심스럽게 한 발자국씩 내딛었다. 계단을 오르느라 진땀이 났다. 삼층 객실은 옥상으로 연결되는데 커다란 월풀이 있고 데크가 깔려 있어서 별장에 온 것 같았다.

"가족 여행 와서 바비큐를 해도 돼요."

옥상 난간에 서서 어두운 밤바다를 바라보는데 눈물이 났다. 남해에 오지 못하고 먼저 떠난 남편이 생각나서일까. 가족 이야기에 마음이 울컥했다. 펜션 여자가 움직일 때마다 구두 굽 소리가 데크를 울렸다. 애써 눈물을 훔치고 그녀의 설명에 고개를 끄덕였다. 삼층 보다는 이층이 더 아담했는데 아마도 붉은 색 커튼이 내 마음을 잡아당겼을 것이다.

"이층 가격에 삼층을 내드릴게요. 삼층에서 하루 묵어가세요."

펜션 여자 말이 아니더라도 옥상에서 별을 볼 수 있다는 사실만으로도 그 말이 솔깃하게 다가왔다. 무릎의 통증은 조금씩 가라앉았으나 걷기는 무리였다. 그녀는 뭔가 할 말이 남아 있는 듯 미적거렸다. 펜션 여자가 조금씩 부담스러워지기 시작했다. 낯선 이와의 소통이 잠깐의 기분전환을 줄 수는 있으나 몇 시간씩 마주본다는 것은 심리적인 불안정을 가져왔다. 내 눈빛이 불안해 보였던지 펜션 여자가 일어서며 고향에 왔지만 마음은 아르헨티나에 가있다고 혼잣말로 중얼거렸다. 그녀가 외로워보였다. 하비는 전망대에서 바르셀로나로 향하는 바닷길을 그려보거나 낚시를 하거나 혼자 돌아다니는 것 같았다.

"친구들이 모두 아르헨티나에 있어요. 가브리엘라는 언니처럼 돌봐줬는데, 보고 싶네요. 마리로사는 또 어떻고요. 우리 친정 엄마처럼 잘 퍼주는 스타일인데 그녀가 화덕에 구워주는 빵은 정말 최고예요. 난 고향의 친구들로부터는 잊혀진 존재예요. 그러고보니 고향 친구 이름이 하나도 생각이 안 나네요. 어두워오는 유리문 밖을 내다보며 펜션 여자가 중얼거렸다.

"아르헨티나에 가고 싶어요."

그녀는 넋이 나간 얼굴로 멍한 표정을 지으며 나가버

렸다. 그녀의 뒷모습이 쓸쓸해보였다. 갑자기 오한이 났다. 목도리를 찾아 두르며 목을 움츠렸다. 사는 게 팍팍하면 친구도 멀어지기 마련이었다. 남편의 병수발을 하며 혹시 그들이 피할까봐 지레짐작으로 내 쪽에서 먼저 연락을 끊었다. 친구들을 만나서 수다를 떨거나 밥을 사먹거나 할 여유가 없었다는 게 더 맞는 말일지도 모르겠다.

퉁퉁 불어터진 수제비를 먹다가 커튼을 열고 어두운 밤바다를 바라다보았다. 방파제 끝에 등대 불이 깜박였다. 가로등이 군데군데 서 있는 해안 도로 전깃줄에 새 떼가 나란히 앉아 있는 풍경이 보였다. 검은 새 떼 뒤로 남빛으로 빛나는 하늘이 작은 마을을 내려다볼 뿐 인적없는 공간에 오로지 혼자 깨어 있는 것 같았다. 첫날 8만 원짜리 방을 6만 원에 달라고 했을 때 펜션 여자는 잠시 고민하다가 깎아주었다. 호텔식으로 지어진 숙소 내부는 만족스러웠고 깎은 게 미안해서 펜션 여자가 라면을 갖고 왔을 때 다음에는 안 깎을게요, 라고 말해버렸다. 무릎 때문에 이틀을 더 묵어야할지도 모를 상황이었다. 남해에 온 김에 하루를 더 묵어가야겠다고, 기왕이면 이층 방값에 삼층을 내준다니 눈 딱 감고 삼층을 마음속에 넣어두었다. 마음이 그래서였는지 다음날 아침, 무릎 통증은 사라졌지만 온 몸에 근육통이 일어나며 몸살이 오는 듯했다. 침대에 누워 멀뚱

멀뚱 천장을 쳐다보았다. 반쯤 열어놓은 커튼 사이로 하비가 빗자루를 들고 데크를 쓸고 있는 게 보였다. 안이 보일 리가 없었지만 본능적으로 이불을 끌어당겨 덮었다. 하비는 왔다갔다 하며 집 안팎을 쓸고 다녔다. 커튼 사이로 아침햇살이 길게 들어와 실내를 밝은 색조로 물들였다. 정오가 다되도록 꼼짝하지 않자 펜션 여자가 누룽지를 끓여서 갖고 왔다. 아침은 식빵 한 조각에 샐러드나 커피, 삶은 달걀이나 누룽지로 간단히 해결한다고 말한 걸 기억했나보았다. 속옷 차림에 가운을 걸치고 누룽지를 먹었다. 펜션 여자가 침대 모서리에 걸터앉아 내가 먹는 것을 빤히 쳐다보고 있다.

"드라이브 갈래요?"

"펜션 여자가 기대에 가득 찬 눈빛으로 물었다. 대답할 말이 곤궁해서 머뭇거렸다. 펜션 여자는 내 대답을 재촉하듯 쳐다보았다.

"오늘은 삼층에서 묵을게요. 얼마 더 드리면 되죠?"

이층 방값에 삼층을 준다는 여자의 말이 유효한가 싶어서 눈치를 보며 가격을 물어보았다.

"18만 원이에요."

펜션 여자를 쳐다보았다. 여자의 표정은 담백했고 바가지를 씌운다는 느낌은 들지 않았다. 정말 한국 물정을 모르는 걸까. 다음에는 깎지 않겠다고 한 말을 기억하며 침을 삼켰다. 순간 눈을 딱 감고 카드를 내밀었다. 6만 원에 방을 쓰다가 세 배가 넘는 금액을 계산하며 내가 뭔 짓을 한 거지, 그러고는 잠시 어지러웠다. 펜션 여자가 카드를 갖고 나간 사이 간단히 세수를 하고 옷을 갈아입었다. 대충 비비 크림을 바르고 립스틱을 발랐다. 펜션 여자는 나를 태우고 해안도로를 한 바퀴 돌았다. 좁은 도로 옆으로 고요한 바다가 그림 속 풍경처럼 떠 있었다. 해안가를 한 시간 가량 돌고는 카페로 들어갔다. 가게 한 쪽에 가죽제품을 전시해놓고 음료를 파는 곳이었다. 피곤했던 터여서 우리 둘 다 달달한 아포가또와 카라멜 마끼아또를 시켰다. 펜션 여자가 아르헨티나공방이 생각난다고 말했다. 뒷골목 곳곳에 가죽으로 구두, 가방, 손지갑이며 허리띠를 만드는 공방이 즐비해서 독한 약품 냄새가 코를 찔렀다고, 그녀는 마치 향수에 젖은 표정으로 중얼거렸다. 펜션 여자는 카페에 비치된 가죽 제품을 한동안 만지작거렸다.

"무슨 일을 새로 시작할 거예요?"

"북카페를 할까 고민 중이에요."

"그것도 만만치는 않겠어요."

뭘 하든 쉬운 게 없다는 건 알고 있지만 좋아하는 커피를 파는 일이면 어떨까, 싶었고 커피 외에 다른 것은 꿈도 꾸지 못했다. 오래 전 홍자 씨가 요식업을 할 거면 자기를 데려가 달라고 했던 기억이 났다. 홍자 씨는 지금도 사과를 팔고 있을까. 문득 그녀 생각에 조바심이 났다.

창밖으로 바닷물이 긴 치맛자락을 살랑이듯 자갈돌들을 덮는 게 보였다. 바다가 조용히 움직이는 풍경이 유리창을 통해 내 가슴을 촉촉이 적셔왔다.

"커피에는 빵을 곁들여먹으면 좋은데, 마리로사 아줌마 빵이 그리워요."

펜션 여자가 카라멜 마끼아또 한 모금을 마시며 다시 빵 이야기를 꺼냈다. 펜션 여자의 시선은 줄곧 유리창 밖에 머물러 있었다. 그녀는 아르헨티나로 돌아가고 싶은 것인지, 그곳에서 만난 지인들과 같이 늙어가고 싶은 것인지, 고향이 정말 아무 의미도 아닌 것인지 의문이 들었지만 묻지 않았다. 고향은 떠나 보았거나 갈 수 없는 사람에게 큰 의미가 있는 것인지도 모른다. 나는 고요한 바다가 견딜 수 없었다. 대양을 가로질러 가려면 용틀임이라도 해야 하는 게 맞지 않나 싶은데 바다는 너무나 고요하고 잔잔했다. 심장이 요동치기 시작했다. 커피 잔에 볼록 솟은 아이스크림을 수저로 마구 휘저으며 불안을 눌렀다. 펜션 여자가 조금은 홀가분해진 모습으로 일어서자고 말했고 커피를 남긴 채로 우리는 카페를 나왔다. 저녁으로 무얼 먹을 건지 펜션 여자가 물었지만 숙소에 돌아가 그냥 쉬고 싶다고 말했으므로 두 사람 사이에 침묵이 이어졌다.

밤의 대기는 푸르스름한 기운을 넓게 퍼뜨리며 고요히 깊어갔다. 3층 옥상에서 바라다보는 등대 불은 고독해보였다. 어두운 밤을 홀로 지키는 등대의 이미지가 대지를 더욱 적요한 분위기로 몰아갔다. 하늘빛이 남색에서 코발트로 짙어지다가 검푸른 빛을 띄어가자 별들이 움직이기 시작했다. 빛나고 밝은 별이었다. 여름의 대기는 차고 맑게 내 몸을 엄습해왔다. 별과 더욱 깊게 조응하고 싶은 마음과 으슬으슬 추위 사이에서 줄다리기를 하다가 객실로 돌아왔다. 커튼을 열어둔 채로 잠이 들었다.

바람의 언덕에 홍자 씨가 있을까. 아침에 눈뜨면서 계속 든 의문이었다. 노크소리에 문을 열었더니 펜션 여자가 초콜릿 봉지를 들고 서 있었다.

"아침에 외출할 일이 있어서 떠나는 걸 못 볼 것 같아 왔어요. 여행 중에 피곤하면 드세요."

펜션 여자가 잠옷 차림의 내 아래 위를 훑어보며 인사를 건넸다. 화장을 정성 들여 하고 체크무늬 긴 원피스에 가죽샌들을 신은 그녀는 외국 잡지에서 본 여배우처럼 이질적이었다. 아마도 넓은 챙모자 때문일 것이다. 레이스가 수놓인 챙모자를 쓴 그녀는 노란 천 마스크를 한 터여서 크고 동그란 눈만이 살아있는 생명체임을 드러내주었다.

커피를 마시고 짐을 꾸려 미라도르를 나오면서 자꾸

뒤를 돌아다보았다. 운전대를 잡은 손에 경련이 일어났다. 정신을 차리고 엑셀러레이터를 밟았다. 좁은 해안길에 새로 지은 건물들이 각각의 특색을 드러내며 박혀 있는 풍경은 낯설었다. 서구 유럽풍의 건물들이 점령한 해안이나 산자락은 이제 전형적인 어촌과는 거리가 있었다. 작고 아름다운 마을이 관광지로 변해 버린 현실이 실감나지 않았다. 유럽의 끝 대서양바다를 인증하는 서류를 꾸며주고 돈을 받던 포르투갈이 떠올랐다. 무수한 펜션 간판을 지나쳐서 좁은 길을 한참이나 달렸다. 얼마 후 멀리 언덕으로 이어지는 길이 곧게 뻗어 있었다. 길 끝 언덕에 그늘막이 드리워진 공간이 보였다.

바람의 언덕 초입에 승용차를 세우고 주위를 살폈다. 푸른색 두건을 쓴 여자가 포도송이와 무화과를 들고 관광객에게 설명하고 있었다. 홍자 씨인지 아닌지는 알 수 없었다. 관광객이 떠나고 홍자 씨가 내 쪽을 돌아다보았다. 승용차에서 내려 홍자 씨에게 눈인사를 건넸다. 삼십 여 미터 거리에서 우리는 알 듯 모를 듯한 표정으로 서로를 탐색했다. 홍자 씨의 머리카락이 유난히 희어 보였다. 그녀가 좀 더 가까이 다가왔다.

"안녕하세요."

"안녕하세요."

그녀의 인사는 메마르고 건조한 울림을 주었다. 오래

전 귀밑머리에 한두 가닥 흰 머리를 내비쳤던 그녀가 호호백발 머리카락을 하고 낯선 여행자를 대하는 태도로 눈앞에 서 있었다.

"오랜만이네요. 저 알아보시겠어요?"

"글쎄요. 워낙 많은 사람을 만나다보니."

"십 년 전 이곳을 지나다가 포도 한 송이를 주셨잖아요."

홍자 씨의 얼굴에 곤혹스러움이 지나갔다. 아무것도 기억하지 못하는 표정이었다. 나는 홍자 씨 눈을 쳐다보며 뭔가 공감을 얻으려 기를 썼다. 그녀가 활짝 웃으며 기억난다는 듯 활기찬 목소리로 설명을 했다.

"아, 그 시인이신가요. 제가 워낙 여러 사람에게 포도를 준 터여서."

"시인은 아니고요. 그때 혼자 바래길을 걷느라 지쳐서 지나갈 때 포도를 주셨잖아요."

"하하, 워낙 많은 사람이 지나가서."

나는 안타까운 심경으로 오래 전의 상황을 설명하려 애쓰는데 관광객이 과일 좌판 주변을 어정거렸다. 십 년 전에 이곳에서 포도를 주셨다고, 걷다가 지쳤는데 그때 포도 한 송이가 도움이 되었다고, 인정을 베푸는 그 마음이 나를 이곳으로 이끌었다고 말하려는데 그녀가 관광객에게 종종걸음으로 달려갔다.

홍자 씨는 정말 모르는 것 같았다. 한 사람의 선의를

가슴 깊이 담아두고 십 년을 지내온 나에게 그녀의 대책없이 사람 좋은 미소는 당혹스러웠다. 홍자 씨는 누구에게나 친절했다. 아무에게나 친절한 그녀의 미소가 나를 이곳으로 이끌었다고 생각하니 허탈했다.

"그때 사장님이 펜션하는 한의사 부부를 소개해주셨잖아요. 그날 저녁 식사도 같이 하셨고요."

그녀는 정말이지 아무것도 기억이 안난다는 표정으로 나를 빤히 바라보았다. 이제 나는 조급한 마음이 되어 꽁지머리 한의사가 농어회를 떠 준 거며 생선가스를 만들어준 거며 다기에 와인을 받아 마신 이야기를 해버렸다.

"기억이 잘 안 나네요."

홍자 씨가 조금은 지친 얼굴로 과일을 사러 온 손님에게 다시 가버렸다. 조금은 얼이 빠진 채로 그 자리에서 있다가 뭔가 잃어버린 표정으로 돌아섰다. 승용차에 올라타려는 관광객에게 포도 한 송이를 건네는 홍자 씨의 모습이 세상에 더없이 친절해보였다. 지나간 십 년 동안 무슨 일이 있었던가. 허상을 붙잡고 살아온 것인가. 분명 홍자 씨가 맞는 것 같은데 다시 생각해보면 그녀가 아닐지도 모른다. 유난히 흰 머리카락과 둥글고 통통한 얼굴, 약간은 두툼한 몸집의 그녀가 십 년간 변하지 않으리라고 자신할 수 있을까. 십 년이면 많은 것들이 달라지는 법이다. 변화하지 않고 그 자리에 그냥 그대로 있을 것이라고 믿은 자신감은 어디에서 기인한 것인지, 빠른 유속처럼 세상의 모든 것들을 쓸어 담아 한 쪽으로 몰아가는 환경 속에 나홀로 버티는 것인지, 사람도 인정도 하루아침에 바뀌는데 나만 과거의 그늘에서 맴돌며 살아온 게 아닌가 싶어 뭔지 모르게 허탈함이 몰려왔다.

그날 밤의 기억이 조금씩 선명하게 살아나기 시작했다. 한의사 부인과 홍자 씨가 친밀한 대화를 나누며 분위기가 고조되었고 다들 와인에 얼굴이 발그레 물들어서 분위기가 좋았다. 생선가스와 농어회를 먹고 속이 거북해진 나는 밖으로 나가 속을 다 게워냈다. 마당의 긴 나무의자에 앉아 토하고 나니 눈물이 났다. 한의사가 물을 한 컵 갖고 와서 건네려다가 나를 보고 발걸음을 멈췄다. 달빛이 환했고 별들이 빛을 내며 무더기로 쏟아지는 밤이었다. 인기척을 느껴 울음을 멈췄고 한의사가 건넨 생수 컵을 받아 입을 헹궈내고 딸꾹질을 했다. 한의사와 나 사이에 침묵이 이어졌다. 풀벌레소리가 밤공기 속에 흩어졌다.

"다 정리하고 한국에 나왔을 때 막막했어요."

"……."

"삼십 년을 남의 나라에서 살았는데 결국 나는 이방인이었어요. 어디에서도 뿌리내린다는 게 쉽지 않았어요. 내 나라에서도."

"……."

한의사는 자기 이야기를 하고는 아무것도 묻지 않고 안으로 들어가버렸다. 혼자 마당 의자에 앉아 있으려니 으슬으슬 추웠다. 그날 새벽 지네가 나오지 않았다면 어떻게 되었을까. 몰래 도망치듯이 그곳을 나와 한 번도 연락하지 못한 것은 내 불찰이었다.

꽁지머리 한 의사. 본업인 한의사를 그만두고 낚시로 소일하는 그 남자를 만나야 할 것 같았다. 분명 그는 그 자리에 있을 것만 같았다. 그 믿음이 어디에서 기인하건 꽁지머리가 그곳에 있다는 확인을 하지 않으면 남해를 떠나지 못할 것만 같아 승용차 시동을 켜고 엑셀러레이터를 지그시 밟았다.

두 개의 시계가 걸린 밤

내 열여덟 생일 날 아침, 부모님이 이혼했다. 초여름의 나뭇잎이 무성한 유월 초순이었다. 애써 태연한 척했으나 몰래 숨어 울고 싶었다. 드디어 올 것이 왔구나 싶기도 하고 내 인생은 어디로 가나 하는 지극히 세속적이고 이기적인 욕망이 앞서서 그랬을 수 있다. 어머니는 안방에서 아버지의 옷이며 소지품을 보자기에 싸고 있었다. 두 분 중 나는 누구를 선택해야 할지 고민이 컸다. 아버지가 같이 가자고 하면 어쩌나, 하는 걱정은 기우였다. 그렇다고 어머니를 선택하고 싶다는 의미는 아니었다. 나는 그냥 나만의 자리가 위협받지 않고 아무것도 하지 않고 그대로이고 싶었다. 아버지는 배낭을 등에 짊어지고 트렁크를 끌고 잠시 나를 돌아다보더니 이내 문을 열고 나갔다. 긴 여행을 다녀오는 듯한 복장이라서 잠깐 헷갈렸다. 현관문이 닫히는 소리가 나자 어머니는 침대에 기대 앉아 울었다. 울음소리가 문밖으로 새어나가지 않게 하려고 애쓰는 흔적이 역력했다. 나는 내 방으로 들어가 책상 앞에 앉아 창밖을 내다보았다. 지어진 지 십 년 된 아파트 화단에는 목련이며 단풍 전나무 같은 수종이 튼실하게 뿌리를 내리고 있었으므로 연초록 이파리가 쉼 없이 흔들렸다.

어머니는 살던 아파트를 팔고 작은 빌라로 이사를 했다. 산자락에 자리한 소담한 삼층짜리 건물이었다. 삼백여 세대가 살고 있었고 산비둘기 울음소리가 들려오고 야생고양이가 돌아다니는, 도심지에서 떨어진 곳이었다. 빌라를 사고 남은 돈으로 어머니는 근처에 커피숍을 차렸다. 커피숍 이름은 쇼팽이었다. 돈을 벌기 위함인지 일을 가져야 되기 때문인지 분간이 안 갈 정도로 선택한 장소는 한적했다. 등산객이나 자동차를 타고 멀리에서 연인 커플이 찾아와주기도 하면서 카페는 그럭저럭 꾸려졌다.

어쩌다 주말이면 아버지가 불러내어 밖에서 밥을 사주었다. 너도 이제는 이해할 나이가 되었다고 본다. 아버지는 축 처진 내 어깨를 바로 펴주며 그렇게 말했지만 말에 힘이 빠졌다는 것을 나는 알았다. 이해라니, 무얼 말인가요. 저는 이해 못합니다. 마음속에서는 그렇게 소리치고 있었다. 그때 차라리 어린 꼬맹이였으면 좋겠다는 생각을 했다. 두 다리를 뻗고 고집스럽게 울거나 소리치거나 가지 말라고 떼를 쓰는 어린아이이고 싶었다. 아버지의 말대로 나는 그러면 안되는 나이였다. 이제 곧 대학생이 되고 군대에 가야할 청년이었으니 말이다. 소년도 청년도 아닌 어정쩡한 경계에서 내가 할 수 있는 일은 아무것도 없었다. 그 무렵 어머니는 배낭을 메고 깊은 산사의 암자를 찾아다녔다. 딱 하루 어머니를 따라 암자에 다녀왔는데 대웅전이나 명부전을 찾아가는 게 아니라 절에서 비껴나 외따로 떨어진 산신각에 들어가 촛불을 켜고 삼배를 하는 것이었다. 산신령에게 비는 어머니는 지금까지 내가 아는 사람이 아니었다.

산신각 밖에서 어머니가 나오기를 기다리며 아주 어린 날, 다섯 살인가 여섯 살 때 외할아버지 댁에서 할아버지에게 들은 말이 가물가물 살아났다. 혼인한 지 여러 해가 지나도록 자식이 없어 외할머니가 산신령을 찾아갔다는 말을 들은 기억이었다.

"산신령이 어디 살아요?"

"깊은 골짜기에 산단다."

산신각 밖에서 어머니를 기다리며 외할아버지가 들려준 이야기는 성장하면서 잊혀졌다. 아버지는 드물게 만나다가 입시에 신경 쓰느라 잊었다. 아버지와 어머니는 내가 성인이 다되어 두 사람의 문제를 이해하리라 믿는 듯했다. 눈치를 보는 것 같지 않았고 오히려 어머니는 나를 통해 동정을 구하려는 듯 보였다. 모의고사나 기말시험이 끝나 학교에서 일찍 오는 날이면 어머니는 소파에 드러누워 쇼팽 피아노곡을 연주해달라고 말했다. 일곱 살부터 레슨을 받은 나는 웬만한 곡은 쳤지만 쇼팽은 어렵다고 말하고 베토벤의 월광을 연주했다. 어머니는 아무 말이 없었다. 커피를 한 잔 타주자 어머니는 싱겁다고 말했다. 내가 입시생임을 잊었는지 어머니는 이것저것 작은 심부름을 시켰다.

그 무렵 조용히 지내던 어머니는 구청 기타 반에도 나가고 트래킹동호회에도 가입했다. 커피숍은 낮 12시가 다되어서야 문을 열었다. 쇼팽에는 새로 사귄 동호회 회원들이 무리를 지어 찾아와 몇 시간씩 수다를 떨고 갔다. 어머니는 차츰 활기를 되찾았다. 일찍 문을 닫고 집에 오는 저녁이면 어머니가 노래 부르는 것을 들을 수 있었다. 러브 이즈 리얼, 리얼 이즈 러브 …… 열어놓은 베란다 밖으로 존 레논의 러브가 낮게 퍼져 나갔다. 아버지랑 살 때는 한 번도 들어보지 못한 모습이었다. 기타 반주에 맞추어 노래를 부르는 어머니의 목소리가 축축해졌다. 노랫소리가 그치고 어머니의 눈에 눈물이 맺혀 있는 것을 보고 내 마음속에 어둠이 내려앉았다. 대학에 입학하여 독립을 할 때까지 어머니는 러브를 불렀다.

아홉 살 때였던가. 어머니가 어린이 세계명작 시리즈를 산 적이 있었다. 그 시절 책을 판매하러 아르바이트생이 팸플릿을 집집마다 뿌리고 다닐 때였다. 그날 저녁 퇴근한 아버지가 화를 내며 책을 집어 던졌다. 한꺼번에 사주면 질려서 책을 읽지 않는다고, 의논도 안하고 멋대로 샀다고 당장 취소하라고 고함을 쳤다. 두려움에 울고 있는 나를 어머니가 안아주었다. 다음날 학교 가는 길에 그 책이 쓰리기장 재활용 종이 상자 옆에 나란히 놓여 있는 것을 보았다. 살아가면서 아버지가 큰소리를 낸 것은 그때가 유일했다. 지금도 이해할 수 없는 것은 그 일 이후 부모님이 큰소리를 내거나 싸우는 것을 본 적이 없었다. 부부가 싸우지 않고도 헤어질 수 있다는 것을 나는 부모님을 통해 처음으로 알았다. 물론 내가 모르는 두 분만의 비밀이 있을 것이었다.

서울에 있는 대학에 합격한 후 한 학기를 끝내고 나는 군대에 자원입대했다. 어머니와 아버지가 헤어진 햇수로는 이 년이 되었다. 기차 대합실에서 만난 아버지는 살이 약간 쪘고 어머니는 일부러 밝은 표정을 드러냈으나 눈에는 수심이 가득했다. 배웅 나온 이모는 어머니를 보더니 왜 이렇게 말랐냐고 한 마디 했고 아버지는 못들은 척 곁눈질을 했다. 그렇게 나는 그분들의 배웅을 받으며 입영열차를 탔다. 기차가 움직이기 시작하고 사람들이 손을 흔드는데 너무 많은 인파가 몰려서 부모님과 이모가 어디 있는지 찾을 수가 없었다. 까만 사람들의 머리통만 바라보며 나는 손을 흔들었다. 눈물이 조금 났다.

훈련소에서 자대배치를 받아 간 곳은 강원도 접경지대였다. 어머니와 이모가 면회를 왔다. 어머니는 내 모습을 살피느라 시켜놓은 음식에 손을 안댔고 이모는 괴롭히는 선임병은 없는지 밥은 먹을만한지 꼬치꼬치 캐물었다. 그때 이모가 어머니에게 자꾸 눈치를 줬다.

"언니, 말해라."

"뭘 말하라는 건데."

"내사 모르겠다. 느 엄마 남자친구 생겼다. 괜찮지?"

"그런 얘길 왜 해."

어머니가 벌컥 화를 냈지만 이모는 막 나갔다.

"언니, 왜 그러고 살아. 억울하지도 않아? 형부가 자기 인생 행복하자고 그 어린 것하고 눈이 맞아도 머리끄덩이 한 번 안 잡고 고이 보내준 것도 미칠 지경인데."

이모의 말에 조금 놀랐지만 애써 태연한 척하며 헛기침을 했다. 이럴 때 모른 척해야 하는지 알고 있었다고 말해야 하는지 잠깐 고민했다.

"애한테 왜 그러노. 쟈는 아무것도 모른다."

"언니 바보야. 그런다고 누가 알아줘. 가정을 깬 게 누군데. 보살이 따로 읎다."

치킨 한 조각을 든 어머니 손이 미세하게 떨렸다. 고된 훈련 탓인지 이미 면역이 되어서인지 별로 놀라지 않아서 이모가 더 놀란 것 같았다. 세계명작전집이 쓰레기장 재활용 공간에 놓여진 이후부터였던 것 같다. 어머니가 마음의 문을 닫아 걸은 게. 저 깊은 곳에서 내 존재의 불안감이 조금씩 피어오르기 시작했던 것 같다. 아버지와 어머니를 따로 만나면서 오래전부터 막연한 불안이 싹텄다. 부모님의 인생과 내 인생을 분리시켜 생각하게 된 것도 그 무렵이다.

기억을 거슬러 오르면 부모님이 큰소리를 내지 않았을 뿐 종잇장에 손을 베이듯 아슬아슬한 줄다리기가 있었던 것은 사실이다. 어느 토요일, 점심을 먹고 우리 가족은 공원으로 갔다. 주말이라 차량들이 줄을 지어 공원으로 들어가고 있었다. 아버지가 눈살을 찌푸렸다. 어머니는 집밖을 나왔다는 사실만으로도 삶의 활기가 도는 듯 차창 밖 풍경에 넋을 빼앗겼다. 긴 시간을 기다려서 주차장에 차를 대고 내리려던 순간 어머니 목이 유리문에 끼인 것을 알았다. 숨이 막힌 어머니가 손으로 차벽을 세게 두드렸고 차키를 빼고 내리려던 아버지는 다시 시동을 켜고 유리문을 내리면서 어머니는 괜찮아졌다. 어머니가 화를 심하게 냈고 아버지는 묵묵부답 말이 없었다.

"미안하다고 한 마디 말도 못해요!"

어머니가 얼굴이 빨개져서 소리 질렀다. 모처럼 얻은 주말 하루의 나들이는 엉망이 되었다. 지금 생각해보면 어쩌면 아버지가 의도적으로, 알면서도 모른 척한 게 아닐까 하는 의문이 들었다. 그후로도 어머니를 향한 아버지의 적의를 언뜻 엿볼 수 있는 사건이 있었다. 집에서 승용차로 한 시간 걸리는 산에 점심시간이면 공짜로 국수를 주는 절이 있었다. 아버지는 직장 동료들과 산에 갔다가 절에서 주는 국수를 얻어먹고 홀딱 반한 것 같았다. 멸치국물이 시원한데다 묵은 김치를 송송 썰어 얹어주는 국수가 얼마나 맛있었는지를 기회가 있을 때마다 말했으므로 나는 언젠가 아버지가 분명히 국수를 얻어먹으러 갈 것이라 확신했다. 내 짐작은 맞아 떨어졌다. 산으로 소풍을 가면서 김밥을 싸가는 것으로 알던 어머니에게 아버지는 국수를 먹어야지 무슨 소리야, 하는 표정으로 못마땅해 했다. 마치 절에서 국수를 아무 때나 공짜로 주는 곳이라고 생각하는 것 같았다. 어머니는 그래도 김밥을 싸야 하지 않느냐고 하다가 아버지의 지청구를 듣고 잠잠해졌는데 어머니 성격에 빈손으로 나설 분이 아니었음으로 사과를 씻어 네 등분 하고 바나나와 오렌지를 찾아 넣고 해서 우리 가족은 산뜻하게 출발했다.

일요일 오전의 도로는 혼잡했다. 이 날을 기다려서 모든 사람들이 승용차를 몰고 집을 나선 것 같았다. 평소 같으면 한 시간 걸릴 것을 두 시간 가까이 길에서 허비했다. 산 초입에서 팔부 능선 암자까지 올라가는데 한 시간이 넘게 소요되었다. 이마와 등허리에 땀이 흥건했다. 산 중턱 쯤에서 국수를 먹고 하산하는 사람들의 무리를 만났다. 아버지는 마음이 급해서 부지런히 앞서서 걸었고 어머니는 오랜만의 산행이라 숨이 가빠 허덕거렸다. 어머니의 불규칙한 숨소리와 아버지의 채근하는 소리를 들으며 이때에도 나는 누구 편에 서야 할지 몰라 선택의 기로에서 망설였다. 물론 나는 너끈히 아버지를 따라 갈 수 있었지만 어머니를 배려해야 했다. 암자에 도착했을 때 아무도 없고 공양간 문은 꼭꼭 닫힌 채였다. 아버지의 얼굴이 붉게 상기 되었다가 흙빛이 되었다.

"그놈의 김밥이 뭔데, 꾸물거리는 바람에 이렇게 되었잖아."

아버지가 어머니를 향해 원망을 쏟아냈다. 어머니는 담담한 얼굴로 먼 산을 바라보았고 나는 두 분의 기분에 따라 마음이 오그라들었다 펴졌다 했다. 배가 고팠지만 그 상황에 먹을 것을 달라고 조를 수도 없었다. 어머니가 과일을 주섬주섬 꺼내놓았다. 아버지는 어머니가 펼쳐놓은 보자기 위의 과일 조각을 내려다보더니 홱 뒤돌아서서 빠른 걸음으로 하산하기 시작했다. 나는 아버지와 어머니를 번갈아 쳐다보다가 불안한 얼굴로 어머니를 채근하며 산을 내려가자고 말했다. 어머니가 말없이 과일이 든 보자기를 여미고 묶어서 작은 배낭에 넣었다. 아버지의 뒷모습이 저만치 보였다. 어머니와 아버지의 중간쯤 거리로 걸었다. 걷다보니 아버지도 어머니도 보이지 않았다. 두려웠지만 천천히 길을 따라 내려갔다. 하늘이 어두컴컴해지면서 바람이 불어왔다. 나뭇잎들이 마구 흔들렸다. 참나무 가지가 꺾이며 앞을 가로막았다. 바람 속에서 물비린내가 났다. 비가 올 조짐이었다. 지난 밤 날씨 뉴스에 태풍이 올라온다고 했던가.

"혹시 우리 아버지 보셨어요."

"글쎄, 모르겠다."

마주치는 등산객들에게 물으며 부지런히 걸었다. 한참을 걷다 보니 아버지가 바위벽에 기대어 쉬고 있었다. 반가워서 뛰다시피 걸어 아버지 옆에 섰다. 뒤돌아보니 어머니가 보이지 않았다. 우리는 말없이 앞 산 능선을 바라보았다. 바람소리가 점점 거세어지며 참나무 잎이 서로 부딪쳤다. 먼 산 골짜기에 안개가 올라오기 시작했다. 한참 기다려도 어머니는 오지 않았다. 아버지의 표정에 온갖 짜증이 묻어 있어서 나는 눈치를 보며 더 기다리자는 말을 못했다. 아버지를 따라 하산하며 자꾸 뒤돌아보았으나 안개에 가려 아무것도 보이지 않았다. 등산객도 보이지 않았다. 산의 초입에 있는 주차장에 도착할 때까지 어머니는 오지 않았다. 그때는 스마트폰이 보편적이지 않을 때였다. 아버지는 한숨을 내쉬다가 담배를 피워 물었다. 주차장 한 쪽 포장마차에서 어묵과 순대와 풀빵을 팔았다. 아버지가 사준 어묵국물을 마시고 풀빵을 먹었다. 하산하는 등산객들에게 보라색 겉옷을 입고 푸른 야구 모자를 쓴 어머니의 인상착의를 말했지만 아무도 못 보았다고 했다. 풀빵을 먹다가 체해서 끅끅 거렸더니 약국에서 아버지가 가스활명수를 한 병 사주었다.

"경찰서에 신고해야 하지 않아요?"

"……."

불안해서 물어보는데 아버지는 말이 없었다. 해가 넘어갈 무렵 경찰서로부터 연락이 왔다. 산에서 길을 잃은 여자가 있어서 신고를 받고 119차로 산의 초입까지 갔다고 상대방이 말했다. 전화를 받으며 아버지가 사방을 휘둘러보았다. 119차는 보이지 않았다. 아버지가 여기가 산의 초입 주차장인데 어디를 말하는 거냐고 묻자 상대방이 과천 쪽이라고 해서 아버지와 나는 깜짝 놀랐다. 우리는 어머니를 데리러 과천으로 달려갔다.

안양에서 출발했는데 과천이라니. 나는 속으로 어머니가 얼마나 놀랐을까 걱정이 되었다. 어머니는 길치였다. 같은 장소를 방향만 바꾸어도 길을 못 찾았다.

운전하는 아버지의 표정이 굳어 있어서 제발 두 분이 조용히 지나갔으면 했다. 그런 와중에도 나는 혹시 아버지가 길치인 어머니를 일부러 산에다 두고 온 게 아닐까 하는 의구심이 들었다. 훗날 아버지가 어머니를 떠났을 때에야 아버지의 계획이 오래 전에 시작되었다고 믿었다. 인덕원 언덕이 보이는 파출소에 도착했을 때 어머니의 모습이 너무나 달라져 있어서 놀랐다. 하루 사이에 폭삭 늙어버린 모습이었다. 흰 머리도 더 많아 보였다. 어머니는 울었는지 눈이 빨갰고 두려움에 떨고 있었다. 훗날 어머니는 그날의 일을 길을 잃어 영영 나를 못 볼지도 모른다는 두려움에 무서웠다고 털어놓았다. 어머니의 인생에서 길을 잃는 일은 그 후로도 몇 번 더 있었다.

"얘야, 아무래도 나는 내 인생이 잘못 든 것 같구나."

어머니 스스로도 그렇게 말했으므로 내 짐작은 진실에 가깝다고 볼 수 있다.

경찰이 믹스 커피를 타서 주었다. 믹스커피를 얻어 마시면서 무척 달콤했다는 기억이 든다.

"관악산이 만만해보여도 드물게 길을 잃는 사람들이 있어요."

"그럴 리가요."

경찰의 말에 아버지가 믿지 못하겠다는 듯 눈을 깜박였다.

"안개가 낀 날 국기봉을 눈앞에 두고서도 못 찾아 하산한 사람이 있는데 며칠 후 다시 국기봉을 발견하고는 우스워서 기가 막혔다고 해요. 더구나 오늘 같이 궂은 날씨에는 길을 잃어버리기 딱이죠."

경찰의 말에 아버지가 조금 누그러졌는지 고맙다고 인사를 하고 나왔다. 집으로 돌아오는 승용차 안에서 아버지가 뒤에 앉은 어머니를 돌아보며 괜찮아, 하고 물었다. 어머니가 고개를 끄덕였다. 나는 두 분이 조용히 넘어간 게 안심이 되었는지 잠이 들었다.

아버지가 저수지 쪽으로 혼자 걸어가고 어머니는 주차장 근처 의자에 앉아 생각에 잠겼다. 열한 살이던 나는 누구를 따라가야 할지 망설일 때 아버지가 불렀다. 어머니가 그러라고 손짓을 했다. 아마도 그때부터 나는 늘 선택의 기로에 서 있었던 것 같다. 사립 고등학교에서 한문을 가르쳤던 아버지는 보수적인 데가 있었지만 특별히 가부장적이라고는 할 수 없었다. 어머니와는 어딘지 모르게 화음이 맞지 않는 파트너였다. 아버지와 동행하던 길에서 비껴나 어머니 홀로 다른 길을 걸으면서 그녀는 예전의 낙천적이고 밝은 성정으로 돌아갔다. 아니 예전의 낙천적이고, 라는 표현이 틀릴 수도 있겠다. 짐작에 그렇다는 뜻이다. 어머니의 손가락에서 아르페지오로 연주하는 기타음률은 세상을 아름답게 보려는 그녀의 마음 한 자락 같은 것이었다. 어머니가 그토록 음악에 몰두하고 좋아하는 분인 줄 몰랐으므로 나는 진즉 아버지가 그녀의 다른 모습을 발견했더라면 하고 아쉬워했다. 아버지에게는 단 한 번도 열어주지 않은 어머니만의 비밀 문이 음악이라는 걸 알았다면 두 분의 인생이 달라졌을까. 성장하여 부모를 찾아갈 때 명절이나 그분들의 생일, 군대시절의 휴가 때도 내 시간을 둘로 쪼개어 찾아가야 했으므로 그때마다 비애를 느꼈다.

아버지는 어린아이 같은 성정이 있었다. 내가 예닐곱 살 때쯤 어머니가 온갖 채소를 썰어 넣어 내 밥을 만들어주자 아버지는 자기도 아들만큼이나 예뻐해 달라며 노골적으로 불만을 표현했었다. 아버지는 때때로 어머니에게 어린 양이나 어린 염소처럼 굴었다. 아버지가 메에에 하고 울면 어머니가 화답해야 하는데 징그럽다고 밀쳐냈고 몇 번의 그런 일을 겪으면서 두 사람 사이에 서서히 균열이 생겨났다. 어떻게 보면 어머니의 고집이 더 셌다고도 볼 수 있다. 훗날 나에게 여자 친구가 생기고 나로서는 죽었다 깨도 이해못할 여자 친구의 변덕을 참아낼 때 아버지를 떠올렸다.

"여자의 마음은 갈대야. 그러니 이해해줘."

"그럼 당연히 이해해야지."

여자 친구의 말에 대답은 그렇게 하면서도 나는 이해

를 못했다. 이해를 못했더라도 문제될 건 없었다. 일테면 이런 것이다. 저녁에 만나 맛있는 것 먹자고 약속을 했는데 다음날 만나자든가 조금 후 다시 마음이 바뀌었다고 연락이 오는 식이다. 어머니가 변덕을 부린 기억은 별로 없었다. 내 학원을 등록하려 할 때 어머니는 아버지의 눈치를 보는 편이었고 아버지는 어머니가 멋대로 한다고 말했으므로 누구의 말이 맞는지 헷갈렸다.

삼십대 후반의 어머니와 아버지는 다른 모든 부부들이 그러하듯 마치 주말이면 가족과 공원이나 바닷가를 가야할 의무라도 있는 것처럼 나들이를 갔다. 피곤에 절은 아버지의 얼굴과 기대감에 물든 어머니의 홍조 띤 얼굴은 출발한 지 얼마 못 가서 작은 마찰로 번졌다. 그날 대부도로 연결된 다리는 하루종일 차량들로 넘쳤다. 섬으로 들어갈 때는 어찌어찌 들어갔으나 회덮밥을 사먹고 커피숍에서 잠시 머무르며 바다를 보고 나올 때는 차량의 물결에 막혀 버렸다. 더구나 바다를 가로지른 다리에는 모처럼 휴일을 맞아 가족 나들이를 나온 차량들로 꽉 차있었다. 수도권의 사람들이 그날 대부도로 몰려든 것 같았다. 날씨는 화창했고 차창 밖으로 보이는 바다는 흰 물결이 출렁거렸다. 운전대를 잡고 하품을 하던 아버지는 짜증을 냈고 어머니는 집을 나왔다는 사실만으로도 기분전환이 된다며 유쾌한 어조로 말했다. 아버지는 어머니의 말에 심기가 불편한 듯 왜 대부도로 가자고 했느냐고 구시렁댔다. 대부도로 가자고 말한 사람이 어머니였는지 아버지였는지 기억이 나지 않았지만 차안에서 몇 시간씩 꼼짝 못하자 드디어 상대방을 향한 불만이 표출되기 시작했다. 아버지는 모든 게 어머니 탓이라고 말하고 싶은 듯했고 어머니는 속 좁은 아버지가 이 상황을 더 어렵게 만든다고 생각하는 듯했다. 내 탓이 아닌 네 탓을 하다가 급기야 말다툼이 벌어졌다.

"도저히 견디지 못하겠어."

"남들도 다 같은 상황인데 조금만 참아 봐요."

"당신의 그런 태도에 질려버리겠어."

"집을 나온 것만으로도 바깥공기를 마시는 것만으로도 좋은 걸요. 바다도 보고."

"몇 시간 째 운전을 해 봐. 그런 말이 나오나."

"그러게. 운전대를 맡기라니까요."

어머니의 말에 아버지가 입을 다물었다. 피곤해하면서도 운전대를 넘기지 않는 아버지의 심리는 누구도 믿을 수 없어서였고 가벼운 접촉사고 한 번으로 어머니는 신뢰를 잃어버렸다. 어머니의 성격이 예민하고 섬세한 면이 있었지만 그렇다고 속이 좁다거나 그런 의미는 아니었다. 내 성적이 오락가락 하며 썩 만족할 만한 성과를 내지 못했어도 닦달하거나 걱정하거나 하지 않았던 것을 보면 일찌감치 공부로 대성할 놈이 아닌 것을 알아챈 듯하다. 반면에 아버지는 내성적이고 때로는 소심하기까지 해서 어머니에 대한 요구도 많았고 그 요구가 제대로 이행되지 않으면 침묵 모드로 들어가곤 했다. 스스로 풀릴 때까지 입을 굳게 다물고 밀폐된 창고처럼 녹이 슬지 않을까 싶을 만큼 시위를 했다. 두 사람의 눈치 보기는 대학에 들어가면서 졸업을 했다. 집에는 거의 안가고 하숙집에서 지내다가 입대를 했으니 그 후로는 부모와의 관계가 서먹서먹했다. 어둡고 음울한 집안 분위기의 영향 탓인지 입대하여 자대 배치를 받은 후에도 눈치보기가 한동안 이어졌다. 가령 내가 집안 이야기를 해도 될 녀석인지, 쓸데없이 이야기했다가 공감을 얻지 못하면 그 민망함을 어찌해야 할지 그런 고민을 하면서도 나는 나와 비슷한 처지의 입대동기들을 한 눈에 포착해내는 눈썰미를 갖췄던 것 같다. 오랜 시간 억눌려 있던 어두운 가정사를 가슴 깊이 묻어두고 힘겨워했던 것 같다. 두통과 소화불량과 배앓이를 앓으며 약국이나 병원에 가면 의사의 진단과 처방이 신경성 위염이거나 신경성 과민성대장증후군이라고 했으니 그게 다 부모가 속을 썩여서 얻은 것이었다. 애야, 느아빠와는 이렇게 끝났지만 너를 사랑하는 마음은 변함이 없단다. 어머니가 말했고 아버지도 또한 같은 말을 할 때 내 머릿속에서 혼란이 왔다. 너는 내 아들이다. 어딜 가나 항상 이 말을 잊지 말거라. 아버지의 말은 염려가 아니라 협박처럼 들렸다.

군대 생활의 고된 훈련이 오히려 그 시절의 나를 다독여 준 것 같다. 나와 비슷하거나 집안 사정이 어렵거나 문제가 있는 동료들이 있다는 것으로 위안을 얻었고 부모의 이혼이 세상의 무수한 사건 중 하나라는 것을 받아들일 수 있었다.

첫 휴가를 나왔을 때 아버지와 낚시를 갔다. 해질 무렵 아버지가 버너에 끓여준 라면을 먹은 것도 처음이고 왠지 동지애 비슷한 것을 느꼈는데 핏줄이어서인지 동성이라 그런 건지는 잘 모르겠다. 아버지에 대한 주변 사람들의 평판은 한결 같이 친절하고 교양 있으며 좋은 사람이라는 것이었다. '좋은 사람'의 기준이 어떤 건지는 알 수 없지만 딱 한 번 어머니가 네 아버지는 좋은 사람이었단다, 라고 말하는 것을 들은 적이 있었다. 뭐에 씌어 네 아버지와 결혼했는지 나도 모르겠다. 언젠가 아버지의 어디가 좋으셨어요, 물었을 때 어머니의 대답이 그랬다. 그날 그는 택시 문을 열어줬고 다정한 말을 건넸으며 시종 나에게서 눈을 떼지 않았단다. 어머니의 대답은 모호하고 추상적이었다. 결혼하고 나서 알았지. 네 아버지는 타인에게만 친절하다는 것을 말이다. 이건 또 무슨 말인지 헷갈렸다. 타인에게

만 친절한 남자인 아버지는 다른 사람들의 시선과 평판이 중요했다.

이제 어머니의 남자친구에 대해서 말 할 때가 된 것 같다. 보따리를 싸서 집을 나간 아버지는 오랫동안 혼자 살았다. 방학 때 아버지의 집으로 가면 향수냄새라든가 여자의 흔적은 없었다. 반면에 어머니는 가끔 쉬는 날이면 등산복을 갖춰 입고 산에 다녀왔는데 누군가가 어머니 옆에 있다는 느낌을 받았다. 담배 냄새 같기도 술냄새 같기도 한 수컷의 냄새 같은 게 딸려 왔다. 어머니는 담배도 술도 못했으므로 긴 시간 담배를 피우거나 술을 마시는 집단에 속해 있다가 온 것이었다. 아버지 집에 가면 낚시도구를 챙겨 밤낚시를 갔다. 수도권의 저수지를 갔는데 밤새워 붕어와 씨름하는 아버지가 문득 외롭다고 느꼈다. 딱 한 번 아버지가 어머니의 안부를 물은 적이 있었다.

"네 엄마는 잘 있니."

"네. 엄마는 잘 있어요."

어머니에 대한 안부는 그게 처음이자 마지막이었다. 어느 하루 어머니가 말했다. 어머니의 표정이 상기되어 있고 목소리가 들떠 있었다. 동호회에서 함께 간 카페에서 아버지를 봤다고, 어떤 앳된 여자랑 같이 있는데 아버지의 목소리가 솜사탕처럼 부드럽게 녹는 것 같았다고 말했다.

"에이, 잘못 봤겠죠."

"진짜라니까, 얘가 내 말을 안 믿네."

어머니는 내가 믿지 않아서 서운한 건지 아버지와 엣된 여자를 봐서 서운한 건지 모를 표정으로 흥분했다. 그 후로도 아버지 집에 가면 방에서는 메마르고 건조한 냄새가 났다.

"느 아버지 처음 만날 때 목소리가 참 부드러웠지. 아나운서 해도 되겠다고 내가 말했다니까."

어머니가 몽롱한 표정으로 창밖을 내다보며 중얼거렸다. 등산을 갔다 온 날이나 카페에서 늦게 퇴근한 날이면 어머니는 어두운 창밖을 오래도록 내다보곤 했다. 어머니의 삶이 조금씩 지쳐가고 있다는 증거였다. 해가 기울고 저녁이 차츰 어둠을 몰고 오듯이 어머니의 인생이 밝음에서 어두움 쪽으로 미세하게 기우는 게 아닌가 하는 불안이 움텄다. 어머니의 기분을 풀어주려 나는 피아노 건반을 눌렀다. 월광의 음악이 조용하게 울려 퍼지면 어머니는 정신이 든 듯 우리 아들, 잘하네, 그랬다.

카페에 손님의 발길이 뜸해지면서 가계가 흔들리며 어머니의 생활에도 윤기가 빠지기 시작했다. 어머니는 탁자마다 장미나 안개꽃 혹은 국화를 갈아주고 탁자보를 깔았으며 계절에 따라 소파에 천을 덮거나 여름철이면 왕골방석을 내놓으며 신경을 썼지만 외지고 한적한 주택가 카페는 찬바람이 돌았다. 어머니가 이성 친구를 만나면서 아무래도 카페 일에 소홀히 한 결과인 것 같았다. 한 달에 한 번 쉬던 휴일을 매 주 쉰 것도 카페 매출에 영향을 주었을 것이다. 어머니는 일요일이면 산에 가거나 산신각을 찾았다. 주말을 맞아 어머니 집에 내려오면 안 계실 적이 많았다. 굳이 내려간다고 전화를 하고 싶지도 않았고 전화를 한다고 해도 달라질 건 없었다. 어머니가 없는 빈집에서 나는 라면을 끓여먹거나 앨범을 뒤적거렸다. 사진은 반쪽이 오려져 있는 게 대부분이었다. 가족사진에 아버지는 퇴출되고 없었다. 어깨가 비어져 나왔거나 내 어깨에 손을 얹은 아버지의 잘려나간 팔이 찍힌 사진은 미완성 그림처럼 불완전했다. 키가 크고 비쩍 마른 단발머리 소녀들 사진 밑에는 –중학교 일 학년 봄소풍 때 친구들과– 라는 글씨가 씌어져 있었다. 어머니를 찾아 한참 헤매다가 겨우 비슷해보이는 단발머리 소녀를 찾아냈다. 한 쪽 손을 옆구리에 올리고 어딘가를 바라보는 또릿또릿한 눈의 열네 살 소녀. 어머니의 사진을 바라보다가 무언가 가슴에 차오르는 무거움에 울컥했다. 단발머리 열네 살 소녀였던 어머니는 그때 무슨 꿈을 꾸었을까. 여고 때 사진도 있었는데 수학여행 중 영주에서 기차가 멈춘 사이에 찍은 사진이었다. 담임선생을 사이에 두고 그 양쪽에서 양갈래 머리를 땋은 여고생들이 활짝 웃으며 찍은 사진에는 그늘이라곤 모르는 청춘의 환상이 엿보였다. 어머니의 독사진에는 삶에 대한 환상이 숨어 있었다. 그 시절 어머니는 어떤 미래를 꿈꾸었을까. 아버지와 어머니의 보이지 않는 갈등과 균열 속에서서히 금이 가기 시작한 가정에서 나는 불안정한 십대를 보냈기에 어머니의 사진은 배신감 비슷한 감정을 불러일으켰다. 두 분의 눈치를 보느라 살얼음을 딛듯이 학창시절을 보내야했기에 흔히들 사춘기의 반항이라는 말이 나에게는 먼 나라 이야기였다. 꿈을 꾸는 것은 그야말로 사치였다. 아버지가 나쁜 사람이었나 하면 그렇지도 않았다. 어머니 역시 마찬가지였다. 밖에 나가면 세상에 선하고 좋은 사람들인 아버지와 어머니가 가정이라는 울타리 안에서는 서로에게 왜 그토록 나쁜 사람이 되는지 이해할 수 없었다.

어머니와 아버지가 다시 만난 것은 십삼 년 후 내 결혼식에서였다. 여자 친구 수연은 혹시 이혼으로 오래 헤어져 있던 부모님으로 인해 불상사가 생길까봐 심히 염려했다. 우리 부모님은 그럴 분이 아니야. 말은 그렇게 했지만 나도 확신할 수는 없었다. 내 의견은 묻지도 않고 어느 날 갑자기 아버지는 떠나버렸고 어머니는 방조한 거였다. 수연이보다 미래의 장인장모 될 사람들인 수연이 부모님이 더 걱정하신다고 했으므로 고민을 하지 않을 수가 없었다. 궁여지책으로 수연의 의견에 따라 작은 푯말을 세우기로 했다.

신랑 아버지 가족석.

신랑 어머니 가족석.

이렇게 적힌 푯말을 피로연 식탁 끝에서 반대쪽 끝에 세웠다. 돌아보면 우스꽝스러운 조치였으나 그때는 그렇게 하는 게 불안해하는 수연과 그녀의 가족들, 일말의 의혹에 시달리는 나를 위로하는 차선책이었다. 정작 그날 초대된 손님들은 푯말에 상관없이 삼삼오오 모여앉아 웃거나 떠들거나 음식을 나누어 먹었다. 아무도 푯말 따위는 신경 쓰지 않는 것 같았다. 작은 결혼식이라 이층 주택을 통째로 빌려 네다섯 시간 파티를 할 수 있었다.

"굳이 저걸 세워야겠니."

어머니가 나를 불러 세워서 한 마디 했다. 나는 그냥 두 분을 위한다고 한 일이었다. 그 일로 아버지 친구들이 어머니 눈치를 보는 것 같았다. 어머니는 개의치 않고 오래 전에 부부모임에서 친밀함을 나누었던 아버지 친구의 부인 한두 명과 담소를 나누며 음식을 서로 권했다. 아버지 친구 중 변호사 일을 하는 친구가 어머니에게 다가와 유쾌하게 웃으며 더 아름다워지셨다는 둥 잘 될 거라는 둥 항상 응원한다는 둥 하는 소리를 했다. 술이 취해서 약간 비틀거렸다. 아버지가 다가와 변호사 팔을 잡아끌더니 의자에 강제로 앉히며 너, 취했구나, 새끼! 그러고는 어머니를 힐끗 바라보았다. 어머니는 모른 척 외면하고는 다시 아버지 친구분 부인과 작은 소리로 정담을 나눴다. 수연이 이모가 인절미, 절편, 지짐을 골고루 비닐에 싸서 나눠주고 있었는데 어머니는 초대받은 손님처럼 앉아 있다가 떡 몇 개만 주세요, 그러고는 떡 봉지 네다섯 개를 들고 아버지 친구분 부인들에게 나누어주었다.

이모들은 이 모든 상황이 마뜩잖은지 불편한 기색이 가득했다.

"언니가 손님이야, 왜 떡을 구걸하냐고."

"내가 뭘 어쨌길래."

"사돈한테 그게 뭐냐고, 떡을 달라니. 언니가 주인인데 누가 주인 행세를 하고 그래."

"아무나 떡을 나눠주면 되지 성질은."

"그러니 형부를 뺏기지."

순간 주변에 싸한 냉기가 돌았다. 이모의 말은 파편이 되어 공기중에 흩어졌고 쓸어 담을 수 없는 좁쌀알갱이가 되어버렸다. 어머니의 표정이 돌연 백짓장처럼 하얘지더니 숨을 잘 쉬지 못하겠다는 듯 가슴을 쳤다. 누군가 물을 달라고 했고 누군가 어머니 손가락을 바늘로 땄으며 누군가 어머니를 부축해서 소파에 뉘였다. 피로연 식장은 어색한 기류가 흘렀다.

"형부 미안해요."

"오늘은 처제가 심했네."

"화가 나서 그랬어요. 이 좋은 날, 달랑 외아들 하나 있는 거 결혼시키는데 언니가 들러리 같아서……."

이모가 말끝을 맺지 못하고 울기 시작했다. 그 사이 손님들은 빠져나가고 가까운 가족만 남아 있는 상황이었다. 수연네 이모와 부모는 바깥 계단에 서서 자기들끼리 뭐라고 소곤거리며 안을 힐끗거렸다. 아버지와 이모가 담배를 나누어 피우며 작게 소곤거렸다. 유난히 아버지와 대화가 잘 통하던 이모였다. 이모는 아버지와 어머니가 헤어졌다는 사실보다도 대화가 통하는 형부를 잃어버린 게 아쉬움인 것 같았다.

어머니는 이모가 몰고 온 승용차에 타고 아버지는 자신이 몰고 온 차를 운전해서 가버렸다. 부모님을 모두 보내고 수연과 나는 새로 꾸민 신혼집에 들러 선물을 정리했다. 수연과 나는 미리 예약한 호텔에서 하루를 묵고 다음날 신혼집으로 갔다. 수연의 직장과 내 직장의 일정 상 신혼여행은 뒤로 미루었다.

다음날 수연과 나는 늦잠을 자고 일어나 커피를 마시며 결혼식이 큰 혼란을 일으키지 않고 잘 끝났다는 말을 주고받았다. 친구들이 준 선물 보따리를 하나씩 풀었다. 수연이 받은 선물과 내가 받은 선물 중에서 기이하게도 똑 같은 시계가 있어서 우리는 서로를 마주 바라보았다. 동그란 벽시계였다.

그날 오후 마트에 가서 장을 봤다. 식빵, 양상추, 햄, 치즈, 우유, 요구르트, 라면 따위를 사고 마지막으로 벽시계 배터리를 두 개 샀다. 검은색과 흰색 테두리의 벽시계를 나란히 벽에 걸어놓고 보니 마치 수연과 나의 출발을 축복해주는 듯 시계 바늘의 초침이 일정하게 돌아갔다. 벽에 부착된 두 개의 시계는 나란히 시간을 맞춰 돌아가기 시작했다. 어느 시계가 먼저 느려질지 어느 쪽이 배터리가 소모될지 모르는 채로 나란히 걸린 시계를 쳐다보며 수연과 나는 마주보며 미소 지었다. 검은 색과 흰색 테두리 시계는 똑같이 시작점에서 분침과 초침을 움직이기 시작했고 수연과 나도 운동장 출발선에 선 달리기 선수처럼 두 주먹을 쥐고 뛸 준비를 마쳤다.

*두 개의 시계에 대한 이미지는 펠릭스 곤잘레스-토레스의 「연인들」에서 차용했음을 밝힙니다.

중세의 밤

시골에 내려온 첫날부터 언니의 모든 것이 낯설었다. 아무것도 할 줄 모르던 언니가 생활력 강한 아낙이 되어 동분서주하는 모습이라니. 언니의 부탁으로 휴가를 미뤘다가 내려오긴 했지만 함께 장을 볼 때부터 그 규모에 놀랄 수밖에 없었다. 용궁시장 안에는 언니의 단골 생선가게가 있어서 언니가 부르면 단골 여주인은 알아서 생선을 척척 내주었고 나는 손수레에 담았다. 민어, 돔, 조기, 서대, 문어, 갑오징어, 홍합, 대합, 왕새우……. 한두 마리도 아니고 생선은 아예 상자 째 쌓아두었다가 직원이 차 트렁크에 실어주었다.

"아니 조선시대도 아니고 무슨 제사 음식을 이렇게 많이 해."

"별 걱정을 다하는구나. 전국에서 모여오는 제관들이 얼만데."

무와 배추, 고사리, 콩나물, 시금치며 몇 가지 채소를 산 후 언니와 칼국수 집에 들러 점심을 먹었다. 하루 전날 형부는 미리 주문해놓은 돼지 한 마리를 사다가 뒷마당에 걸어놓은 무쇠솥에 끓이며 집 안팎을 단속했다. 마당을 쓸고 쓰레기를 태우고 집을 청소하느라 분주했다.

"언니 고생이 많네. 일이 이렇게 많은 줄 몰랐어."

"우리 엄마 생각하면 아무것도 아니지."

언니의 말에 비로소 어머니의 삶을 돌아봤다. 평생 오 남매를 키우고 아버지 뒷바라지를 하며 맏며느리 역할을 하던 어머니의 삶이 그때는 눈에 들어오지 않았다. 어머니가 고달파도 당연히 그렇게 사는 줄 알았다. 언니는 서둘러 전을 부치고 국을 끓이고 나물을 다듬었다. 언니가 시키는 대로 하긴 했지만 제대로 하는 건지도 모른 체 허둥거렸다.

고소한 기름냄새가 담장을 넘어가자 동네 개들이 어슬렁거리며 코를 벌름거렸다. 고양이들까지 감나무 밑으로 몸을 낮추며 돌아다니는 걸 보니 생선대가리라도 얻어먹을 기세였다. 사돈 어르신은 두루마기를 갖춰 입고 어제 저녁나절부터 벼루를 갈아 지방을 썼다. 담을 사이에 둔 영모재(永慕齋)에는 며칠 전부터 후손들이 속속 모이기 시작했다. 앞치마를 두르고 전을 부치느라 정신이 없는 언니를 보면서 종갓집 맏며느리라는 위치를 다시금 되새겨보게 된다. 키가 작고 몸매가 가늘가늘한 작은 어머니가 부엌에서 생선을 찌고 나물을 무치며 일을 도와주어서 한시름 놓였다. 작은 어머니는 머리가 희끗한 고희 연세였는데 손끝이 맵고 야무졌다. 언니가 오기 전에는 작은 집에서 제사를 지냈다.

휴가를 미뤘다가 필요할 때 일손을 좀 보태달라고 언니가 말할 때만 하여도 가볍게 대답을 했었다. 그런데 벌여놓은 일을 보니 그간 언니가 살아온 날들이 보여 가슴이 먹먹해졌다. 형부를 따라 언니가 시댁으로 내려간 지 삼 년차가 되었음에도 우리는 서로 만나지 못했다. 공휴일이나 휴가 때는 해외여행을 가거나 동창들과 트레킹을 하느라 언니는 까마득히 잊었다. 몇 번이고 놀러오라고 말했지만 연로한 노인을 모시고 사는 언니를 본다는 게 썩 내키지 않았다. 더구나 언니가 먼저 형부에게 귀향을 말했다는 사실을 알고 나서는 효부났네, 그러며 비아냥댔다. 한동안 우리 자매는 서로 연락이 뜸했다. 그러다가 지난 봄 언니가 문중 제사 이야기를 꺼냈다. 시절이 어느 때인데 문중 제사 운운하는 언니가 이해되지 않아서 몇 번이고 되물었을 정도로 나에게는 생소한 문화였다. 하기는 언니 결혼식 때 두루마기에 도포를 걸치고 갓을 쓰고 나타난 사돈 어르신을 보고 민속촌에 온 줄 착각했을 정도였으니 그때 알아봤어야 했다. 시골에는 많은 것들이 과거의 시간에 머물러 있었다.

떡방앗간에서 시루떡, 인절미, 절편 상자가 도착했다. 금방 쪄서 말랑말랑한 떡을 접시에 담고 찐생선을 담고 과일을 담았다. 이웃에서 먼 친척 아주머니 두 분이 아침부터 일손을 도왔다. 남자 친척들이 심부름을 하며 제사상이 차려졌는데 도포를 입고 건을 쓴 제관들이 도열하여 제사를 지내는데 방이 좁아 마루와 마당에서도 절을 하는 장면이 흥미로워서 스마트폰 카메라를 연신 눌렀다. 백짓장에 각각의 직책이 적혀 있고 이름이 붙어 있었다. 잔을 올리는 사람, 외치는 사람, 잔을 받치는 사람, 잔을 비우는 사람…… 그 외의 하는 일에 따라 명단이 적혀 있었는데 전날부터 미리 모여서 작성했다고 언니가 설명을 했다. 전국에서 뿌리를 찾아 효충사 앞에 모여든 사람들이 건물 안과 돗자리를 편 마당에 즐비하게 서서 두 손을 가지런히 모아 잡고 차례를 기다리고 있는 풍경이 엄숙하다 못해 신령스러운 측면이 있었다. 효충사는 시조부터 몇몇 중요한 인물을 모셨고 영모재에는 중간 시대부터 영혼들을 모신 위패를 두었다. 제사는 하루종일 이어졌다. 고인이 된 모든 영혼들을 기억하려는지 아침부터 시작한 절은 늦은 점심시간이 될 때까지 이어졌다. 언제 끝날지 모르는 제사에 하품이 나왔다. 부엌에서 음식을 준비하는 여자들을 빼면 모두 남자들뿐인 제례였다.

제사는 오후 늦게 끝났다. 마당에 돗자리를 깔고 제관들이 술과 푸짐한 안주를 앞에 놓고 앉아 서로 안부를 묻느라 분위기가 평화롭고 따뜻했다. 방안에는 연로한 노인 제관들이 갓을 쓰고 도포를 입은 채로 앉아 술상을 받으며 후손들의 근황을 서로 나누고 있었다.

총무를 맡은 중년의 남자가 떡과 수육, 과일을 깨끗한 종이에 싸서 멀리서 왔거나 노인들이 있는 집안에 보내는 일을 하느라 분주했다. 밥을 고깃국에 말아 먹고 후딱 일어나는 사람이 있는가 하면 국그릇에 숟가락을 담가놓고 이야기에 몰두하느라 음식이 식어가도 아랑곳 않는 사람이 있는, 번잡하고 유쾌하고 흥이 흘러넘치는 자리였다. 언니가 국솥 앞에 주저앉아 국에 밥을 말아 먹으며 한술 뜨라고 나를 손짓해 불렀다. 이미 전이나 곶감, 생밤을 몇 개 먹어서인지 배가 고프지 않았다. 무엇보다도 유쾌하고도 흥취가 우러나는 분위기를 엿보느라 음식 같은 것은 관심이 없었다. 마을에 정착한 조상들 이야기에 취해 해가 넘어가는 줄 모르고 눌러앉아 있는 팔순이나 구순의 노인들이 흥미로웠을 뿐이다. 저녁 해가 넘어가자 사람들이 아쉬운 듯 일어나고 총무와 몇몇 남자들이 마당을 정리하고 쓰레기를 태웠다.

"큰 산 하나 넘었다. 후우."

언니가 허리를 펴며 말했다. 제사가 꼭 필요한 거야?

죽은 이를 위한 살아있는 사람의 노고가 너무 큰 거 같아. 내 말에 언니가 피식 웃음을 흘리며 어림없는 소리 말라는 듯이 입술을 내밀었다. 그러면서 하는 말이 너는 아무것도 몰라. 사정을 알고 나면 놀라 자빠지겠다. 또 뭐가 있는데. 내가 모르는 뭔가 있는지 털어놔봐. 놀랄 일이 더 있다는 게 믿기지 않아. 내 말에 언니는 누가 들을세라 작은 소리로 말을 했다.

"생물로 제사 지낸다는 이야기 들은 적 없지?"

"글쎄, 생선이나 수육, 탕 같은, 제물은 익히는 것 아니었어?"

"다들 그렇게 알고 있지. 하지만 이쪽 지방에는 생물로 제사를 지내는 풍습이 있어. 생 돼지고기 덩어리, 당근과 미나리가 줄기 채 접시에 담기지. 그야말로 익힌 것이라곤 제관이 먹는 소고기 뭇국 정도야."

"아니 왜 생물을 올린대."

"그야 모르지. 조선 중기에 이 지역의 일곱 가문을 기리기 위해 지내는 제사라니까."

언니의 말을 들으며 검색을 했더니 놀랍게도 자세한 설명이 나왔다. 광해군 시대, 지방 유림의 덕행과 학문을 기리기 위한 일곱 선현에 대한 배향이며 이름이 나와 있다.

"하항(河沆), 손천우(孫天佑), 김대명(金大鳴), 하응도(河應圖), 이정(李瀞), 유종지(柳宗智), 하수일(河受一)……."

"그게 거기 나와 있어? 참 놀라운 세상이네."

언니가 눈을 동그랗게 뜨고 내 스미트폰을 들여다본다. 나는 또 무슨 산이 남았냐고 물었다. 언니는 아무렇지 않은 듯 구순 노인의 생신이 다가온다고, 시누님들이 묵어갈 침구류를 햇볕에 말리고 준비를 해야 한다고 말해서 나는 한숨을 내쉬었다. 속으로는 언니가 그 일에서 성취감을 느끼거나 즐기는 게 아닌가 하는 의문이 강하게 들었다.

다음날 언니가 외출 준비를 하며 동행을 원했다. 사돈어른이 행장을 갖춰 입고 뒷좌석에 타고 나는 조수석에 앉았다. 시골길을 12km 달려 목적지에 도착하자 기와로 잘 지어진 건물이 있었다. 작은 초등학교 규모의 기와건물 정문에 선비대학이라는 현판이 달려 있는 걸 보고 이건 뭐지, 하고 의문을 품었다. 사돈어른이 지팡이를 짚고 도포자락 휘날리며 선비대학 안으로 들어가는 걸 보고 언니를 쳐다보았다. 언니는 심드렁한 얼굴로 웃었다. 대학에서 한문학을 가르치는 교수가 시민을 대상으로 사서삼경을 가르친다고, 사돈어른이 십 년째 선비대학 열렬한 학생이라고 했다. 선비대학이라니, 무슨 종합대학의 단과인가. 문득 호기심이 생겼다.

"언니, 나도 선비대학 강의 좀 들으면 안될까."

"들어가서 구석자리에 앉아 들어봐."

논어, 맹자를 논하는 그 자리에 구순의 노인이 어떤 자세로 수업에 임하는지 몹시 궁금했다. 모든 생활양식이 수도권 중심 문화 그 언저리에서 머물다가 지방에 내려온 날부터 나는 시간 여행자가 되어 다른 문화를 맞닥뜨리며 어리둥절하던 터였다. 노인을 따라 들어간 선비대학에는 빈자리가 없이 꽉 찼다. 사돈 어르신의 자리는 항상 같은 자리라고, 초창기부터 빠지지 않는 수강생이라 아무도 그 자리에 앉거나 하지 않는다고 했다. 논어의 한 구절을 펼치고 강사가 읊자 노인이 같이 따라 읊었다. 노인의 목소리는 좌중을 휘어잡을 정도로 카랑카랑 해서 학구열에 불타는 학생 같았다. 대부분이 연세가 지긋해 보이는 남자 어른들과 장년들이었다. 수업에 임하는 노인의 태도는 진지했다. 공자편 책을 펼쳐 든 강사가 좌중을 돌아보며 독송을 해 볼 것을 권했다. 사돈어른이 오른 팔을 번쩍 들어 올려 자기가 하겠다고 하더니 책을 낭독하기 시작했다.

계로문사 귀신자왈 미능사인 언능사귀 감문사 왈 미지생 언지사

미지생 언지사……

'삶도 모르는데 죽은 일을 어찌 알랴.' 라는 구절이 가슴에 파고들었다. 사돈어른의 목소리가 개화기 시대 창가를 읽는 듯 억양의 높낮이가 리듬을 타며 울려 퍼

졌다. 음률이 고전적이었다. 어린 시절 외가에서 외할머니가 천주가사를 읊던 풍경과 너무나 닮아서 신비감이 느껴졌다. 사람들은 책에 코를 박고 진지하게 구절을 찾아 짚어가며 수업에 임했는데 단조롭고 지루하기만 했다.

논어 수업이 끝나고 집에 돌아오자 긴장이 풀렸는지 언니가 침대에 드러누웠다. 사돈어른을 찾아오는 손님들은 대부분 일가친척이었다. 서울에서 회사에 근무하는 친척 남자가 사돈어른을 찾아와서 언니 대신 차를 내갔다. 중년의 배가 나온 남자였다. 그는 사돈어른에게 큰절을 올리고는 이름을 잘 지어줘서 이번에 아들이 취직을 했다고, 이름 덕에 대학도 거뜬히 합격하고 다시 취업도 잘해서 본가에 온 김에 찾아뵈었다고 그가 말했다. 내가 한 게 뭐 있다고, 사돈어른이 기분이 좋은지 수염을 쓰다듬으며 큰소리로 웃었다.

사돈어른이 책장을 뒤적이더니 두툼한 부피의 책을 꺼내 펼쳐놓았다. 친척 남자의 시선이 책에 머물자 내 시선도 그를 따라 노인의 책에 머물렀다. 칼라 사진으로 찍힌 사당과 현판이 노인이 책갈피를 넘길 때마다 크고 작거나 비슷한 모양으로 펼쳐져 있다.

"이리 가까이 오이라."

"뭡니꺼."

"문중 사당에 걸린 현판 아이가. 이번에 유네스코에

등재된 기라."

"현판이 유네스코에 등재됐다꼬예?"

"하모. 전국에 있는 문중이나 개인 사당에 내걸린 현판이 국제적으로 인정받은 기다."

노인 옆으로 바짝 다가앉으며 책을 건네받아 살폈다. 밀양손씨 오곡공파 대종회라 쓰인 제목 밑에 현판류 1점이라 기록되어 있고 정중앙에 편액 사진이 박혀 있다. 아래로는 좀 더 자세한 설명이 나왔다.

영모재(永慕齋) 1점, 크기 33.8×77.5cm, 한문, 해서(楷書)

밀양손씨 오곡공파 문중 재사에 걸려 있던 편액이다. '영모'는 '길이 조상을 사모한다'는 뜻인데 편액 중에 추모, 추원, 영사 등의 내용도 같은 의미로 윤리 도덕의 기본 덕목인 효의 중요성을 강조하고 있다.

옆 페이지에는 한국국학자료원장의 이름으로 밀양손씨 오곡공파 대종회장에게 주는 감사패 사진이 있다. 한 장을 넘기니 국학자료 기탁목록이라 적힌 제목 아래에 다음과 같은 설명이 자세하게 기록되어 있다.

귀하께서는 선대로부터 물려받은 소중한 국학자료를 한국국학진흥원에 기탁해주셨습니다. 이 자료는 귀문의 선

조께서 남기신 정신적 유산이자 민족문화의 중요한 자산입니다. 본원은 자료에 대한 귀하의 소유권을 인정하여, 안전한 보존관리를 위하여 성심을 다할 것을 약속드리며 이에 본 증서를 드립니다.

2018년 06월 19일

국학자료원장 ○ ○ ○

친척 남자가 책을 건네받아 살펴보며 연신 경탄을 내뱉었다. 사돈어른이 뿌듯한 표정으로 친척 남자를 바라보았다. 그들의 시선 속에서 뿌리에 대한 동질감과 공통의 정서를 엿볼 수 있었다. 친척 남자가 공손히 무릎을 꿇고 책장을 바라볼 때 노인의 눈에 알 수 없는 감동의 뜨거운 열기가 느껴졌다. 친척 남자의 눈에 얼핏 눈물이 보였던 것 같기도 하다. 시대를 달리하는 두 남자가 공유하는 감정의 정서를 엿보며 사당에서 문중제사를 지낼 때 둘러보던 주변 건물이 떠올랐다. 솟을대문을 들어서면 본채 건물이 있고 본채 뒤로 돌아나가면 축대를 쌓아 좀 더 높은 지대에 세운 건축물이 있었다. 시조를 비롯한 역사적으로 의미가 있는 조상의 위패를 모신 건물인데 처마 밑에는 효충사라 쓰인 편액이 걸려 있었다. 서까래와 기둥은 붉은 색과 녹색, 치자색과 흰색의 단청을 입혀 화려했다. 아무나 드나드는 곳이 아니고 여자들은 얼씬도 안하는 곳이라 들었던 터여서 조심스럽게 둘러보고 사진 몇 장을 담고 돌아 나왔는데 좀 더 자세히 볼 걸 그랬다는 생각을 했다. 노인과 친척 남자는 같은 조상을 두었다는 것만으로도 친밀감과 정감이 넘쳤다. 노인의 부드러운 눈빛과 온화한 표정이 그것을 말해주고 있었다. 친척 남자와 사돈어른의 교감이 집안을 훈훈하게 만들고 있을 때 문득 생명에 대한 원초적인 열망 같은 것이 느껴졌다. 알 수 없는 일이었다. 온갖 시련을 딛고 유전인자를 보존한 생명의 질김인지 혹은 위대함인지 모를 어떤 설명하기 어려운 감정의 격랑 같은 게 순간적으로 내 가슴을 스쳐갔다.

친척 남자가 돌아가고 언니 방으로 갔다. 언니는 부스스한 몰골로 일어나 앉아 저녁밥 할 때 되었지, 그러고 중얼거렸다. 지금 언니가 밥걱정할 때인가 싶어 기가 막혔다. 제 코가 석 잔데 식구들 수발할 생각을 먼저 하고 있다니 변해도 너무나 많이 변한 언니를 어떻게 이해해야할지 몰라서 그녀를 빤히 쳐다보았다.

"언니, 사돈어른이 후손들 이름도 지어줘?"

"그럼, 친척 아이들뿐 아니라 동네 아이들 이름도 다 지어준다는데. 귀향 하던 첫 해 나를 부르더니 현판 이름을 떡 하니 써주시는 거야. 덕정재라고."

"무슨 뜻이야."

"덕천강변에 있는 집이라는 뜻이야."

"……."

"서재 문틀 위에 걸라고 편액도 지어주셨는데 자안당, 스스로 자에 편안한 안."

"스스로 편안한 방. 오예, 그럴 듯한데."

오래 전 언니 부부가 사돈어른을 모시고 만리장성에 다녀온 일들이 그 순간 떠올랐다. 노인의 팔순을 기념하여 작은아버지 작은 어머니와 사촌이 함께 한 여행이었다. 중국어를 전공한 언니는 평소 꽤 명망 있는 변호사로 잘 나가는 작은 집 둘째아들의 잘난 시선을 납작하게 해 줄 기회라고 속으로 별렀다. 자금성 앞 안내 푯말 앞에서 언니는 허둥거렸다. 도무지 아는 한자가 없었고 그 밑에 친절하게 설명을 해놓은 영문을 보면서 더 기가 질렸다. 그때 시아버지인 사돈어른이 나서서 중국어를 영문으로 영문을 다시 한글로 번역하여 통역을 해주며 언니의 곤란한 입지를 모면하게 해주었다고 했다. 유학자로서 자부심을 갖고 살아가는 사돈어른에게 한자 풀이는 아무것도 아닌 놀이였던 셈이다. 그 일로 언니는 노인을 다시 보게 되었고 특별히 공경하는 듯했다.

"서울댁 아이가. 누꼬."

"제 동생이에요."

"서울댁이나 동생이나 자매가 우째 이리 고분고."

회관 앞 의자에 나란히 앉아 지나가는 사람들을 쳐다

보는 할머니들의 호기심 어린 시선이 나에게 와닿을 때 언니가 인사를 하라고 했다. 할머니들의 선한 미소에는 언니에 대한 애정이 담겨 있었다. 회관 앞 의자에는 여자 노인들이 나란히 앉아서 지나가는 사람들을 쳐다보며 품평회를 했다. 언니와 내가 멀어질 때까지 뒤꼭지에 시선이 머문다는 것을 느낄 수 있었다.

언니 대신 저녁 식사 준비를 하러 부엌에서 서성였다. 제사 음식이 남아 있어서 전과 민어를 데우고 밥과 탕국을 식탁에 차렸다. 형부는 친구들을 만난다고 나간 후 소식이 없었다. 집안의 크고 작은 일이 언니 손에 의해 돌아가는 것 같았다. 사돈어른의 밥상은 그릇이 깨끗하게 비워졌다.

“사돈처녀가 고생하네. 욕본다. 우짜꼬.”

“아니에요. 괜찮습니다.”

어르신의 눈길이 나에게 머물며 그가 무슨 말인가 하고 싶어 한다는 것을 알았다. 잠시 멈춰 서서 어르신을 쳐다보았다. 어르신의 시선이 내 전신을 훑어본다는 강한 느낌에 뒷골이 당겼다. 뭐지, 이 기분 나쁜 분위기는? 나는 뒤돌아서서 어르신을 쳐다보았다. 어르신이 황급히 시선을 옮겼다.

“무슨 하실 말씀이 있으세요?”

“하두 고바서.”

“네?”

"아이라, 오래 머물다 가이소."

"감사합니다."

얼른 인사를 하고는 대충 치운 후에 죽을 끓여 언니에게 갖고 갔다. 언니는 몇 수저 뜨다가는 입맛이 없다고 남겼다. 죽을 둥 살 둥 일하면 누가 알아주기나 한대? 알아준들 지 몸이 망가지고 나면 어떡할 거야. 언니를 쳐다보다가 퉁바리를 주었다. 언니는 돌아누웠다. 언니 옆에서 움직이지 않고 한참을 앉아 있었다.

"노인네가 좀 이상하지 않아?"

"뭔 일이야."

언니가 실눈을 뜨며 내 쪽으로 돌아누웠다. 조금 전에 있었던 상황을 설명하며 기분이 묘하게 나빴다고, 뭔지 모르지만 끈적끈적한 눈길이었다고 말했더니 언니가 벌떡 일어나 앉았다. 그러고는 한참이나 쏘아보다가 그만 짐 싸갖고 당장 올라가라고 소리쳤다.

"왜 그래, 언니, 무섭게."

"그딴 소리 또 할 거니?"

"알았어, 알았어. 아무 말 안할게. 유학자 집안 효부 났네."

언니의 표정에서 어떤 침범할 수 없는 노여움을 발견하고 집밖으로 나왔다. 오래된 담장을 끼고 걷는데 대문이 열려 있는 집이 보였다. 안을 들여다보니 머리가 하얗게 쇤 할머니가 대청마루에 앉아 소반에 검정콩을 부어놓고 돌을 고르고 있었다.

"할머니, 안녕하세요?"

"누꼬."

"요 뒷집 새댁 동생이에요."

할머니가 의혹이 가득한 시선으로 쳐다보았지만 냉큼 집안으로 발을 들이며 다시 한번 허리를 숙여 인사를 했다. 할머니는 흘깃 쳐다보고는 시선을 콩에 박고 돌을 골라내기 시작했다. 할머니의 왼쪽 장지 손가락에 낀 쌍가락지가 눈에 들어왔다. 금반지는 할머니 연세보다도 더 오래 된 물건처럼 닳아서 반질거렸다. 도르르 콩이 굴러가는 소리가 적막을 깨며 마당에 흩어졌다. 화단에는 소나무와 모과나무, 감나무가 가지를 뻗친 채 그늘을 드리웠는데 쪽문으로 이어진 길 끝에 사당의 처마가 보였다. 처마 안쪽에 편액이 걸렸는데 유의문(有意文)이라 쓰인 한자였다.

"할머니, 저 안에 건물이 사당 맞지요? 저곳에서 제사도 지내고요. 일 년에 제사를 몇 번 지내나요?"

"한두 번 지내제. 옛날에는 열두 번도 더 모셨다."

할머니가 콩을 옆으로 밀쳐내며 무심하게 말을 했다.

"열두 번이나요?"

"후우, 그때는 다 그렇게 사는 줄 알았제. 지금이야 일도 아이라."

"할머니는 어느 동네서 살다가 시집오셨어요?"

"여서 나고 자라 밖에 나가본 적이 없다."

"한평생을 이 마을에서 사셨다고요."

"하모."

할머니가 소반 바닥에 콩을 손바닥으로 납작하게 깔아놓는 소리가 나고는 다시 콩알끼리 부딪치는 미세한 음이 기분좋게 귀를 자극했다. 콩무더기를 한쪽으로 밀치며 잔돌을 골라내고는 바구니에 담고 다시 자루에서 콩을 꺼내어 소반에 담는 행위는 음악소리 음률이 살아 있었다. 적막한 집안에서 유일하게 생명의 소리를 담아내는 게 콩이었다.

"할머니 저 그만 가볼게요."

언니가 기다릴 것 같아 일어서며 인사를 했으나 노인은 고개를 숙인 채 콩에만 눈이 가있다. 낯선 골목을 지나 집으로 돌아오니 언니가 저녁 준비를 하고 있었다. 어딜 그리 발발거리고 돌아다니느냐고 한 소리 들을까 싶었는데 언니는 아무 말 없이 저녁상을 차렸다. 치아가 좋지 않은 시어른을 위해 구운 전갱이 살을 발라 접시에 담고 계란찜을 작은 냄비에 따로 해서 상에 올렸다. 운동을 며칠 못했더니 몸무게가 확 늘어난 것 같아. 시내에 나가면 헬스장이 있겠지? 혼잣소리로 구시렁대는데 언니가 한심하다는 눈으로 쳐다보더니 밥 먹고 동네 한 바퀴 걷자고 한다. 부엌 식탁에서 옹송그려 앉아 나물과 열무김치, 고추장을 넣고 밥을 비벼서

먹고는 언니를 따라 집을 나섰다. 일찍 저녁을 먹어서인지 사방이 환했다. 마을회관을 피해 다른 길로 걸으며 이곳이 하씨와 손씨 집성촌이며 지주들이 많았다고, 자식들은 모두 객지에 나가서 노인들이 마을을 지키고 있다고 향토해설사처럼 언니가 설명을 했다. 마을 한가운데 수령 오백 년 된 느티나무도 마을의 구성원으로서 한 몫을 하는지 면적을 넓혀가며 그늘을 드리웠는데 걷다보니 곳곳에 작은 제각이나 효자각, 혹은 열녀문이 유난히 눈에 뜨였다. 역사가 깊은 곳인지 유교 문화가 뿌리를 깊이 내린 곳인지 분간이 안 갔지만 요즘 세상에 보기 드문 광경이었다.

"저 기와집 잘 지었네. 그 옆집도 그렇고."

"사당이야."

"죽은 이들을 위한 집을 너무 거창하게 지은 것 같아."

"이곳 사람들은 그게 삶의 일부거든."

"21세기에도 이런 곳이 있나."

"좋잖아. 전통을 지키려는 게."

"후손들은 대충 살아도 되고 죽은 이들이 좋은 집에 사는 건 좀 그렇다."

"이 동네가 좀 유별나긴 하지. 유학을 근본으로 삼아 살아왔으니까 이들에겐 그게 전부야. 문중 제사 참여해봤잖아."

"그래서 후손들이 다 잘됐나. 마을에는 노인들 뿐이더구만."

"자식들이야 다들 잘 됐지. 공부를 많이 해서 자리 잡고 사니까."

"못생긴 나무가 산을 지키고 못난 자식이 가문을 지킨다더니……."

주위가 조금씩 어둑어둑해졌다. 골목을 벗어나 들판으로 나가니 멀리 강 건너 산자락 끝에 어둠이 몰려오기 시작했다. 일에 치여 답답해보이던 언니는 오랜만에 나와 함께 하는 시간이 좋은지 집으로 들어가자는 말을 안 해서 우리는 계속 걸었다. 달빛이 환했다.

잘 지어진 한옥 건물이 자리한 골목 끝에서였다. 예전에는 부자들이 살았던 마을이라고 언니에게 들은 적이 있었는데 집의 규모부터 남달랐다. 발뒤꿈치를 들고 담장 안을 기웃거렸으나 기척이 없었다. 마당에는 잡초가 조금씩 자라고 있었는데 안마당 깊숙한 대청에 걸린 편액을 보고서야 그곳이 사당임을 알았다. 사람이 살지 않는 집은 뭔가 느낌부터 이상했다. 기괴한 정적 같은 것, 혹은 스산한 그런 느낌이 오며 세상과 경계 지어지는 다른 세계가 느껴졌다. 사당 옆에는 사람이 살고 있는 집이 있고 그 다음 집은 또 사당, 이런 식으로 마을은 삶과 죽음이 나란히 존재했다.

보름달이 산등성이 위로 솟아오르며 주위가 환했다.

꽃잎을 오므린 나팔꽃이 정원등 불빛에 고개를 숙인 게 보였다. 코끝에 스며드는 바람의 서늘한 공기가 숨을 쉬기에 편안하게 느껴졌다. 마당의 나무의자에 앉아 지붕 위로 둥그렇게 떠오르는 달을 쳐다보다가 정원을 둘러본다. 소나무와 오죽 몇 그루 주위로 가을을 알리는 꽃나무가 짙은 향내를 뿜어내며 오래된 한옥의 운치를 돋보이게 한다. 처마를 떠받친 대들보와 주련 글귀가 쓰인 나무기둥의 굵기가 건물의 역사를 말해주는 듯 무겁고 육중해보였다. 본채 뒤꼍으로 사당의 기와 건물이 어둠 속에 시커멓게 웅크린 모양새도 집 분위기를 더욱 가라앉게 만들었다.

어디선가 말소리가 두런두런 들려와 나도 모르게 소리를 따라 갔다. 그 소리는 흙담을 따라 끊어졌다 이어지며 약하게 들려왔다. 초저녁이긴 하나 노인들이 주로 사는 시골마을, 밤 시간에 돌아다닐 사람도 없을뿐더러 이 시각에 있다면 그건 사람이 아닌 유령들인지도 모르겠다. 시골에는 종종 유령 이야기들이 돌아다녔는데 오래 산 노인들의 입에서 나온 말이라 얼마간은 고개를 갸우뚱하게 만들었다. 저 세상에 가깝게 다가간 노인들은 실제로 뭔가를 본 것인지도 모른다. 이야기보다도 육중한 기와로 건물 지붕을 얹은 사당의 위용은 실제로 그 안에 누군가 머물 것 같은 의문을 갖게 했다. 사람이건 귀신이건 누군가 머물고 있다는 상상은 경외감을 갖고 그 건물을 바라보게 만들었다. 휘파람새 우는 소리가 축축한 밤을 더욱 적적하게 몰아갔다. 담장을 따라 걷다보니 낮에 콩을 고르던 할머니 댁이 보였다. 그쪽으로 발걸음을 옮기는데 말소리는 조금 전보다 더 또렷하게 들려왔다.

"그만 하이소."

"내 미안해서 그렇다 안하나."

"죽을 날이 가까운데 이제와 그런 말이 무신 소용입니꺼."

"내 할 말이 없데이."

"이제와가 옛날 일을 말하면 무신 소용입니꺼. 지는 예 원망도 미움도 없어 예. 다 잊어뿥어예. 도련님이 그날 밤 내게 한 일은 평생 못 잊고 살았지만 저 세상까지 가져가면 안되겠다 싶어 죽어라 노력했어예. 칠삭둥이를 낳아놓고 보이 눈치 빠른 시어매 눈매가 매섭기 이를 데 없었어도 내 아가 무신 죄가 있나 싶대예."

"미안타."

"이 손 놓으시라예. 누가 보면 우짭니꺼."

"내 안다, 다 안다."

"밤바람이 찹니더. 그만 가보이소."

환한 달빛 아래 두 그림자가 밀착되어 한 덩어리 시커먼 물체로 서 있다. 사돈어른 같은데? 내 말에 언니의 표정이 점점 심각해지더니 굳어져버린다. 못 볼 것을 본 양 내 눈치를 살피는 언니 손을 잡아끌어 나무 밑으로 잡아당겼다.

"맞지?"

내 물음에 언니가 고개를 끄덕였다. 휘파람새 울음소리 깊어지는 밤, 사돈어른의 지팡이와 도포자락 끌리는 소리가 어둠 속에 잔영을 남기며 흩어졌다. 우리는 마을 정자에 앉아 산등성이 너머로 사라지는 달그림자를 쳐다보다가 천천히 집으로 돌아왔다. 집 근처에 이르러 소란한 기척에 언니가 먼저 뛰어갔다. 안마당에 들어서자 사돈어른이 지팡이에 의지하여 꼿꼿하게 서 있고 형부가 옷을 쥐어뜯으며 오열을 하고 있다. 대청마루 밑 섬돌에 아무렇게나 주저앉아 울부짖는 형부의 목소리는 이 세상 사람이 아닌 기괴한 음성으로 어두운 적막을 흐트러뜨렸다. 지팡이를 짚은 사돈어른의 팔이 부들부들 떨며 어딘가를 노려보고 있다.

"여보, 진정해요."

언니가 형부의 팔을 붙잡고 잡아 당겼으나 꿈쩍도 하지 않았다.

"어머니가 왜 일찍 돌아가셨는데요? 아버지 때문이에요."

"이, 이눔이."

"아버지가 평생 그 과부를 몰래 챙기며 재산을 축낼 때 한 번이라도 어머니 생각을 해보셨나요? 어머니는

다 알면서도 아버지가 돌아오길 기다렸다고요."

"……."

"그만큼 했으면 됐지. 내가 모를 줄 알아요? 아예 후처로 들이지 그랬어요. 오늘 밤처럼 몰래 만나지 말고 안방에 들이지 왜 그랬어요? 체면 때문에 명분 때문에 못하시겠죠. 공자를 섬기는 선비로서 유학자로서 눈치가 보였겠죠. 가증스러워요!"

"이눔이 애비한테 못할 말이 없구나."

사돈어른의 노기 띤 음성은 이미 한풀 꺾여서 서리 맞은 잡초처럼 기운이 없었다. 지팡이를 꽉 움켜잡은 사돈어른의 손이 부르르 떨렸으나 그의 몸은 꼿꼿했다. 아들의 행태를 바라보며 미동도 안했다.

"아버지가 원망스러워요. 마을회관을 지나갈 때마다 내 뒤통수에 꽂히는 사람들의 시선이 얼마나 따가웠는지 알기나 해요? 아버지가 평생 숨겨두고 챙긴 진양댁 아들이 내 핏줄이랍디다. 말 좀 해보세요. 웃기는 건 그 말을 믿고 평생을 고민하며 살아온 날들이 고통이었다고요!"

형부가 어깨를 심하게 떨며 오열했다. 중년 남자의 통곡소리가 어두운 밤을 뚫고 허공에 흩어졌다. 언니는 장승처럼 서서 어두운 대지를 노려보았다. 사돈어른이 비틀거리며 지팡이를 짚고 천천히 걸음을 내디뎠다. 형부는 한동안 소리를 지르며 발버둥을 쳤다. 그러다가 입에서 거품을 내뿜으며 그 자리에 기절을 해버렸다. 냉수를 떠서 달려가 물을 끼얹는데 술 냄새가 진동했다. 언니와 내가 양쪽에서 형부를 부축하여 방에 눕히고 힘이 빠져 마루에 앉아 있었다. 사랑채로 들어가버린 노인은 조용했다. 간간이 마른기침 소리가 났다. 그 밤 언니와 나는 한숨도 못잤다. 연뿌리 차를 끓여온 언니는 노인의 일을 이야기했다. 같은 마을에서 대대로 집안일을 거들어주던 여자의 딸이라 했다. 둘은 처음부터 만나서는 안되는 사이라 했다. 두 사람에 대한 소문은 무성했으나 아무도 내막을 알 수는 없었다. 사돈어른은 집안이 맺어준 참한 규수와 혼례를 올렸고 진양댁이라 불린 여자도 혼인을 했다. 각자 짝을 만나 다른 운명을 사나 했는데 진양댁의 남편이 일찍 죽어버리는 바람에 이야기는 엉뚱하게 흘러갔다. 고생길에 접어든 옛 연인을 바라보는 사돈어른, 그것을 지켜보는 집안 식구들은 긴장과 불안의 나날을 보낼 수밖에 없었다고 했다. 특히 갓 결혼한 새댁인 언니의 시모는 평생 고통을 간직하고 살다가 스스로 생을 마감했다고 언니는 담담하게 이야기했다. 유학의 본고장답게 전통에 매여 가풍과 집안을 중요시하는 풍습을 개인의 힘으로는 어찌할 수 없었다는 이야기인데 진부하기 그지없는 그 이야기가 이 시대에도 잔재가 남아 후손이 고통을 겪어야 하는지 이해하기 어려웠다. 친척에게 전해들은 언니의 말도 여러 갈래라서 진양댁이 아직 앳된 소녀였을 때 혈기왕성한 청년이던 사돈어른이 건드렸다는 소문도 돌았다고 어디까지 진실인지 모르겠다고 당사자들만 아는 것 아니겠냐고 언니가 남의 말하듯 조용히 중얼거렸다.

오던 날 밤부터 콩을 고르던 할머니가 누군가에게 말하던 소리를 들은 것 같았다. 밤공기가 좋아서 혼자 담장에 기대어 풀벌레 소리에 취해 있다가 할머니의 낮은 목소리, 발자국소리를 들었었다. 혼자 사는 할머니가 외로움에 중얼거리는 소리로 짐작하고 그 일은 무심하게 흘려버렸다.

소란스러운 밤이 지나고 아침이 되었으나 집안은 적요했다. 형부는 일찍 외출을 했고 사돈어른은 집안에서 기척이 없었다. 언니는 부엌에서 흰죽을 끓였다. 사돈어른이 피곤하다고 이부자리에서 일어나지 않았다며 나무주걱으로 죽을 저었다. 나는 짐을 쌌다. 몇 년은 지나간 것 같았다. 현대에서 중세시대로 시간여행을 온 것 같은 기시감이 들었다. 트렁크를 마루에 놓고 마당을 둘러보는데 변함없이 육중하고 무거워 보이는 한옥의 처마와 서까래가 언제까지나 그 자리를 지키고 있을 것만 같았다. 본채 처마에 내걸린 덕정재 편액이 물고기의 지느러미처럼 혹은 상어가 꼬리를 흔드는 듯이 움직인 것 같았다. 풍경이 울렸다. 물고기 형상의 풍경이 흔들리며 맑은 소리를 내고 있었다. 좀 더 있다 가면 안되겠니. 소용없다는 걸 알면서도 언니는 일말의 기대감을 갖고 나를 쳐다보았다. 버스 정류장을 향해 걸어가는 나를 향해 언니가 손을 흔들었다. 그 순간 언니 혼자 무인도에 남겨두고 떠나는 것 같아 가슴이 먹먹했다. 다시 뒤돌아봤을 때 산등성이 그림자를 배경으로 육중하게 서 있는 마을의 먹색 기와지붕들이 변함없이 오래오래 뿌리를 내리고 서 있을 것 같은 환상에 고개를 돌렸다. ✈

중편소설

그 여자의 전설

그 여자의 전설

갈림길

여자는 승용차의 속도를 줄였다. 짧은 순간 그녀는 지난밤부터 그녀를 괴롭히던 불안의 정체를 알아챘다. 국도와 고속도로가 갈리는 갈림길에서였다. 임계라고 표시된 국도로 직진하면서 그녀는 어제부터 아랫배가 간헐적으로 통증신호를 보내오는 것을 애써 무시했다. 여름철이면 으레 일어나는 배앓이 정도로만 생각해서 그냥 놔두면 저절로 괜찮아지는 줄 알았다. 통증은 경포호를 떠나면서 더 심해졌다. 여자는 그 이유가 심리적인 요인에서 기인함을 그래서 오랜 시간, 강릉에 도착해서부터 줄곧 그녀가 회피하고 싶은 어떤 일과 관련이 있음을 직감했다. 여자는 푸른 산맥이 끝없이 이어진 검푸른 등성이를 쳐다보았다. 수억 년이 지나도 끄떡없을 산등성이 위로 뭉게구름이 피어오르고, 태곳적부터 찾아든 바람은 골짜기를 타고 오르내렸다. 아득히 뻗어 올라간 고개 너머로 여자의 시선이 멈춰 있다. 그 길 끝에 오래 전에 두고 온 인연이 있었다. 떼려야 뗄 수 없는 그 인연의 시원을 거슬러 올라가는 여자의 마음이 내내 착잡했다.

경포 해안에 도착한 것은 어제 점심 무렵이었다. 주차장에 승용차를 정차시키고 나서 그녀는 갑자기 할 일이 없어진 느낌이 들어 아무 의식 없이 모래사장을 걸었다. 샌들에 모래가 끼어 발가락이 따끔거렸다. 여자는 샌들을 벗어 들고 맨발로 바닥을 밟았다. 파도가 몰아칠 때마다 물방울이 공중 높이 솟아올랐고 그녀의 검정 원피스 자락에도 작은 물방울이 조금씩 튀었다.

파도가 일어섰다 스러질 때마다 모래가 조금씩 허물어지며 바다 속으로 빨려 들어갔다. 끝없이 출렁이며 다가왔다 멀어지는 파도가 흰 띠를 이루며 부서지는 풍경이 들판 끝에서 몰려오는 비구름처럼 아득히 멀어 보였다. 한낮의 뜨거운 열기가 모래와 건물과 사람들을 달궈놓았다. 발바닥에 와닿는 뜨거운 기운이 종아리를 타고 온 몸으로 퍼져서 여자는 등허리가 흥건히 젖어들었다.

갈색 숄더백에서 선글라스를 꺼내어 쓴 여자는 모래바닥에 주저앉아 수평선에서부터 자글자글 끓어오르는 빛의 파장을 지켜보았다. 은빛으로 반짝이던 수면이 금빛으로 일렁이는가 하면 다시 잉크빛으로 출렁였다. 바다는 수만 가지의 빛깔을 숨긴 채 여자에게는 아주 조금, 군청색이거나 파란색, 혹은 에메랄드빛이거나 검푸른 녹색을 보여줄 뿐 잠시 딴 곳을 주시하다가 수평선을 바라보면 다시 은빛이 자글자글 끓어오르는 빛의 향연이 펼쳐졌다. 챙이 넓은 흰 모자를 푹 눌러썼는데도 목덜미에 쏟아지는 햇볕의 열기가 뜨거웠다.

휴가철이 끝난 백사장에는 파라솔이 접힌 채 길게 줄지어 있고 간간이 서로 손을 꼭 잡고 백사장을 거니는 연인을 빼면 인적이 드물었다. 해수욕장 주변에는 적막이 감돌았다. 지난 여름, 태양의 열기를 바다는 기억이나 할까. 사람들의 혼잡을 고스란히 기억하는 소나무와 백사장은 이제 조용히 지난 시간을 추억하고 있을 것이었다. 아직은 그 열기를 빼앗기지 않으려는 듯 한적함을 좇는 사람들의 무리가 강렬한 태양빛이 주무르는 빛의 주술에 걸려 흐느적거리고 있었다.

아무것도 하지 않는다는 것, 여자는 정말이지 아무것도 하지 않고 일상을 그만! 하고 멈추었을 때 뭘해야 할지 몰라 머릿속이 까맣게 지워진 화면 같았다. 여자는 자신의 손을 물끄러미 내려다보았다. 지천명에 이르기까지 한시도 쉬지 않고 밥을 하고 빨래를 하고 청소를 하고 편지를 쓰고 반찬을 만들고 뭔가를 주무른

손이었다. 그런데 아무것도 하지 않는 손이 뭔가를 해야 하는 것처럼 조금씩 꼼지락거렸다. 예쁘다고도 할 수 없는 손이었다.

갈증이 났다. 여자는 바짝 마른 입술을 혀로 한번 핥았다. 여자는 정적에 싸인 주위를 휘둘러보았다. 여자가 앉아 있는 바로 뒤쪽에 젊은 남녀가 서로 등과 팔에 오일을 발라주고는 나란히 누워 선탠을 하고 있었다. 선탠을 하기에는 바람이 서늘했고 바닷물도 차가웠다.

소금기를 품은 바람이 여자의 검정 원피스 자락으로 축축하게 안겨왔다. 습기를 담은 바람은 적당히 부드럽고 온화해져서 백사장으로 밀려와 오랜 여정의 닻을 내렸다. 여자는 바다에 와본 지 까마득한 자신의 과거를 기억해내려 양미간을 끌어 모았다. 검은 선글라스 안에서 가느스름하게 뜬 여자의 눈에 얼핏 물방울이 어린 듯했으나 이내 사라졌다.

"빵빵!"

여자는 자동차의 클랙슨 소리에 퍼뜩 정신을 차렸다. 갈림길에서 직진을 하고 다시 좌회전을 한 후부터 쭉 외길이었다. 오래 전 여자는 그 길을 와본 기억이 있었다. 큰어머니를 모시고 병원에 다녀오던 비포장도로가 지금은 말끔하게 포장되어 있었지만 달라지지 않은 건 외길이라는 사실이었다. 여자는 외길이어서 안도했다. 아까부터 여자의 뒤를 따라오던 지프가 경적을 울리고는 상향등을 켰다 껐다 경고 신호를 보내고 있었다. 여자가 비켜주려고 갓길 쪽으로 바짝 차를 댔으나 맞은편에서 트럭이 달려왔고 트럭 뒤로 승용차가 줄줄이 다가왔다. 여자는 본능적으로 속도계를 봤으나 육십 키로를 왔다갔다 했다.

지프가 앞질러 가고 여자는 다시 느긋하게 전방을 주시하며 익숙한 듯 하나 낯선 풍경을 바라봤다. 고도가 높아지고 산맥이 끝없이 이어졌다. 어디가 시작이고 어디가 끝인지 알 수 없는 검녹색 세상이 끝도 없이 이어지는 풍경은 현실과 과거의 경계를 무너뜨리며 여자를 무기력한 상태로 몰아갔다. 새로 산 지 오 년 된 흰색 아반떼 승용차가 웅웅거리며 고개를 넘어가는 동안 여자는 국도변에 줄지어 선 옥수수 대열에 넋을 빼앗겼다. 누렇게 말라가는 옥수수 이파리가 바삭바삭 소리를 내는 것 같아서 여자는 빈 대궁만 남은 옥수수를 연신 흘끔거렸다. 검녹빛 세상 만큼이나 지루하고 단조로운 풍경이었다. 수만 가지 곡식 종류 중에 어쩌면 온통 한 가지 작물이 점령한 세상의 사람들은 어떤 심성일까. 그 생각만으로도 여자는 아득해졌다.

길고 구부러진 고갯길에서 여자는 몇 번이고 아찔한 경험을 하며 브레이크를 밟았다. 오르막에서 브레이크를 밟는 여자의 허리가 휘어진 길을 따라 휘청 꺾였다. 끝없이 높고 긴 고개를 올라오느라 여자는 지쳐 있었다. 멀미가 날 것처럼 속이 메슥거렸다. 여자는 고갯마루에서 승용차를 정차시키고 차창을 내린 채 등받이를 뒤로 젖혔다. 잠시 눈을 감고 심호흡을 하며 여자는 안도의 숨을 내쉬었다.

다시 배가 쌀쌀 아파왔다. 여자는 어젯밤 이른 저녁으로 물회를 먹고 경포호 주변 모텔에서 잤다. 모텔은 식당가 뒤쪽 어둑어둑한 골목의 삼층 건물이었다. 숙소를 구하기 전에 간단히 저녁 먹을 만한 곳을 찾다가 여자는 온통 횟집 뿐인 식당가에서 '물회'라고 유리에 빨간 매직으로 쓰인 장소를 발견했다. 식당에는 기다란 식탁을 가운데 두고 중장년층의 남자 대여섯 명이 농사 이야기를 하고 있다. 여자는 바닷가 횟집에서 농사 이야기를 하는 남자들이 낯설었다. 오징어와 한치와 오이채가 뒤섞인 물회를 젓가락으로 건져 먹으며 여자는 그들의 이야기에 귀를 기울였다. 중년의 남자들은 일부러 바다로 저녁을 먹으러 나온 것 같았고 농사 정보를 공유하는 듯했다. 고사리와 도라지, 벼이삭이 패는 이야기와 병충해, 농약 살포 시기와 거름 이야기를 하는 그들의 태도는 진지했고 가볍게 소주를 마시며 토론을 하는 바닷가 농사꾼의 이야기를 듣느라 여자는 물회를 먹는 둥 마는 둥 하고는 일어났다.

아마도 물회를 먹은 후부터 배가 아팠을까, 생각하다가 음식을 먹기 전부터 배가 아팠다는 사실을 여자는 기억해냈다. 여자는 다시 시동을 켜고 천천히 엑셀러레이터를 밟았다. 두 달째 지리한 장마가 이어지고 있었다. 추석 근처에 이르렀음에도 폭양은 그 뜨거운 열기를 꺾지 않고 언제까지나 자신의 세상인 듯 대지에 머물렀다. 전국이 폭염에 시달리자 한반도에 아열대가 찾아왔다느니 전력량이 비상이라느니 뉴스는 떠들어댔고 기업이나 관공서에 냉방기 가동을 자제하거나 냉방온도 섭씨 26에 맞추도록 정부에서는 계몽을 했으며 아파트 관리소에서는 매일 전력난이 가중되니 쓸데없는 코드는 빼어놓으라고 방송을 해댔고 원자력발전소의 부품 부정과 불량기기, 블랙다운 이야기가 공중파를 탔다.

여자는 부동산으로부터 오는 전화를 기다리고 있다. 지난 오년 간 여자가 운영하던 카페는 결과적으로 안착을 못했고 전망은 불투명 했다. 오랜 고민 끝에 부동산에 가게를 내어놓은 여자는 문득, 바다가 보고 싶었다. 장마가 길어지면서 카페는 한산했고 여러 날 손님이 없었다. 매일 가게에 나와 선풍기를 틀거나 냉방기를 돌리는 것도 지쳐갈 무렵 여자는 바다를 향해 길을 떠났다. 텔레비전 뉴스에서 해수욕장에 몰려든 사람들을 보도하는 앵커 뒤로 갈색으로 피부를 그을린 사람들이 보였고 그들이 먼 이국의 인종처럼 느껴지던 일이 불과 얼마 전이었다. 여자는 거울을 통해 희멀건 자신의 피부를 들여다보았다. 햇볕을 쬐지 못해 건강이나 탄력과는 거리가 먼 피부는 텔레비전 화면에서 보이던 건강하고 탄력 있는 갈색 피부와는 너무도 달라 보였다. 누군가를 위해 치열하게 일을 하고 돈을 벌어야 하는 일은 지나간 과거였고 그렇다고 자신을 위해 치열하게 살고 싶지도 않았다.

남편과 헤어지고 나서 혼자 남게 된 그녀가 할 수 있는 일은 많지 않았다. 여자는 커피 바리스타 자격증을 따둔 게 있었고 옆집 여자가 백화점 문화센터에 배우러 나갈 때 덩달아 따라 나가서 보험으로 따둔 자격증이었다. 체인점을 열기에는 돈이 부족했고 여자는 자기만의 색깔로 카페 〈산에는 꽃피네〉를 차렸다. 여자는 아주 가끔 카페 한쪽에 세워둔 기타를 꺼내어 노래를 불렀다. 노래를 부르는 여자의 눈에 얼핏 물기가 어렸고 음률이 고조될 때 물기가 걷혔으며 뿌연 창밖으로 지나가는 사람들의 실루엣을 하염없이 바라보며 노래를 부르다가 목이 깔깔하면 달콤한 커피를 만들어 먹었다. 여자는 혀끝에 감도는 뜨겁고도 달콤한 커피 맛에 조금씩 세월을 잊었고 외로움도 오랜 기다림도 견뎌냈다. 그러다가 여자는 엄마가 부르던 곡을 기억해냈다. 명절이면 여자들이 모여 물항아리에 박바가지를 엎어놓고 박자를 맞추며 부르던 아라리 가락이 아닌 이미자나 황금심이 부르던 노래를 엄마가 알고 있다는 사실에 여자는 신선한 충격을 받았다. 그때가 외지에서 여고를 다니다 겨울방학 때 잠시 다니러 왔던 시기였다. 여자는 넋이 나간 듯 엄마가 부르는 노래를 들었다.

헤일 수 없이 수많은 밤을 내 가슴 도려내는 아픔에 겨워 얼마나 울었던가 동백아가씨 그리움에 지쳐서 울다 지쳐서 꽃잎은 빨갛게 멍이 들었소……. 여자는 엄마가 능청스럽게 부르던 동백아가씨를 허밍으로 부르며 엄마의 인생을 회고했다. 자식 귀한 집 첩으로 들어와 다섯 아이를 낳고 남편을 큰댁으로 다시 보내야 했던 여인. 엄마의 환영이 아른거리며 여자는 목이 메이는 것을 눌러 참았다.

국도변에는 배추와 무가 싱싱하게 자라고 있다. 넓은 구릉지대에 푸른 하늘을 배경으로 고르게 자라는 무와 배추포기는 누군가의 손길을 탔을 것이었다. 여자는 잘 자라는 잔디, 혹은 벼포기나 옥수수대를 보며 다시 또 누군가의 손길을 떠올렸다.

시간의 그물

임계에 다다르자 길이 네 갈래로 나뉘어졌다. 여자는 약국 앞에 승용차를 주차하고 스마트폰 내비를 켰다.

내비는 여자가 모르는 길을 가리키고 있었다. 새로 생겼거나 지름길인 것 같았다. 여자는 내비의 안내를 받으며 불확실한 길을 가느라 불안해졌다. 안정된 구도를 선호하는 여자의 심리가 낯선 이름 앞에 잠시 멈칫거렸다.

소일.

낯설고 한가로운 이름 앞에 여자는 초조했고 심장 박동수가 빨라졌고 길을 잃을지도 모른다는 불안감에 승용차를 되돌려 오던 길을 다시 가기 시작했다. 너무 많은 길이 생겨났고 너무 많은 길이 없어졌다. 여자가 아는 길은 대부분 사라지고 없었다. 여자가 알던 사람들도 그 길처럼 어디론가 사라지거나 없어졌다. 여자는 인생의 어떤 전환점에서 누구와 그 상황을 의논하고 고민해야 할지 막막했다.

사방 계곡에서 몰려오는 바람이 차창을 스치며 차체가 조금 흔들리는 듯했다. 여자는 거센 골짜기 바람을 맞으며 목을 움츠렸다. 귀에 익숙한 바람의 포효, 해안가 모랫벌에서 어제 오후 내내 들었던 파도소리와 바람의 이중주가 현을 타고 떨리는 듯했다. 여자는 잠시 눈을 감았다가 떴다. 삽당령 고개를 넘을 때만 하여도 여자는 오르막이 끝나 안도의 숨을 내쉬며 여유롭게 운전을 했다. 잠시 쉬었다 갈까 하다가 고갯마루 주막에 단체로 산행을 온 등산객들의 웅성거림에 그냥 지나쳤다. 각양각색의 가을 단풍산을 닮은 등산복 차림의 그들 표정에서 여자는 활기에 찬 생동감을 보았다. 한껏 들뜬 중년 남녀의 웃음소리와 말소리가 바람소리에 섞여 멀어졌다.

여자는 천천히 승용차를 몰며 백미러로 자신의 얼굴을 비춰보았다. 생기를 잃은 얼굴, 초점이 없는 눈동자, 푸석거리는 피부는 오래 앓다가 겨우 살아난 사람의 몰골로 비춰져서 그녀는 깊은 한숨을 내쉬었다. 언제부터였을까. 생기 넘치는 등산객의 가을 단풍산을 닮은 의복이 자꾸 여자의 망막에서 아른거렸다.

"끼이익!"

그때 여자가 무엇에 놀라 급하게 브레이크를 밟았다. 꿩 병아리 떼가 어미꿩을 따라 길을 건너는 장면이 가깝게 시야를 막아섰다. 승용차 소리에 놀란 어미꿩이 목을 길게 빼고 길 가운데에 우뚝 멈춰 섰다. 어미꿩의 까만 눈동자가 불안하게 움직였다. 열 마리인가 열두 마리인가의 병아리 떼가 우왕좌왕 하며 길을 가로막아 섰다.

"가! 빨리 가!"

여자가 차창 밖으로 손을 내밀어 어미꿩에게 소리쳤으나 어미꿩이 다시 목을 길게 빼더니 까만 눈동자를 끔벅거렸다. 어린 자식들을 건사하려는 어미꿩은 너무 놀라 패닉 상태에 빠진 것 같았다. 병아리 떼가 어미

깃털 속으로 파고들거나 바닥에 주저앉거나 다른 병아리의 대가리를 쪼거나 한가롭게 노니는 모양새가 쉽게 움직일 것 같지 않았다. 차에서 내려 쫓아내야 하나 말아야 하나 여자는 잠시 생각했다. 그때 건너편 콩밭 어귀에서 수꿩의 울음소리가 들려왔고 어미꿩의 고개가 그쪽으로 쏠리더니 천천히 긴 다리를 떼어놓으며 길을 건너갔다. 병아리 떼가 한 줄로 나란히 서서 어미 뒤를 따라가고 수꿩의 울음은 계속 들려왔다. 위험 앞에서 신호를 보내는 수꿩은 가족을 보호하려는 파수꾼이며 안내자였다. 여자는 후우 하고 안도의 숨을 내쉬었다.

"하하, 고것들, 정말 귀엽네요."

여자는 그때서야 맞은 편 도로에 서 있는 BMW 운전석에서 까만 선그라스를 낀 남자가 자기를 쳐다보며 웃고 있는 것을 알았다. 여자가 가볍게 목례를 했고 남자가 휘파람을 불며 지나갔다. 남자의 나이는 분간이 어려웠으나 중년의 자영업자이거나 벤처 창업자가 아닌가 하는 인상을 받았다. 남자는 목에 초록색 스카프를 매고 있었고 열린 차창으로 이미자의 동백아가씨가 흘러나왔다. 건너편 숲에서 수꿩과 암꿩의 울음소리가 들려왔고 병아리들이 지저귀는 소리가 뒤이어 들려왔다.

가족을 지키려는 수꿩의 울음소리가 귀에 이명으로 남아 계속 흔들렸다. 여자는 혼자 놀던, 지금은 남이

된 남편을 떠올렸다. 그가 클럽으로 게임방으로 경마장으로 낚시터로 돌아다니며 자신의 수입 대부분을 소비할 때 여자는 생활비를 감당하기 위해 시간제 아르바이트를 하거나 하루 품을 팔거나 남의 가게에서 계약제로 일을 했다. 아이의 학원비를 타내기 위해 여자가 그로부터 들었던 욕설들을 생각하자 등골이 시려왔다.

"내가 준 돈 어디다 쓰고 또 돈 달란 거야!"

"무슨 돈을 줬다고 그래."

"생활비 줬잖아!"

"백만 원 갖고 어림없어."

"우리 엄마는 오십만 원 갖고도 생활한다더라."

"그건 시골에 계시니까 가능하지. 학원비며 계절이 한참 지났는데 옷도 사줘야 하고."

"아 몰라, 몰라. 시발, 왜 맨날 돈 달라 지랄이야!"

"당신 연봉 높다는 거 알아."

"그래서? 그거 내가 벌지 니가 버냐?"

"나는 그렇다 쳐. 아이는 책임져야 할 것 아냐."

"이, 이년이!"

그의 손이 높이 쳐들리자 여자가 비명을 질렀다. 그는 슬그머니 손을 내렸지만 이미 여자의 마음에는 그의 손자국이 선명하게 남았다. 매 번 그런 식이었다. 그와의 결혼생활은 언제나 돈 얘기로 시작해서 돈 애기로 끝났다. 여자는 세상에서 가장 치사하고 자존심 상하는 게 돈 얘기라는 걸 살면서 절실하게 체험했다. 돈 달라, 돈 못준다, 왜 못 주냐, 니가 뭔데 내 돈을 내놔라 하냐…… 돈 얘기를 접으려고 결심했다가도 다시 또 꺼내게 되는 자신이 한심해서 여자는 서서히 지쳐갔다. 아이가 커갈수록 여자는 치사한 이야기로 한바탕 그와 실랑이를 벌였고, 그런 그를 여자는 거부했고 그런 날 밤이면 그는 외박을 했고 외박을 하고 온 후부터 여자는 그녀 곁에 그를 두지 않았다.

여자가 각 방을 쓰게 된 것은 그 일이 있고나서였다. 아랫도리가 가려워 병원에 간 그녀는 의사가 웃으며 남편 분이 치료받아야 한다고 말하는 것을 의아하게 쳐다보았다. 혼자 지 돈 갖고 쓰고 다니느라 그렇지 여자 문제는 깔끔하다고 믿었던 때문인지 여자는 한동안 아무 말 못하고 의사의 입만 쳐다보았다.

"남편이 치료 안하면 부인이 또 치료받아야 합니다."

"……."

여자는 배신감에 뒷머리를 한 대 망치로 얻어맞은 듯 했다. 그건 돈 문제와는 차원이 다른 사안이었다. 생활비 부족에 허덕이며 가정을 이만큼 꾸려오기까지 여자는 그래도 아이가 있고 비록 자기 몸만 챙기는 남편이기는 하지만 온전한 가정에 대한 로망이 있었기에 가능했다. 여자의 낯빛이 어두웠다. 치사한 일들을 참고 기다린 보람이 없어지는 순간 여자는 다리에 힘이 풀리며 주저앉아버렸다.

그날 밤 남편은 맥주를 겸한 스테이크를 먹고 게임방에 갔다가 자정 무렵 돌아왔다. 언제나 비슷한 수순이었다.

"바람을 피려면 좀 깔끔하게 하던가."

여자의 심상치 않은 표정을 본 그가 무슨 말이냐는 듯 빤히 쳐다보았다. 그러다가 뭔가 짐작이 가는 듯 아무 말 없이 정수기에서 물을 받아 마시고는 겉옷을 벗으며 욕실로 들어갔다.

"내 말이 말 같지 않냐, 이 나쁜 자식아!"

"뭐 잘못 먹었냐?"

"병원에 갔다 왔어, 당신 치료받아야 한 대. 그래야 나도 더 이상 병원 안가도 되고."

"그일 갖고 그렇게 심각했냐, 난 또 뭐라고."

"야!"

여자의 고함에 그가 힐끗 돌아보는데 흰 눈자위가 히뜩 했다. 여자는 순간적으로 멈칫했다. 신혼 초가 떠올랐다. 그가 미쳐 날뛰며 한바탕 소동이 벌어진 이후 여자는 그 일을 거의 잊고 지냈다. 여자는 입을 다물었다.

그의 검은 눈동자가 다시 돌아왔다.

"앞으로 평생 내 옆에 올 생각 말아. 어떻게 신뢰를

무너뜨릴 수 있지?"

"니가 거부했잖아."

"몸살이 왔다고 했잖아. 몸이 아프다고 하면 약이라도 사다줘야 할 거 아냐. 어떻게 지 욕심만 차리냐, 동물도 아니고…… 짐승도 그렇게는 안 한다."

"그래, 난 짐승이다. 이제 속이 시원하냐."

"한 번 거부했다고 외박하다니, 인간이 아냐."

"니가 싫다는 데 내가 굳이 매달릴 필요가 없어서 밖에서 잤다, 그게 뭐 잘못 됐냐, 니 잘못이지."

"……."

여자는 멍하니 그의 얼굴을 쳐다보았다. 그는 여자가 옆에 없는 듯이 정수기에서 물을 받아 마시고 텔레비전 채널을 돌리며 웃고 혼자 중얼거리며 집안을 돌아다녔다. 여자는 유령이었다. 여자를 전혀 의식하지 않는 그의 태도에 그녀는 절망했다. 이불을 작은 방으로 옮기며 여자는 어두운 창밖을 망연히 내다보았다.

달의 강

여자는 뱃속에서 신호를 보낼 때에야 점심을 건너뛰었다는 것을 알았다. 주위를 둘러보았으나 민가라고는 보이지 않았다. 승용차에는 먹다 남은 쿠키와 치즈조각이 있었으나 커피 생각이 간절할 뿐 입에 대고 싶지 않았다. 여자는 혹시 식당이라도 찾을까 싶어 유심히 살피며 운전을 했다.

오르막에 허름한 포장마차가 있다. 높은 산을 끼고 사는 마을을 지나갈 때면 으레 만나게 되는 한 철 장사였다. 여자는 편평한 곳에 승용차를 세웠다. 주황색 플라스틱 의자 두세 개가 아무렇게나 놓인 포장마차에는 기다란 나무탁자가 있고 그 위에 삶은 옥수수와 칡즙과 막걸리와 커피, 프림 설탕병이 나란히 놓여 있다. 소극적인 투자로 최소의 비용을 건질 수 있는, 본격적인 영리(營利)와는 거리가 멀어 보이는 구조와 내용물이었다. 껌, 사탕, 초콜릿, 에이스비스킷 몇 줄이 소박하게 자리잡은 포장마차 주인은 나이 든 노파였다.

"할머니, 안녕하세요?"

"혼자 오셨우?"

"커피 한 잔하고, 전병 한 개 주세요."

여자는 탐색하는 듯한 노인의 눈빛에서 뭔가 캐내려는 교활함을 읽었고 동시에 주문을 했다.

"세 개 사시구랴, 내 잘해 줄 게."

"한 개만 있으면 돼요."

노인이 커피 병을 손짓하며 여자에게 타마시라고 티스푼을 건넸다. 여자는 커피 두 개와 설탕 한 티스푼을 넣고 보온병에서 물을 가득 따라 저었다. 물은 따듯했고 전병은 식어 있었으나 메밀 부침개 안에 든 갓김치가 씹히며 시원하고 담백한 맛이 우러났다.

"젊은 여자가 혼자 댕기면 외롭지 않우?"

"저 젊지 않아요."

"에이, 아직 한창이구먼."

"할머니 연세 어떻게 되시는데요."

"나야 저승길이 가깝지, 살만큼 살았어."

"제가 알아 맞혀 볼까요. 음, 방년 십팔 세."

돌연 노인이 까르르 웃었다. 이가 다 빠진 노인의 붉은 잇몸이 드러나며 볼이 발그레 복사꽃으로 물들었다. 젊은 사람이 농담을 잘 한다며 그녀가 눈을 흘겼다. 여자는 '젊은 사람' 하고 속으로 따라 해본다. 노인이 막걸리 한 잔을 유리컵에 따라 마시라며 건네주었다. 그러고는 뒤돌아서서 부스럭거리더니 접시에 배추김치를 꺼내놓았다.

"할머니, 인심 자꾸 쓰다가 손해 보면 어쩌려구요."

"손해 볼 것 없어, 놀기 심심해서 나왔어. 이것 좀 먹어봐."

막걸리를 한 모금 마신 여자에게 노인이 배추김치 한 조각을 나무젓가락으로 집어 건넸다. 여자는 얼떨결에 입안에 받아 넣고는 우물거렸다. 여자의 표정이 환해지며 눈을 동그랗게 뜨고 노인을 쳐다보자 그녀 표정이 의기양양해졌다.

"배추김치, 정말 맛있어요."

"당연하지, 산 속에서 삼 년 묵은 김치인 걸."

"대단하세요. 어떻게 삼 년씩 묵혀요."

"육 년 된 김치도 있어."

"네? 썩지 않나요."

"저 산꼭대기에 지게꾼을 사서 지고 올라가게 한 다음 항아리를 대여섯 개씩 묻었어. 작년에는 서울 사람이 팔라고 해서 한 독 팔았어. 팔십만 원에."

"서울 사람, 복 터졌네요."

노인이 다시 까르르 웃었다. 여자는 노인의 이마를 가로지르는 굵은 주름을 보며 큰어머니를 떠올렸다. 노인의 연세 팔순은 넘어보였으나 여자는 환갑 나이로 보인다고 대폭 낮추어 말했더니 여든 셋이라고 작은 소리로 소곤거렸다. 여자가 놀랐다는 표정을 짓자 다시 노인의 웃음보가 터졌다.

여자는 갓전병을 먹고 커피를 마시며 멀리 산아래 구불구불 이어진 길을 내려다보았다. 그 길을 따라 산이 보이고 첩첩이 포개진 산맥이 다시 길을 내어주며 어디인가로 이어져 있었다. 노인과 작별을 하고 여자는 다시 차에 시동을 켰다.

국도변 산비탈 밭에는 붉은 수수, 조, 콩잎이 가을볕에 말라가고 있다. 고추밭에는 붉은 고추가 줄줄이 매달려 햇볕과 바람과 공기를 즐기고 있었다. 먼 산에서부터 단풍이 오고 있었다. 붉거나 노란 단풍들이 한 철 잘 놀았다고 이제는 쉬어야 할 때라고 가르치고 있었다. 가을산이 품은 마을과 강과 길과…… 그 길 위를 여자는 천천히 지나가며 오래 전 와봤음직한 기억을 찾으려 애를 썼다.

큰어머니가 아프다는 소식을 남동생으로부터 듣고 여자가 내려왔을 때도 지금처럼 단풍이 들 때였다. 큰어머니를 모시고 강릉을 가는 승용차 안에서 여자는 큰어머니와 단둘이 오붓한 시간을 보낸 기억이 없다는 데 생각이 미쳤다. 큰어머니는 조수석에 앉아 차창 밖을 내다보며 혼자 중얼거렸다. 출발하면서부터 여태껏 큰어머니는 차창 밖에 시선을 고정시킨 채 눈을 떼지 못했다.

"하이고, 뭔 단풍이 저래 곱노. 내사 마 이제 죽어도 여한이 없다."

"무슨 그런 섭섭한 말씀을 하세요."

"아이다. 내 병은 내가 안다."

"진작 연락하시지 그랬어요."

"니 바쁜데 머라 연락하노. 이래 보믄 됐지."

"죄송해요."

"아가, 저기 다래 아이가. 머루도 있네."

"그러네요."

"무신 머루 다래가 길에 바짝 붙어 있노. 지나가는

사람들 다 따 먹겠구러."

"어머니, 정말 괜찮으세요?"

"괘안타."

이미 암이 퍼질 대로 퍼진 큰어머니의 얼굴은 먹지 못해 말라서 앙상했고 광대뼈가 드러난 그녀의 홀쭉한 볼과 쭈글쭈글한 입주변의 주름살은 여자의 마음을 아프게 했다. 무심한 세월이었다. 회피하고 싶었던 시간이었다. 여자는 남동생과 언니들이 원망스러웠다. 어머니야 직접 연락하기가 그렇다 해도 남동생과 언니들은 알고 있지 않았을까. 여자는 곧 자신의 불찰임을 알았다.

"날씨 참 곱다. 이래 좋은 세상, 니는 얼매나 좋노."

큰어머니는 연신 감탄을 해댔고, 여자는 그런 그녀를 바라보며 가슴이 먹먹해졌다. 한창 좋은 시절, 건강할 때 큰어머니를 모시고 세상구경을 다녔어야 하는데 이제 몹쓸 병에 걸려 운신하기가 어려워지자 그 사실을 깨닫다니 여자는 자신에게 닥친 현실이 믿어지지 않았다. 막연하게나마 형편이 펴지면 큰어머니를 모시고 강릉단오 구경을 시켜줘야겠다는 바람은 있었다. 여자는 큰어머니가 언제까지나 그녀 옆에 있어줄 줄 알았다. 남편이 떠나고 혼자 남았을 때 여자는 큰어머니의 부재를 가슴 아파했고, 유학을 떠난 아들로부터 소식이 없을 때도 어머니를 생각했다.

생모에 대한 애틋함보다 큰어머니에 대한 연민이 여자의 가슴에 들어차서 상현달로 부풀어 올랐다.

"아가, 보름달이 뜨면 그 달을 품어야 하느니라."

"어머니, 그게 무슨 말씀이에요."

결혼식이 끝나고 신혼여행을 떠나기 전 어머니는 복주머니 하나를 손에 쥐어주며 당부했다. 뒷날 아는 스님으로부터 동양에서는 달이 모성을 상징한다는 말을 들었다. 태양은 양이고 달은 음이며 뻗치는 양의 기운을 넓고 깊게 품어주는 음의 기운으로 세상 만물을 품어주며…… 아기를 원하는 신부가 달이 뜬 밤 달을 가득 안으면 잉태의 기운을 얻을 수 있다는 것이었다.

여자는 카페를 부동산에 내놓고 집으로 돌아온 날 침대에 드러누워 큰어머니를 추억했다.

그림바위

월탄교를 건너 토산삼거리에서 여자는 공전리 쪽으로 빠졌다. 그림바위로 가는 지름길이었다. 어머니를 모시고 가던 강릉행을 이번에는 거꾸로 거슬러 오르며 여자는 회한에 잠겼다.

화암면.

여자는 낯 선 이름에 잠시 의아해했다. 근처 마켓에

들어가 라이터와 선 담배를 한 갑 사고 예전에는 동면(東面)으로 불렀는데 언제부터 바뀌었냐고 지명의 유래를 물어보았더니 스무 살 안팎으로 보이는 총각이 그 이름을 부르게 된 지 얼마 안됐다고, 자기는 그냥 부르던 대로 그림바우라 부른다고 말하고는 배추를 가득 실은 오토바이를 몰고 배달을 가버렸다.

운동장은 텅 비어 있고 교실 벽마다 유리창이 열려 있다. 안에는 그림자가 움직이고 간간이 글을 읽는 소리가 낭랑하게 들려왔다. 운동장 한켠에 정구 골대가 한가롭게 놓여 있고 철봉대가 세워진 자리에는 해그림자가 길게 늘어져 있다. 돌로 단을 켜켜이 쌓은 스탠드에는 플라타너스 이파리가 흐느적거리며 늙은 몸체를 느리게 움직였다. 그 스탠드에 전교생이 몰려 나와 서울로 돌아가는 음악선생을 배웅하던 일들이 어제 일어난 일처럼 선명했다. 허벅지까지 내려오는 붉은 원피스에 까만 하이힐을 신고 짙은 눈썹을 한 여선생이 시골살이를 견디지 못해 사직을 하고 돌아갈 때 눈물을 뿌리며 아쉬워하던 전교생의 모습이 쓸쓸한 추억이 되어 여자의 마음을 어지럽혔다. 시골 학생들을 외면하고 돌아서 간 선생을 눈물로 보낸 학생들, 그녀 역시 눈물을 훔치며 누군가 데리러 온 까만 승용차를 타고 가버렸고 한동안 학생들의 가슴에는 허망한 바람이 불었다. 순수했기에 가능한 일일까. 만약 성인이 되어 서로 헤어지며 아쉽다고 눈물을 뿌리며 배웅을 한다면? 여자는 쓸데없는 가정을 해보며 그녀를 떠난 남편을 떠올렸다.

여자의 눈에 뽀얀 운동장으로 걸어 들어오는 젊은 여자의 환영이 나타났다. 여자는 얼른 플라타너스 둥치 뒤로 몸을 숨겼다. 젊은 여자는 딸아이의 이름을 간절히 불렀다.

"순정아, 아가! 에미 왔다."

순정이라고 이름을 불린 단발머리 여중생이 플라타너스 둥치 뒤에서 튀어나와 젊은 여자의 손을 나꿔채어 나무 그늘로 끌고 갔다.

"여기까지 오시면 어떡해요?"

"우리 정아가 도시락을 안 갖고 가서 굶을 판인데 에미가 돼 갖고 아프다고 누워 있었으니. 아가, 미안하대이."

"엄마, 제발 이러지 마세요. 친구들이 보면 어쩌라고."

"아덜이 잡아묵기라도 하디? 나는 우리 정아가 굶을까봐 그기 젤 걱정인거로."

순정의 짜증에도 젊은 여자는 그저 웃고만 있다. 순정은 어이가 없다는 듯 피식 웃었다.

"엄마, 우리 학교와 전생에 원수졌어? 벌써 몇 번째야."

"그야 지난번에는 니가 피구하다가 다리를 삐끗해서 업어다줬지."

순정은 깁스를 한 다리로 걸을 수가 없어서 한 달간 그녀가 교실 문 앞까지 업어다준 일을 기억해내고는 낯을 찌푸렸다.

"징글징글한 학교생활이 빨리 끝났으면 좋겠어요."

"그런 말, 말거라. 니 친구 중에는 돈 벌러 간 아아도 있재. 거 뭐꼬."

"춘화."

"그래, 그 친구는 잘 있다카드나."

"잘 있겠죠 뭐."

"무신 대답이 그러노."

방직공장인지 마산에 있는 무슨 공장에 갔다는 소식을 들은 후 연락이 끊어진 친구 이야기를 하며 큰어머니는 다시 한 번 순정을 쳐다보았고, 니는 누굴 닮아 이리 이쁘노, 그랬다.

"아가, 들어가 보구라, 밥 꼭꼭 씹어묵고, 친구들과 잘 지내그래이."

젊은 여자는 손을 흔들며 넓은 운동장을 가로질러 교문 밖으로 사라졌다. 순정이 도시락 보자기를 들고 난감한 표정으로 서 있을 때 한 남학생이 다가와 호기심이 가득한 얼굴로 짓궂게 떠들었다.

"유순정, 느네 엄마가 안 오고 왜 큰엄마가 오셨대?"

"……."

순정의 내력을 잘 아는 같은 동네 남학생이었다. 이마에 여드름이 덕지덕지 나서 순정이가 쳐다만 보아도 근지러울 것 같은 남학생의 능글맞은 입놀림에 그녀는 한참동안 울음이 터질 듯한 표정으로 여드름 남학생을 노려보다가 급기야 후다닥 나무 뒤로 뛰어가 주저앉았다. 그러고는 손으로 얼굴을 가리고 울었다.

"야! 사내새끼가 비겁하게 여자를 울려!"

걸걸한 남자애의 목소리가 들려왔다. 고동민이었다. 여드름 남자애가 낄낄대며 뒷걸음질쳐서 도망가고 고개를 쳐든 순정이 그들을 바라보다가 고동민과 눈이 마주치자 얼른 손으로 다시 얼굴을 가렸다.

고동민이 순정에게 다가와 한 마디 던졌다.

"유순정, 니가 이해해라."

"재하고는 전생에 원수지간이었나봐. 재수없어."

"순정아, 오늘 시간 있니."

"없어."

"풀빵 사주려고 했는데."

"됐어. 가방이나 실어줘."

고동민이 휘파람을 길게 불며 두 손을 바지 주머니에 찌르고는 비척거리며 화장실 쪽으로 걸어갔다. 열네 살 중학교 일학년. 순정은 엉덩이가 툭 튀어 나온 고동민의 뒤태를 흘끔 쳐다보고는 정말 그가 쪽지를 보냈을까, 의구심을 가졌다. 아무리 뜯어보아도 고동민은 그런 내색을 일절 안했다. 일학년에 입학하고 순정은 처음으로 남학생에게 쪽지를 받았는데 이름이 적히지 않은 짧은 메모 수준의 편지였다. 그 쪽지에는 다음과 같은 내용이 적혀 있었다.

— 항상 너를 지켜 보고 있다. 보름날 밤, 성황당에서 만나자.

이름도 시간도 적혀 있지 않은 쪽지를 순정은 책갈피에 끼워두고 누가 보냈을까, 하고 학년이 다 지나가도록 살폈지만 알아내지 못했다. 순정은 만나자는 장소에 나가지 않았다. 그런데 고동민과 유순정이 사귄다는 소문이 나면서 남자 아이들은 순정을 볼 때마다 야, 동민아, 하고 불렀다. 그 일이 있고부터 순정은 고동민에게 가방을 맡기지 않았다. 윗마을 선배 언니들과 시오리 길을 걸어 학교로 가고 집으로 오는 길, 자전거로 통학하는 남학생들의 자전거에 여학생의 가방을 실어주는 일은 가끔 있었다. 선배 언니들과 같이 고동민의 자전거에 가방을 싣고 집으로 가는 시오리 길은 바위와 까마득한 낭떠러지와 세차게 쏟아지는 계곡물과 골짜기를 타고 흐르는 바람소리가 안내하는 지루하고도 단조로운 길이었다. 눈을 감아도 훤히 보이는 그 길을 삼 년간 걸으면서 순정은 멀리 아주 멀리 날아갈 꿈을 꾸었다.

큰어머니가 도시락을 들고 학교로 왔다간 오후 순정은 풀빵을 사서 가방에 넣었다. 분홍 스웨터에 몸빼바지를 입은 큰어머니의 왜소한 몸집과 주름진 얼굴과 까칠한 손마디가 순정이 걸음을 내디딜 때마다 자꾸 밟혔다. 순정은 마음과 다르게 큰어머니 앞에서 자꾸 까탈을 부렸고 그러지 말아야지 하다가도 큰어머니 얼굴을 보는 순간 결심은 사라지고 다시 짜증을 냈다.

아이를 잉태할 수 없는 큰어머니는 안동댁으로 불렸다. 안동에서 부잣집으로 시집을 갔는데 아이를 낳지 못하자 소박을 맞았고, 한창 금광 바람이 부는 먼 정선 고을까지 어찌어찌 하여 발길이 닿은 처지였고, 역시나 금광에서 하루 벌어 하루 먹고 사는 총각을 만나 살림을 차렸다. 유씨 성을 가진 남자였다. 유씨는 안동댁보다 두 살이 어렸다. 금광에서 일을 하며 돈이 조금 모이자 유씨는 슬슬 자식 욕심이 생겼고 이웃 마을에 사는 수더분하고 튼실한 처녀를 첩으로 들였다. 큰어머니는 이미 과거를 한 번 겪은 여자였고 기꺼이 상황을 이해하고 받아들였다. 두 번째 여자에게서 자식들이 줄줄이 태어났다. 순정이 세 번째 딸로 태어났을 때 유씨는 안동댁에게 다시 돌아갔다. 그 뒤로도 유씨는 작은댁과 큰댁을 오가며 넷째와 다섯째를 봤고 그 중 넷째가 아들 순식이다. 금광에서 다쳐 일을 그만 둔 유씨는 그때부터 거의 드러누워 지냈고 집안은 급속히

몰락했고 궁기가 흘렀다. 제때 의복을 마련하지 못해 누더기를 기워 입었고 하루하루 끼니를 걱정해야 했다. 순정의 어머니 작은댁은 남의 집 품팔이를 다니며 자식들을 건사했고 남편에게서는 더 이상 기댈 게 없다는 것을 알았다.

"느들, 큰엄마 집에 가서 살 사람."

어느 날 엄마가 물었고 큰딸 순예와 둘째 순남이 싫다고 도리질을 했고 넷째 순식이 무슨 말인가 몰라 빤히 쳐다보았으며 기저귀를 찬 세 살배기 순복은 영문을 모른채 밥풀을 손에 쥐고 뜯어먹었다. 순정은 침묵했다. 서로 눈치를 보며 앉아 있다가 빈 숟가락을 빨며 언니들이 말했다.

"순정아, 니가 가라."

"맞아. 큰엄마가 순정을 유난히 예뻐하잖아."

그순간 순정은 눈을 내리깔고 가만히 있었는데 큰어머니의 안방 선반에 올려져 있던 빨간 사과가 스쳐지나갔다. 언젠가 엄마 심부름으로 큰집에 다녀오면서 순정은 그 빨간 사과를 보았다. 입안에 군침이 돌고 갖고 싶다는 욕망이 소용돌이쳤다. 그날 큰어머니는 순정을 데려가자마자 우유를 따뜻하게 데워줬다. 몸이 성치 않은 아버지 대신 큰어머니가 집안을 꾸려갔다. 큰댁에는 순정이 접할 수 없던 많은 것들이 있었다. 왕사탕이 있었고 엿이 있으며 우유는 언제나 있었다. 큰어머니가 아버지의 영양을 생각해서 염소를 기르고 송아지를 키웠기 때문에 가능한 일이었다.

큰어머니 집에 간다는 것, 그건 곧 거친 보리밥이나 잡곡에 옥수수가 섞인 밥이라도 배부르게 먹을 수 있다는 뜻이었다. 굶지 않는다는 확실한 증표가 큰어머니 집에 가는 것임을 아홉 살 어린 순정은 알았다. 큰어머니는 처음부터 순정을 원했다. 예닐곱 살 무렵 큰어머니가 고구마와 감자를 삶아 작은댁을 찾아온 적이 있었다. 큰어머니는 고구마 바구니를 마루에 내려놓자마자 순정을 번쩍 안아서 볼을 비비며 입을 맞추었다.

달이 환한 밤 순정은 큰어머니 품에 안겨 있었다.

"아가, 저기 뭐꼬?"

"달."

"우리 아기 참 똘똘하대이."

"아가, 저건 뭐꼬?"

"별."

"그래, 우리 순정이 별이제."

그때부터 큰어머니는 순정을 안고 자주 밤하늘의 달을 가리키며 묻곤 했다. "달" 하고 발음하는 순정을 큰어머니는 환한 미소를 지은 채 바라보곤 했는데 그 순간 어린 순정의 가슴 안으로 따뜻한 해가 길게 꼬리를 끌며 지나가는 것 같았다.

"아가, 이 담에 크면 뭐가 될끼가."

"달."

"그래, 높이높이 어둠을 밝히는 달이 되거라."

큰어머니와의 대화는 언제나 그런 식이었다. 엄마가 남의 집 품삿 일을 하러 나갔다가 고단한 몸을 이끌고 돌아와 겨우 저녁거리를 해놓으면 언니들과 동생들이 허겁지겁 달려들어 순식간에 보리밥이 없어지곤 하던 풍경을 순정은 물끄러미 바라다보았다.

"기집애, 뭘 쳐다보나."

아무도 순정에게 먹으라고 말하지 않았다. 순정은 침을 꿀꺽 삼키며 아쉬운 듯 입맛을 다시는 언니들을 쳐다보았다.

"니는 잘 먹지? 소시지에 계란 후라이 반찬에, 순정이는 좋겠다."

"그럼 날마다 염소젖에 우유에, 재 살 좀 봐 뽀얗잖아. 우리랑 달라."

"부럽다, 김순정."

언니들이 순정을 놀려댔다. 큰어머니 성씨를 빗대어 그녀 딸임을 입증하려 일부러 김순정이라 부르는 언니들, 짓궂은 언니들의 놀림은 익숙해졌으나 매 번 익숙하지 않은 풍경은 순식간에 빈 그릇으로 남는 밥그릇이었다. 그날 엄마가 양푼에 찰옥수수 밥을 수북이 퍼 담아내왔다. 감자와 콩이 섞인 밥이었다. 둘째 언니가 고추장과 들기름과 열무김치를 듬뿍 넣어 주걱으로 강

냉이밥을 뒤적거렸다. 밥을 비비는 둘째 언니의 주걱에 모두의 시선이 내리꽂혔다.

" 다 됐다."

둘째 언니의 말이 떨어지기가 무섭게 식구들의 입 속으로 밥이 들어가기 시작했다. 순식간에 양푼의 밥이 없어졌다. 그 시간은 정말이지 찰나에 불과한 시간이어서 여자는 숟가락을 들고 침을 삼켰다.

"너는 맨날 쌀밥 먹잖아."

둘째 언니가 순정을 돌아보며 한 마디 하고는 혀로 입술을 핥았다. 순정은 언니들이 먹은 빈 그릇을 바라보며 울듯한 표정을 지었다. 세상에서 가장 맛있게 먹는 언니들의 강냉이밥. 순정은 그들 곁에 껴서 찰옥수수 밥을 입속에 마구마구 퍼 넣고 싶었다. 순정은 큰어머니가 보리쌀 한켠에 쌀을 안쳐서 아버지 다음으로 순정이 밥그릇에 퍼주던 장면을 떠올렸다.

순정이 원한 건 선반에 놓인 빨간 사과였다. 그런데 어쩐 일인지 그 사과가 사라지고 없었다. 순정은 훗날 큰어머니가 산신령에게 주었다는 것을 알고 실망을 감추지 못했다. 순정은 큰어머니가 순정보다 더 섬기는 이가 산신령이라고 생각했고 이후 순정의 마음에 산신령의 존재가 깊이 다가왔다.

"애, 느 엄마 왔다."

그때 큰어머니가 순정을 찾으러 왔고 언니들이 놀려

댔고 바로 밑에 남동생까지 유순정이라고 놀려대자 순정은 울음을 터뜨렸다.

"이놈의 가시나들, 동생을 울리다니 못돼 처먹었구만."

큰어머니가 순정을 안아서 댓돌 아래로 내려섰고 언니들이 뺄쭘하니 서서 딴청을 했다. 그러다가 남동생이 손가락질을 하며 말했다.

"순정이가 그랬어."

"에끼, 못 써! 누나야."

큰어머니가 나무라자 이번에는 다섯 살배기 남동생이 와락 울음을 터뜨렸다. 그때 엄마가 집안에 들어서다가 그 장면을 보고 발걸음을 멈췄다.

"오셨어요."

엄마는 심기가 불편한지 머리에 썼던 수건을 벗어 아무렇게나 마당 대야에 팽개치고는 남동생을 번쩍 안았다.

"누가 그랬져. 우리 귀한 아들, 응."

남동생이 울면서 순정을 손가락으로 가리켰고 동시에 엄마와 큰어머니가 각각 두 아이를 안은 채 마주 보았다. 그러다가 큰어머니가 먼저 입을 열었다.

"애들끼리 놀다가 그런 것 같네. 이만 가네."

큰어머니가 울타리를 벗어나 사라지고 나서 순정은 울음을 그쳤다. 순정이 큰어머니를 빤히 쳐다보았다.

"아가, 동생이 놀리면 에미한테 이르거라. 내 얼른 혼내주꾸마."

순정이 생긋 웃었고 큰어머니가 팔에서 순정을 내려놓았다.

바람의 말

피아노 소리에 여자는 담배를 비벼 껐다. 단층 교실에서 울려 퍼지는 피아노소리는 아련한 기억을 환기시켰다. 외로울 때면 노래를 부르던 소녀는 목소리를 아끼라는 음악선생님의 한 마디에 성악을 꿈꿨다. 한때 무명 라이브 가수로 작은 가게에서 시간제로 노래를 부르던 여자는 결혼과 더불어 그 일도 그만두고 오직 돈 버는 일에만 골몰했다.

오래 잊고 산 기억의 흔적들이 낯익은 길과 건물과 공기를 만나면서 새록새록 선명하게 살아났다. 여자는 기억은 늙지 않는다는 것을, 과거는 사라지지 않고 마음 속 깊숙이 자리한다는 것을 새삼스럽게 느꼈다.

여자는 자신의 인생에서 가장 순수했던 한 시기, 열네 살의 소녀를 떠올렸다. 음악시간에 노래 부르기를 좋아했고, 수학과 체육을 지독히도 못했던 소녀는 자신에게 향하던 여인들, 두 어머니의 바람을 외면하고 고향을 뜬 후 발을 끊었다. 엄마, 그러니까 아버지와 작은댁이 차례로 돌아가셨다는 연락을 받고 잠깐 내려왔다 가고 한동안 고향에 가지 않았다. 큰어머니는 혼자 남아 빈집을 지키다가 광대곡에 들어가 오두막을 짓고 산신을 모시고 살았다.

일제 강점기 금광을 개발하려는 일본인이 값 싼 노동력으로 뚫어놓은 계곡은 석회암과 화강암 돌덩이로 가득했고 개발하려다 만 동굴이 군데군데 보였다. 일제는 금광을 개발한 수입으로 더 많은 금을 캐기 위해 지질학자를 앞세워 바위산을 헤집고 다녔고 그들이 뚫었거나 돌덩이를 캐다만 광산이 그림바위에도 여러 군데였다. 아버지는 그 중 하나인 광대곡 금광에 다녔고 큰어머니는 아버지를 먼저 보내고 아버지가 젊은 청춘을 바쳤던 그 계곡에 둥지를 짓고 들어앉아 여자의 소식을 오매불망 기다렸다.

큰어머니의 부음을 전해 듣고 여자가 고향집에 내려왔을 때 버스정류소 앞 구멍가게 여자는 혀를 차며 왜 진작 내려오지 않았느냐고 타박했다. 위암이 진행되어 아무것도 먹지 못하던 큰어머니는 버스 올 시간이 되면 목을 빼고 창재 고개를 쳐다보고는 했다며, 버스에서 누가 내리나 매일 차시간이 되면 나와서 기다렸다고, 여자는 그 말을 들으며 흐르는 눈물을 손으로 훔쳤다.

큰어머니는 여자를 기다렸을 것이다. 금이야 옥이야 애지중지 기른 당신의 딸 순정, 여자는 큰어머니로부터 도망치고 싶어서 고등학교를 멀리 갔고 대학을 서울에서 다녔다. 큰어머니와 생모로부터 언니들과 동생들로부터 멀리 도망쳐서 자주 대면하지 않기를 바라며 여자는 방학에도 핑계를 대고 자취방에 틀어박혀 있었다.

서울에서 여대생들이 농활을 왔을 때 큰어머니는 당신의 딸 이야기를 하며 여학생들에게 살갑게 대했다. 여학생들은 그런 큰어머니를 어머니라 부르며 따랐다. 농촌 총각들이 밤마다 모여 여대생들과 모임을 갖고 막걸리를 나눠 마시고 농촌 계몽에 대해 진지한 토론을 할 때 큰어머니는 옥수수와 감자를 쪄서 한 바구니씩 넣어주었다. 큰어머니는 여학생들을 보며 더욱 당신의 딸 순정을 기다렸고 그리워했고 잘 되기를 염원했다. 큰어머니가 밥을 할 때마다 먼저 밥 한 그릇을 떠놓고 조왕신에게 바라는 것은 오직 딸을 위한 애틋한 마음이었다.

여자는 승용차를 돌려 약수터로 향했다. 봄, 가을 소풍을 오곤 하던 그 약수터에서 이제는 세계적인 성악가가 된 선배 언니의 가곡을 들었고, 그리스로 이민 간 엑스 언니와 만났고, 담임선생의 러브스토리를 들었다. 도시락을 먹고 보물찾기를 하고 학년 별 장기자랑이 끝나고 돌아오던 길에서 여자는 애인을 군대에 보낸 담임선생이 소대원 전체의 목도리를 털실로 짜서 면회 간 이야기를 듣고 감동해서 눈물을 흘릴 뻔했다. 약혼자가 전방에서 보초를 설 때 담임선생의 이름을 수도 없이 불렀다는 이야기에 전율했다. 그 약수터 길에서 담임선생의 군대 간 애인이 군복을 입고 휴가를 나와 손을 잡고 걷던 모습을 지켜 본 밤에는 잠을 이루지 못했다. 키가 작은 담임선생에 비해 그녀의 군인 애인은 껑충하니 컸다. 목 하나는 더 커 보이는 담임의 애인이 그녀 손을 잡고 걷는 모습은 허수아비와 참새였다.

계곡을 따라 올라가는 약수터 길은 호젓했고 역시 달라진 게 있다면 도로 포장을 했다는 사실뿐, 오래 전에 있었던 거북바위, 자갈을 굴리며 세차게 흐르는 계곡물, 낭떠러지에 아슬아슬하게 걸린 소나무와 때죽나무, 천 년 전이나 천 년 후에도 변함없는 풍경일 것이었다. 여자는 갑자기 답답함이 몰려왔다. 첩첩 산 아래 모여 사는 사람들은 산이 높아 감히 오를 엄두를 못내고 순응하며 살아왔다. 여자의 언니들이 그랬고 아버지가 그랬고 큰어머니와 생모, 그리고…… 여자는 집을 떠나 살며 전생에서부터 자신을 짓누르던 높은 산과 첩첩이 포개진 산맥이 주는 위압감을 잊으려 했고 그것으로부터 벗어나려 했다. 여자가 오래 자신을 짓누르던 견고한 삶의 무게를 잊어버렸다고 느낀 순간 그녀는 문득 그 모든 것들이 자신을 부르고 있음을 알았다. 입맛이 그랬고 골짜기의 바람이 그랬고 달과 강과 별이 그랬다.

"큰엄마한테 잘 하거라."

엄마는 항상 그렇게 말했다. 그 말을 하는 엄마가 원망스러워 눈을 동그랗게 뜨고 엄마를 노려보면 슬그머니 외면했다. 왜 하필이면 나야? 여자는 묻고 싶었다. 그러나 여자는 알고 있었다. 아무도 강요하지 않았다는 것을. 그것은 여자가 선택한 길이었다. 빨간 사과의 유혹 때문이라면 변명일까. 여자는 밤이면 엄마가 그리워 눈물이 났다. 울다가 잠이 들면 큰어머니는 여자를 안아다 눕혀 주었고 이불을 여며주었고 베개를 바로 놓아주었다.

작은댁인 엄마, 그녀는 아버지 옆에 묻혔다. 그러면 큰어머니는? 여자는 그때만 하여도 그 문제까지 깊이 생각 못했다. 여자가 큰어머니의 묘지를 막연히 생각했을 때 언니들과 남동생의 공모는 끝나버렸다. 아버지에 이어서 생모가 돌아가셨을 때 언니들은 말했다. 너는 혜택을 많이 받았으니 기부를 더 하라고. 장례비용을 더 내라는 언니들의 요구에 여자는 거절하지 못했다. 혜택을 더 받았다는 언니들의 말 때문에 여자는 아무 말 할 수 없었다. 언니들이 여고를 졸업하고 집을 떠나 회사에서 돈을 벌어 생모를 부양할 때 여자는 학교에 다녔고 유씨 집안에서 유일하게 대학을 나온 여자는 항상 질시와 부러움과 안타까운 시선으로 바라보는 언니들의 눈빛을 정면으로 응시하지 못했다.

그래서였던가. 명절 때나 방학 때 언니들이 동창회한다고 모이라고 소리치면 다들 책상다리를 하고 앉아 여자를 쳐다보며 힐끗거렸다.

"순정이는 어떡하니."

두 언니와 막내까지 세 명이 읍내에서 여고를 나와 취업을 했고 여자는 춘천에서 하숙을 하며 학교를 다녀서 언제나 이방인이었다. 여자는 읍내에서 여고를 다닌 언니들이 부러웠다. 언니들은 여자를 부러워했다. 읍내에 장이 서는 날 언니를 따라 돌아다니면 골목 어디엔가에서 튀어나와 손을 잡으며 반가워하는 언니의 동창들을 만날 수 있었다. 언니 뒤에서 그들의 해후를 지켜보면서 여자는 혼자라는 느낌이 강하게 들었는데 그런 느낌은 그 후 결혼을 한 후에도 여전히 이어졌다.

여자는 아랫배를 문지르며 약수터로 이어진 다리를 건넜다. 육각정 지붕 아래 바위를 뚫고 솟아나오는 지하수에서는 맵고 싸한 맛이 우러났다. 여자는 혹시 배앓이가 낫겠지 싶어 작은 바가지로 계속 퍼마셨다. 샘 주변에는 녹슨 쇳물처럼 붉은 암반에서 신선한 물이

퐁퐁 솟아났다. 몇 백 년 전에도 아픈 사람이 찾아와 병이 나았다는 전설이 있는 화암약수는 기적을 믿는 사람들이 간혹 다녀가거나 인근 숙소에서 몇 달 씩 머무르며 속병을 고치겠다는 일념으로 밥할 때도 찌개를 끓일 때도 마시는 물도 약수로 연명하며 신화를 만들어내고 있다.

약수터에서 나온 여자는 식당을 찾아 두리번거렸다. 곤드레밥, 두부, 한정식, 막국수를 파는 식당이 눈에 띄었다. 한정식 집에 들어가 곤드레나물밥을 시켰다. 정선오일장이 널리 알려지면서 곤드레나물이 알려졌고 그 흔하디 흔한 나물이 귀한 대접을 받고 있다는 사실이 여자는 신기했다. 여자가 어릴 적에는 참나물이 여왕이라면 곤드레는 무수리 대접을 받았다.

길을 따라 상류로 이어지는 계곡은 깊다. 화강암 암반에 흐르는 계곡물이 바윗덩이에 부딪치며 흘러갔다. 차고 맑은 계곡물이 남한강에 이르러 다시 넓은 대양을 향해 푸른 날갯짓을 할 것이었다. 여자의 좌절된 꿈이 계곡물을 따라 흘러가고 있다. 긴 시간을 휘돌아 지천명에 이르러서야 인생이란 게 억지로 꿰어 맞춰서 되는 게 아니라 순응과 겸손이 필요한 법임을 알기까지 수만 가지의 희로애락이 지나갔고 무수한 사연이 생성되고 소멸되어갔다.

비교적 이른 저녁을 먹은 셈이었다. 여자는 중학교

삼 년간 걸었던 시오리 길을 이제 자신의 낡은 승용차로 가고 있다. 새벽잠이 부족해서 졸면서 걸었던 길, 큰어머니가 부뚜막에 올려놓아 따뜻하게 데워진 운동화나 구두를 신고 안개 낀 새벽 신작로를 걷던 길은 아득히 멀었다. 한 굽이를 돌면 또 한 굽이. 길고 지루한 길이 끝나면 등허리가 땀에 젖어 후끈거렸다. 큰어머니는 여자의 따뜻한 발을 위해 새벽잠을 줄이며 일어나 아궁이에 불을 지폈다.

소금강에서 여자는 승용차를 세웠다. 바위와 소나무가 기묘한 형상으로 얽혀 있는 소금강 아래 짙은 초록 강이 흘렀다. 계곡을 따라 흘러내리는 폭포수는 하늘에서 지상에 내리꽂히는 찬탄 혹은 탄성일지도 모른다고 여자는 생각했다. 여자는 베이지색 카디건을 꺼내 검정 원피스에 껴입고 길을 따라 걸었다. 바람이 목덜미를 파고들며 머리카락을 헤집었다. 또각거리는 여자의 하이힐 굽 소리가 계곡물소리와 바람소리에 불협화음으로 끼어들었다.

결혼 전 여자가 큰어머니에게 인사시키러 남편과 함께 왔던 길이었다. 버스에서 내려 소금강 근처 계곡을 따라 걸었고 카메라를 가져온 그가 사진을 찍어주었다. 검정 선글라스를 쓰고 스카프를 목에 두른 채 건너편 산을 바라보며 행복한 미소를 짓고 있는 여자를 기억하며 그녀는 쓸쓸해졌다. 그때만 하여도 구체적인 결혼 계획은 없었다. 남자가 여자의 고향에 대해 궁금해 했고 함께 다녀오자고 몇 번이나 졸라서 떠난 길이었다.

남편이 떠난 후 여자는 앨범을 정리하다가 그 사진을 발견하고는 나무액자에 담았다. 짙은 남색 스카프가 바람에 휘날리는 사진 속 여자는 물오르는 버드나무처럼 탄력이 넘쳤고 피부는 윤기가 흘렀다. 앞날에 대한 기대가 충만한 여자의 얼굴은 그래서 더욱 지금의 현실과 대비되었다.

남편을 만난 건 사진 전시회에서였다. 눈 덮인 들판 가운데 함석집 한 채. 평야에 지어진 집이었다. 앞뒤 사방 너른 들이 펼쳐진 한 가운데 집이 있었다. 울타리도 바람막이도 없는 집 한 채가 홀로 서 있는 풍경은 여자의 시선을 잡아끌었고 언덕이나 혹은 작은 동산 하나 없는 마을이 존재한다는 게 믿기지 않아서 여자는 그 사진 곁을 떠나지 못했다. 높은 산에 포위된 고향과 대조되는, 끝없이 넓은 들판은 여자의 가슴을 설레게 했고 알 수 없는 희열에 몸이 달떴다. 그 사진을 사고 싶었다. 여자는 가격을 들여다보고는 실망했다. 높은 금액이 붙여져 있어서 살 엄두를 못내고 사진 주위를 서성였다. 그때 남자가 들어와 사진을 유심히 살피더니 망설임 없이 그 사진을 사겠다고 전화번호를 남기고는 밖으로 나가버렸다.

"저, 저기요!"

"여자는 남자를 뒤쫓아나갔다. 남자가 무슨 일인가 싶은 표정으로 뒤돌아보았다.

"혹시 저랑 차 한 잔 하실래요?"

남자가 불쾌한 듯, 또는 무슨 여자가 벌건 대낮에 수작질이야, 라는 표정으로 쳐다보았다. 여자는 마른침을 삼키며 변명을 했다.

"제, 제가 방금 댁이 산 사진을 봤는데요, 그 사진이 마음에 들어서……."

"아, 안 팔아요."

"그게 아니라…… 제가 그 사진을 보고 싶을 때 좀 보여주실 수……."

여자의 말이 끝나기도 전에 남자가 차 한 잔 합시다, 그러며 앞장 서서 걸어갔다. 가까운 커피숍에 자리 잡은 남자가 대뜸 물었다.

"그러니까 댁의 말에 따르면 그 사진이 마음에 드는데 내가 냉큼 사버렸고, 미련이 남아서 사진을 계속 보고는 싶은데 방법은 없고 뭐 대충 이런 시나리오?"

남자의 달변에 여자가 고개를 끄덕였다. 그러고는 뜬금없이 물었다.

"그 사진 어디가 마음에 들어요."

"그냥 다 마음에 들어요."

"그런 대답이 어디 있어요."

"막막한 느낌이 좋아요."

"막막한 느낌?"

"그러니까 자연이 인간을 억압하는 게 아니라 방기된 여백이랄까. 아무튼 대자연이 인간 삶의 조건에 개입 안하고…… 말이 자꾸 꼬이네요, 음…… 하여튼 맘에 드는 사진이에요."

"어쨌든 사진이 마음에 든다 그런 뜻이겠죠."

"선생님은 그 사진, 어디가 마음에 들어 거금을 들여 샀어요."

"내 고향이요."

"정말요?"

여자가 눈을 휘둥그레 떴고 남자가 재미있다는 듯 장난스런 미소를 지었다. 남자가 엽차를 한 잔 마시더니 여자를 빤히 쳐다보았다.

"결혼 했어요?"

"아아뇨."

"아 그럼 답은 하나, 나와 결혼하면 고민이 끝나겠네."

"네?"

"농담이구요. 정말 결혼 전이면 나와 진지하게 사귀어 봐요. 나 아직 총각이니까. 아니 뭐 물리적인 총각이 아니라…… 여기까지 하죠."

여자는 남자의 처세술에 입을 다물지 못하고 멀거니

쳐다보았다.

"밥 먹는 걸 보니 복이 굴러 들어오겠구마."

큰어머니가 가득 퍼담아준 밥을 그는 순식간에 먹어치웠고 그런 그를 큰어머니는 요모조모 뜯어보았다. 아직 허락을 구하러 간 입장이 아니라서 여자는 남자와의 동행이 몹시 불편했다. 큰어머니는 눈치껏 그가 불편하지 않도록 배려했다. 그날 밤 작은방에 남자의 잠자리를 마련해주고 여자는 큰어머니와 나란히 베개를 베고 누웠다. 큰어머니는 거친 손바닥으로 여자의 머릿결을 쓸어 넘기며 조곤조곤 일러주었다.

"아가, 인연을 가벼이 하지 말거라. 특히 살을 맞대는 인연은 전생에 큰 업보를 지은 게야. 한번 맺은 인연은 함부로 하지 말고 새로 짓는 인연은 심사숙고해야 한대이."

큰어머니의 눈이 여자의 마음을 다 알고 있다는 듯 꿰뚫어보았다. 여자는 얼굴이 붉어졌다. 남자와는 몇 번의 동침이 있었고 그럼에도 선뜻 결혼에 대해 확신이 없었다. 두 사람의 환경이 달라도 많이 달랐다. 남자는 기름진 들을 배경으로 아쉬울 것 없는 부농의 외아들로 자랐고 여자는 척박한 비탈, 결핍된 자연환경 속에서 고립되어 살았다.

어쩌면 큰어머니는 그때 이미 남자와의 관계가 파국

에 이를 것을 알고 에둘러 말한 게 아니었을까. 여자는 큰어머니의 당부를 기억했다. 남자와의 힘겨웠던 결혼 생활과 외로움, 모멸감, 우울증에 시달리며 생활을 걱정하느라 꽃이 피는지 계절이 지나가는지를 모르고 살았다.

다음날 큰어머니의 배웅을 받으며 여자는 남자와 면소재지까지 걸었다. 버스 시간이 맞지 않았고 그것 보다 여자는 옛 추억을 환기시키고 싶었다. 그림바위를 향해 남자와 걸으며 김소월의 진달래꽃을 읊었다. 그 시간, 여자는 여중생 소녀가 되었다. 가방을 머리에 이고 만화를 보거나 김소월의 시를 읊으며 걷던 열네 살 소녀는 인연을 짓는 일의 엄중함을 알지 못했다. 김소월의 시를 끝까지 낭송하기도 전에 남자의 손이 여자의 손을 잡았고 남자의 입술이 여자의 입술에 맞닿았고 그리고 긴 입맞춤이 이어졌다.

골을 타고 부는 바람소리가 여자의 가슴을 두드렸다. 위태롭게 서 있는 소나무, 이깔나무, 활엽수의 이파리가 뒤집어지며 바람이 흔드는 대로 마구 떨어대고 있었다. 여자는 단풍이 차오르는 산을 올려다보았다. 자신의 인생을 통틀어 언제나 위압적인 태도로 짓누르며 운명처럼 서 있는 산, 여자는 풍수를 믿지는 않지만 막연히 자신의 행로에 높은 산이 있다고 믿었다. 산비탈 밭을 매며 첩첩이 포개진 산을 올려다보던 생모나 먼 산 고개를 쳐다보며 순정을 기다렸을 큰어머니에게 사철 변함없이 높기만한 산맥은 막막한 외로움이었을 것이다.

여자는 구두를 벗어들고 맨발로 걸었다. 발바닥을 파고드는 흙부스러기가 따끔거렸으나 묵묵히 걸었다. 해가 진 골짜기는 서늘한 그림자가 덮이기 시작했고 간간이 승용차가 빠르게 지나갔다. 여자의 입술이 참꽃을 따먹은 것처럼 새파래졌고 덜덜 떨며 차로 되돌아와 운전석에 앉아 담배를 피워 물었다. 잠자리 떼가 낮게 날아다녔고 참새가 위태로운 곡예를 하며 날아올랐다.

골짜기는 금세 어두워졌다. 창재를 넘어설 때 여자는 목을 빼고 버스를 기다렸을 큰어머니를 떠올렸다.

묘지

민박집 주인은 죽은깨가 많은 여자였고 손님에 대해 그닥 호의적이지 않았다. 그녀의 남편은 깍두기를 안주 삼아 소주를 마시고 있었다. 휴가철이 끝난 계곡에는 텐트를 치는 사람도 물놀이를 하는 사람도 없었으므로 주인여자에게 친절을 기대했으나 퉁명스러운 그녀의 태도는 여자를 실망시켰다. 물어볼 말이 있어도 엄두가 나지 않았다.

민박집에서 멀리 보이는 지억산 자락이 어둠에 희석되며 불분명한 경계를 지워갔다. 몰운대의 가파른 절벽이 어둠 뒤로 물러났고 무릉으로 넘어가는 산길이 희부옇게 드러날 뿐 길을 밝히는 가로등이 드문드문 서 있는 몰운(沒雲)은 여자가 한 번도 와보지 않은 마을처럼 낯설었다. 여자가 그 마을에서 보낸 십오 년의 시간과 그 이후 집을 떠나 보낸 삼십오 년의 시간 사이에는 단선으로 규정하지 못하는 이야기가 있다.

여자는 불을 끄고 누워 열어놓은 창밖으로 물소리를 듣고 있다. 물소리는 창틀 바로 밑으로 물이 흘러 들어오는 듯 가깝게 들렸다. 바람소리와 물소리가 혼합되어 이중주를 연주하는 틈새에 뭔가 딱딱한 고체 덩어리가 바닥에 부딪치며 나는 둔탁한 울림이 날아왔고 곧 이어 주인여자의 날카로운 음성이 귓속을 후벼팠다.

“쨍그랑.”

“퍽.”

다시 물체가 부딪치는 소리가 들려오고 주인 남자의 탁한 음성이 어둠을 갈랐다.

“이 웬수, 왜 맨날 술 처먹고 물건을 부수고 지랄이야. 술을 마셨으면 자빠져 자든가.”

“마누라 잔소리에 살 수가 있어야지. 야! 낮에는 어

느 놈하고 붙어먹고 있다가 늦은 저녁에 나타나 밥도 안 차려주고 나뒹구는 거야."

"밥 차려놨으면 퍼먹으면 될 것 아냐. 괜히 시비야."

"이 여편네가!"

다시 둔탁한 소리, 그릇이 깨지는 소리, 주인여자의 비명소리가 들려왔다. 여자는 어떻게 하나, 나가봐야 하나 망설이다가 조심스럽게 문을 열고 나갔다. 마당 들마루에 술에 취한 남자가 바짓가랑이를 걷어 올린 채 사지를 벌리고 누워 있고 바닥에는 먹다 만 깍두기가 흩어져 나뒹굴었다. 플라스틱 바가지가 깨진 채 굴러다니고 밥상이 엎어져서 밥과 반찬 그릇이 뒤엉켜 아수라장이다. 주인여자가 담배를 피워 물고는 엎어진 그릇을 물끄러미 쳐다보며 연기를 허공에다 불어 올렸다. 여자가 쟁반을 들고 와서 그릇을 모아 담고 빗자루로 음식을 쓸어 모아 구정물통에 넣을 때까지 주인여자는 멀거니 바라보고만 있다가 겨우 한 마디 던졌다.

"그냥 두소."

"이제 다 됐어요."

"한 대 피울랍니까."

주인여자가 담배를 갑 채 밀어놓으며 권했다. 나란히 마루에 앉아 담배를 꺼내 물었다. 주인여자가 불을 붙여주었다.

"산소에 오셨소."

"네에."

"그럴 줄 알았지. 휴가철도 아니고 추석이 다가오는데 멀리서 혼자 오는 사람은 척 보면 알아요."

코고는 소리가 들려 고개를 돌리니 주인남자가 골아떨어져 자고 있다. 주인여자가 소주를 유리잔에 따르며 마시더니 여자에게도 잔을 건넸다. 여자는 소주를 받아 마셨다. 음력 보름이 가까운 달이 산등성이에 걸려 있다. 강 건너 마을에서 개가 짖었다. 두 여자는 말없이 담배 연기를 불어 올리고 소주를 주거니 받거니 마셨다. 오래 전 생모가 체했다며 부뚜막에 앉아 갓김치를 안주 삼아 소주를 마시던 장면이 살아나며 여자는 주인이 주는 소주를 사양하지 않고 받아마셨다. 어쩌면 생모는 체 한 게 아닐지도 모른다는 의혹이 생겼다. 생모가 혼자 노래를 흥얼거리게 된 것도 소주의 힘을 빌려서였다.

"저 인간 저래뵈도 한때 잘 나가던 중소기업 사장이었어요. 사업이 망해 이곳으로 오기 전에는."

"이 마을은 어떤 연고로……."

"남편이 사업하다 알게 된 친구 고향집이에요. 부모님 다 돌아가시고 빈집이 있다고 세도 안 받고 무료로 빌려줬지요. 민박을 하며 살아보겠다고 하다가 도저히 살 수 없어서 작년에는 집을 나가 식당에서 일을 했는데 저 인간, 그후부터 의심병이 들어버렸어요. 의처증이 도지면 물건을 때려 부수고는 술이 깨면 잘못했다고 빌어요. 이 생활도 지긋지긋해요."

주인여자가 한숨을 길게 내쉬며 넋두리를 했다. 여자는 그녀의 넋두리를 들으며 어둔 밤을 응시했다. 달이 뜬 하늘에는 새털구름이 흩어지고 별들이 빛났다. 어둔 밤하늘을 수놓는 별들이 깜박이고 강물이 뒤채며 흐르는 소리가 났다.

다음날 여자는 검정 원피스에 베이지색 카디건을 껴입고 흰색 스카프를 목에 두르고 산소를 찾았다. 강 건너 성황당이 보이는 자리에 아버지와 생모가 누워 있다. 가져간 술을 따라 올리고 재배를 한 후 여자는 무덤 발치에 앉아 강 건너 마을을 바라보았다. 산자락이 흘러내리는 강변에 큰어머니가 매어놓은 염소와 어미소와 송아지가 꼬리를 흔들며 노는 장면이 눈에 보이는 듯했다. 큰어머니는 여자가 고등학교에 입학하자 송아지를 팔았고, 대학에 합격했을 때는 어미소를 팔았다.

지난 밤 여자는 주인여자가 산소 어쩌고 할 때 속으로 씁쓸하게 웃었다. 순전히 자신의 안위를 위해 택한 여정이었다. 죽은 부모를 위한다거나 고향이 그립다거나 하는 유행가 가사 같은 상황과는 동떨어진, 다분히 충동적인 행보였다. 고향도 부모가 살아 있을 때 고향이지 돌아가신 뒤에는 고향이 아니었다. 남동생이 터를 잡고 살아주길 바랐으나 땅뙈기 하나 없는 고향에 눌러 살 위인이 아니었고 손바닥만한 밭뙈기마저 팔아치우고는 고향 근처에는 얼씬도 하지 않았다. 언니들과는 단절이 된 지 오래였고 전화번호를 지우지 않은 것만도 다행이었다.

강 건너 어젯밤에 묵은 민박집 전경이 보였다. 남자가 빗자루로 마당을 쓸고 있고 여자가 쟁반에 찻잔을 담아 갖다 주는 모습이 먼 실루엣으로 잡혔다. 붉은 벽돌로 지은 단층 양옥은 오백여 평 되는 터를 깔고 앉아 있고 민박, 담배 간판이 붙어 있다.

엄마는 살아 있을 때보다 돌아가신 뒤에 남동생의 효도를 받고 있다. 깔끔하게 다듬어놓은 산소는 떼가 잘 자랐고 언제 세웠는지 비석이 서 있다. 성황당에 매어놓은 그네를 타다가 발목을 벤 생모가 그 후 잘 낫지 않아 절뚝거리며 걸어 다닐 적에도 그 많은 자식들 중 어느 누구도 선뜻 큰병원에 모시고 가서 수술을 시켜준 적이 없었다. 생모는 자식을 낳은 게 아니라 허깨비를 낳았고 자신의 살붙이가 아니라 유씨 가문의 일원일 뿐이었다. 자식으로부터 온전히 대접받지 못한 생모는 죽은 뒤에야 비로소 어머니로서의 대접을 받았는데 그것이 진짜 공경인지 자식들의 체면과 자존심과 억압된 피해의식의 발로였는지는 모르겠다.

생모는 본처를 제치고 지아비 곁에 묻혔다. 언니들과

남동생이 공모하여 일사천리로 진행한 결과였다. 여자가 거기에 끼어들 자리는 없었다. 아무도 의논하지 않았고 아무도 거론하지 않았고 누구도 알려주지 않았다. 큰어머니는 죽어 혼자 묻혔다. 큰어머니는 자신이 직접 신단을 모신 광대곡 산자락에 외로이 남겨졌다. 살아생전 자식을 갖지 못했던 큰어머니는 죽어서도 가족과 함께 하지 못하고 홀로 묻혔다. 반면에 살아 생전 자식들을 가진 생모는 죽어서 그 자식들에 의해 남편 곁에 묻혔다. 죽어 산신령과 함께 한 큰어머니는 성모여신(聖母女神)이 되었을까. 여자는 밥을 지을 때마다 조왕신 몫을 따로 떠놓던 큰어머니를 회고했다. 큰어머니에게는 살아 있는 모든 것들이 경배의 대상이었다. 바람, 달, 별, 물의 정령에 이르기까지 인연 짓는 모든 게 그녀에게는 등불이자 보살이라고 했던가.

여자는 첩첩이 포개진 산을 망연히 바라보다가 일어섰다. 구두 뒷굽이 푹푹 빠져서 뒤꿈치를 들고 조심스럽게 걸어 나오며 뒤돌아보았다. 두 기의 산소가 오래 다정한 연인처럼 나란히 누워 있다.

"어머, 동민아."

여자는 자기도 모르게 그 이름을 불렀다. 그러다가 아차 실수를 깨닫고는 입을 손으로 막았다. 중학생 소년이 뽕나무 밑에서 스마트폰으로 게임을 하다가 여자와 눈이 마주쳤고 여자는 자기도 모르게 고동민과 쏙 빼닮은 소년을 발견했고 반가운 마음에 그만 이름이 튀어나와버렸다. 소년이 게임을 멈추고 엉덩이의 흙을 털며 일어나더니 여자를 힐끔 쳐다보고는 뒷걸음으로 달아났다.

"어떤 아줌마가 아빠 이름을 불렀어."

여자의 귀에 소년의 말소리가 들렸고 여자는 본능적으로 뽕나무 뒤로 몸을 숨겼다. 방금 달아난 소년이 어떤 중년 사내에게 이쪽을 향해 손가락질을 하고 있다. 반바지에 흰 러닝셔츠를 입은 사내는 배가 불룩 나왔고 앞머리가 벗겨졌으며 음식을 먹었는지 이쑤시개로 이빨을 쑤시고 있다. 사내가 뽕나무 쪽을 바라보다가 슬리퍼를 질질 끌며 다리 쪽으로 걸어갔다. 소년은 다리 난간에 기대어 앉아 다시 스마트폰 게임에 빠져들었다. 여자는 대머리 사내가 고동민임을 알아보았다. 선뜻 고동민 앞에 나설 수 없었다. 이유는 알 수 없었으나 여자의 심장이 급박하게 뛰고 가슴에 파장이 물결쳤다. 여자는 백미러에 비춰지던 자신의 모습을 그려보며 우울해졌다.

여자는 청바지와 티셔츠를 입고 운동화로 갈아 신고 모자를 썼다. 차를 민박집에 세워두고 광대곡을 다녀올 참이었다. 큰어머니가 돌아가신 후 장례식때 와보고는 두 번째라서 묘지를 쉽게 찾을지 의문이었다. 나뭇잎이 말라가는 냄새가 발효시킨 전통차 향기로 코끝에 스며들고 활엽수 이파리가 바람이 불어올 때마다 가지를 휘청거렸다. 수분을 줄이며 겨울을 준비하는 나무들이 서서히 이파리를 떨구어 내려 몸살을 앓았다.

호젓한 길이었다. 끝없이 산으로 뻗어 있는 협곡을 오르노라니 여자는 선경(仙境)이라는 어휘를 떠올렸고 무릉도원에 산다는 신선을 떠올렸다. 큰어머니가 섬기던 산신령이 어딘가에서 여자의 발자국을 내려다볼 지도 모른다는 생각을 하며 그녀는 빨간 사과의 기억을 다시 한 번 반추했다. 몇 개인가 짙은 초록의 작은 소(沼)를 지나쳐서 산소를 찾았다. 묘지는 단아했고 주위에는 야생화가 피어 흔들렸다. 여자는 명태포를 올려놓고 술을 따르고 절을 하면서 "엄마"하고 불렀다. 바람이 화답하려는지 세찬 폭포수 쏟아지는 소리로 다가왔다.

묘지 주위 산신령을 모신 신당은 흔적이 없었다. 마을에는 개고기를 먹고 광대곡에 들어오면 호랑이에게 잡혀 먹힌다는 전설이 전해지고 있었다. 할아버지가 그랬다던가. 개고기를 먹고 광대곡에 발을 들여놓자 호랑이 울음이 메아리쳤다고, 발을 계곡 안으로 깊이 들여놓을수록 호랑이의 포효가 산을 울리고 바위를 굴려서 혼비백산 도망쳐온 이야기가 할아버지에게서 아버지를 통해 전해졌고 그 이야기를 여자는 큰어머니로부터 들었다. 뱀을 죽여서도 안되고 남녀가 교접을 해도 안되고 마음속에 음란한 상상을 품어도 부정을 타는 곳이 광대곡이었다.

음복을 한 여자가 봉분의 잡초를 뽑았다. 돌아가며 잡초를 뽑아내고 허리를 펴는 여자의 이마에 땀방울이 맺혔다.

"늦게 와서 죄송해요. …… 다 사정이 있었어요. 어머니가 밥 잘 먹는다고 좋아하던 그 사람이랑은 헤어졌어요. 인연이 아닌가 봐요. …… 어머니가 모르고 가신 게 다행이에요. 알았다면 아마도 나보다 더 속상해 하셨을 것 같아요. 어머니 돌아가시고 한동안 꿈을 꾸었어요. 꿈에서 깨어나면 왜 그리 눈물이 쏟아지던지……. 외로우셨죠. 이제 어머니 옆에 제가 있을게요. 아들놈은 제가 아픈지 뭘 먹는지 몰라요. 무심한 거라곤 지애비를 쏙 빼닮았어요. 제가 얼마나 어머니에게 무심했는지 알 것 같아요. 고대로 받는 거죠 뭐. 그러니 제가 어머니에게 한 짓을 생각하면 아들놈이 하는 짓을 나무랄 자격도 없어요. 원망은 어림도 없구요. 솔직히 저는 어머니가 저 세상에서 작은엄마와 아버지를 안 만났으면 해요. 더 좋은 사람 만나서 영혼이나마 편안했으면 해요."

여자는 엎드려 잡초를 뽑아내며 주저리주저리 중얼거렸다. 산새가 포르르 날아왔다가 나뭇가지에 걸터앉아 꼬리를 까닥거렸고 나비가 무덤 주위를 맴돌았으며 여치와 사마귀가 나돌아다니는 묘지 주위는 고요하다 못해 적막이 흘렀다. 정지한 시간이었다.

"어머니가 농활여대생들에게 살갑게 대해줬다는 이야기를 듣고 마음이 따뜻해졌어요. 마치 제가 보살핌을 받는 느낌이었으니까요. 보살 엄마, 어머니는 보살이에요, 그렇죠. 다른 사람은 몰라도 저는 알아요. 어머니가 얼마나 속이 깊은지, 작은엄마에게 들었어요. 어머니가 언니들과 남동생 학비를 대줬다고. 공업용 미싱을 들여놓고 바느질을 해서 수의를 주문받아 만들어 팔아 학비를 댔다는 말을 듣고 언니들에게 얼른 말하고 싶었지만 왠일인지 그 말이 떨어지지 않았어요. 끝내 언니들에게는 말을 못하다가 어머니 장례식 날 그 이야기가 나왔어요. 그때 어머니가 언니들과 남동생 표정을 봐야 하는 건데, 그 뜨악한 표정이라니. ……저는 어머니가 광대곡에 오신 걸 차라리 다행이라 여겨요. 작은엄마와 나란히 누워 있는 것을 보면…… 제 마음이…… 아플 것 같아요. 그건 공평하지 않아요. ……예전이나 지금이나 마을은 여전히 시끄러워요. 농활 나온 여대생을 짝사랑하며 밤새 술 마시고 울던 그 아저씨, 먼 친척 되는 그 아저씨는 어머니 돌아가시고 이태 후에 동사했어요. 그 여대생 아니면 장가 안가겠다고 방랑자로 떠돌다가 그만 얼어죽었는데요, 어제도

민박집에서 사연이 있었어요. ……후우."

여자는 묘지 앞에 주저앉아 계곡을 내려다본다. 목이 마른지 병을 들어 물을 마시고 다시 숲 사이로 숨어 있는 구불구불한 산길과 바위벽을 바라보았다. 짙은 초록빛 소(沼)와 협곡의 나무들과 기기묘묘한 바윗덩이가 햇볕을 받아 희게 빛났다. 여자는 먼 산마루를 쳐다보며 막막함을 느꼈다.

회향

여자는 큰어머니가 고향 안동에 대해 이야기 하는 걸 듣지 못했다. 애써 외면하는 티가 역력했다. 한번도 고향 이야기를 꺼내지 않은 어머니가 처음으로 안동을 입에 담은 것은 암말기로 시한부 판정을 받은 후 여자가 병원으로 모시고 가던 길에서였다. 그날 여자는 어머니의 눈빛에서 삶에 대한 회한과 안타까움과 갈망을 읽었다. 차창 밖으로 쏟아지는 가을볕이 어머니의 거죽만 남은 살갗을 더욱 바짝 말릴 것만 같은 날이었다. 차창 밖에 시선을 고정시킨 어머니의 옆 볼때기가 검푸른 얼룩으로 번져갔고 여자는 어머니의 생명이 얼마 남지 않았음을 직감했다. 어머니는 시종 밝고 쾌활한 음성으로 말을 했다.

"아가, 너랑 같이 안동에 다녀오고 싶대이."

"그래요, 가요, 어머니."

"아이다. 가본들 누가 반겨준다꼬…… 괜한 망상이지러."

"어머니, 건강이 회복되면 저랑 같이 안동에 다녀와요."

"……부용대에 오르면 새신랑이 새색시를 안고 있는 맹키로 강이 마을을 양팔로 폭 감싸 안고 흘렀지러. 부용대에서 그 사람과 헤어졌구마."

"그 사람이요?"

"내 첫 남편 말이대이."

"……."

"그이가 여직 날 기억할까."

"어머니, 그분 만나고 싶으세요?"

"아이다. 내가 주책이지러."

"……."

"나는 그 사람에게 하나도 섭섭하지 않대이. 그 사람은 아무 잘못 없대이. 제사를 모시는 종손 집안의 맏아들인데 후손을 보지 못하는 여자를 누가 용서하겠노. 내사 마 하나도 섭섭지 않대이. 그 사람이랑 부용대에 올라 약속을 했지. 서로 떨어져 있더라도 잘 살자고. 진달래꽃을 꺾어 머리에 꽂아주며 어여쁜 색시라고 놀리던 그 사람이 보고 싶대이. 그 사람이 금반지와 은비

녀와 몇 가지 패물을 싸주며 금광을 소개해주었던 거라. 강원도 정선 고을에 가면 함바집도 있고…… 일꾼들 밥해주며 먹고 살 길이 있을 거라고 알려줬대이. 내사 마 촌에서 뭘 알겠노. 아무것도 모르고 그 사람이 소개해준 장사꾼을 따라 흘러흘러 예까지 왔구먼. 고향에 못 가면 어떠노, 정들면 고향이제. 부모님이 돌아가신 산소에 한 번 가봐야 할낀데……."

큰어머니는 혼자 중얼거리다가 피곤한지 눈을 감았다. 곧 숨소리가 새근새근 났다. 여자는 속도를 줄여 천천히 운전을 하며 어머니의 '그 사람'을 떠올려보았다. 죽음에 이르러서야 마음 속 깊은 곳에 꼭꼭 숨겨뒀던 이야기를 꺼내놓는 큰어머니의 주름진 얼굴과 홀쭉한 볼살을 보는 여자의 가슴이 바늘로 찌르듯이 아파왔다.

모든 것은 지나가리라.

여자는 솔로몬왕이 세공사에게 일러줬다는 구절을 마음속에 새기면서 큰어머니와의 인연이 현세에서 일어난 일이 아닌 전생에서 다시 현생을 거쳐 내생에 이르기까지 예정된 수순을 밟아가는 게 아닌가 하는 의구심에 빠져들었다.

여자는 큰어머니와의 마지막 길이 내내 기억 속에서 떠나지 않고 맴돌았다. 큰어머니의 환한 미소…… 나뭇잎에 부서지는 햇살을 보면서, 풀숲에 날아오르는 참새 떼를 보면서, 저수지 수면에 반짝이는 은빛 물결의 파장을 보면서, 단풍 든 가을산을 보면서, 누런 콩잎 포기가 이슬에 젖어 축 늘어진 것을 보면서, 붉은 수수밭과 들깨밭과 속이 알찬 배추밭을 지나가면서 내뱉는 감탄의 소리는 마지막 삶의 끈을 놓지 않으려는 욕망이자 생명의 찬가였다. 살아 있는 모든 것들에 대한 어머니의 헌사를 여자는 깊은 슬픔에 젖어 지켜보았다. 치열한 삶의 한복판에 서 있을 때는 결코 발견하지 못하는 생명의 외경, 이제 서서히 생명의 불씨가 꺼져 가는 시점에서 활기찬 삶을 비켜나 바라보는 입장은 살아 있는 것들이 얼마나 아름다운 요물인지 여자는 어머니를 통해 막연히 추측할 뿐이었다.

여자는 늘 궁금했다. 작은댁에게 남편을 내어주고, 작은댁의 아이를 키우고 작은댁 자식들의 학비를 대어주는 큰어머니의 심중에는 무엇이 들어 있을까. 관세음보살과도 같은 자비와 따스한 마음 씀씀이는 인간으로서는 드문 보살행이었다. 여자는 큰어머니의 첫 남자 이야기를 듣고 나서야 그녀의 비밀 한 자락을 엿본 것 같고 비로소 그녀의 모든 것이 이해가 되었다. 큰어머니는 첫 남자와의 따뜻한 기억에 기대어 한 생을 살아온 것이었다. 새색시 시절의 짧은 사랑, 한 순간의 그 믿음에 기대어 세상의 바람을 홀로 견디어 온 것이다.

"어머니, 이제 영혼이나마 자유로워지세요."

여자는 큰어머니의 영혼이 첫 새댁 시절의 신혼집에도 가고, 부모님 집에도 가고, 사랑을 찾아 자유롭게 떠도는 영혼이기를 빌었다. 모든 면에서 여자는 큰어머니보다는 조건이 긍정적이었건만 이제 그녀는 자신이 없어졌다. 여자에게는 한 순간의 사랑에 기대어 평생을 홀로 꿋꿋하게 설 자신이 없었다. 낳아준 엄마와 키워준 어머니 사이에서 자신의 감정을 조절하며 눈치보던 여자는 이쪽도 저쪽도 아닌 경계 구역에서 외롭게 살았다. 경계에 선 자의 슬픔은 어느 쪽도 아닌 비겁함일지도 모른다. 여자는 한숨을 길게 내쉬며 주저앉아 듬성듬성 돋아난 잡초를 뽑았다.

그때 여자는 풀숲을 헤치며 산으로 올라오는 사내를 보았다. 사내는 분명 여자가 앉아 있는 산소를 향해 오고 있다. 여자는 긴장 한 채 누굴까, 짐작을 했으나 마땅히 떠오르는 인물이 없었다. 발자국 소리가 지척에 들렸다. 이마가 땀으로 번들거리는 사내가 고개를 쳐든 순간 여자와 눈이 마주쳤다.

"고동민."

"유순정."

"오랜만이다."

"정말 오랜만이다. 몇 년 만이야."

"기억도 안 나."

사내가 숨을 헐떡이며 여자가 있는 곳에서 멀찍이 떨어져 앉았다. 고동민은 여자의 시선을 따라 멀리 산아래 계곡을 내려다보았다. 오래 전부터 그 자리에 앉아 있었던 모양으로 시선을 멀리 둔 채 침묵하고 있다.

"술 한 잔 할래?"

"어머니에게 먼저 절하고 마시지 뭐."

사내가 일어나 두 번 절을 하고는 여자가 따라주는 술을 봉분에 붓고 두 번째 잔을 받아 마셨다. 그러고는 다시 여자와 멀찍이 떨어져 앉았다.

"고향에는 왜 자주 안 왔나."

"그냥. 먹고 사느라 바빠서."

"남편은 같이 안 오고?"

"응, 그렇게 됐어."

"아까 아들놈이 누구냐고 묻더라고. 그래서 아빠 첫사랑이라고 했더니 피식 웃대."

첫 사랑? 여자는 고동민의 말을 받아 중얼거려본다. 그러고는 금시초문이라는 표정으로 그를 쳐다보았다.

"내가 쪽지 보낸 것 받았니?"

"아아니."

"그럴 줄 알았어."

"……."

"중학교 입학하고 한 반이 되었는데 순정이 니가 눈에 띄더라. 그래서 눈여겨 봤어. 그런데 너는 나에게 관심도 없었는지 눈도 마주치질 않았어, 한 번도."

"그랬구나."

"암튼 다시 만나니 반갑다."

"아이 엄마는 어떤 여자야."

"……."

고동민이 갑자기 말을 멈추고 침묵해서 여자는 혹시 실수했나 싶어 그를 빤히 쳐다보았다. 그러자 그가 무겁게 입을 떼었다.

"베트남 여잔데 이 년만에 도망갔어."

"미안, 그런 줄도 모르고."

"아니, 괜찮아. 친정에 도움을 못준 내 잘못이 크지 뭐."

"아들내미 잘 생겼대. 아빠를 쏙 빼닮아서 깜짝 놀랐어."

"나를 많이 닮았지."

"너는 많이 변한 것 같아."

"배가 많이 나왔지? 머리도 벗겨지고…… 실망했지?"

"아니 그런 뜻이 아니라 예전의 모습을 찾기가 어려워서."

"너는 그대로네. 여전히 새침때기 같아."

"새침때기?"

"그래, 새침때기."

여자는 밝게 웃었다. 소년과 소녀로 돌아가 옛날 이야기를 하는 중년의 남자와 여자 주위로 산새가 날아다니고 가을산이 짙어져 갔다.

"그림바우에서 점심 사줄까."

"아냐. 그냥 갈게."

"바쁜가 보구나."

"사는 게 그렇지 뭐. 너는 그래도 고향을 지키고 사네."

"노모가 있어서 눌러 앉았어."

"……."

"……."

정적.

고요.

적요함.

두 사람은 더 이상 할 말이 없는 듯 오래 침묵했다. 산새소리와 높은 계곡에서 바위를 때리며 내리꽂히는 세찬 폭포수 소리가 아련히 귀에 들어왔다. 바람이 풀잎 포기를 흔들며 지나갔다.

언제 또 올 수 있을까.

길이 좋아졌다고는 하지만 하루거리였다. 정선 초입에 들어서면서 굽이굽이 산기슭을 돌아가는 길은 자꾸 여자의 발목을 휘감았다. 낭떠러지 뼝대에 아슬아슬 피어난 진달래, 몸을 바짝 낮추며 휘어진 소나무, 우렁

찬 고함을 지르듯 열병식을 하며 서 있는 옥수숫대, 속을 꽉꽉 채우며 완만한 구릉지대를 가득 채운 고랭지 배추, 고갯마루에 걸린 구름, 좁은 길을 느리게 가로지르는 꿩 병아리 가족을 만나며 여자는 그것들을 쉽게 지나치지 못했다. 누구라도 그러했을 것이다. 겸재의 그림에나 나옴직한 바위절벽의 풍경 앞에 한번쯤 뒤돌아보게 만드는 무엇이 이곳에는 있었다.

광대곡 큰어머니 묘지와 작별을 하고 내려오는 여자의 등뒤로 바람이 수런거리며 불었다. 바람의 말은 많은 것들을 담아 여자에게 전해주고 있었다. 여자는 자꾸 뒤돌아보았다. 가을볕에 반사되어 하얗게 반짝이는 나뭇잎과 바위와 자갈돌들이 여자의 눈을 찔렀다. 여자는 눈을 감았다 떴다. 가파른 계곡을 내려올 때 손을 잡아준 고동민의 체온이 아직 여자의 손안에 남아 있었다. 고동민은 여자에게 손을 내밀었고 엉덩이를 길게 빼고 엉거주춤 바위 사이 산길을 조심스럽게 걸어오며 오래된 것들, 만남이라는 말을 가슴에 담았고 긴장으로 손에 땀이 났다.

묘지에서 내려올 때 여자는 기이한 체험을 했다. 먹구름이 몰려오더니 마른번개가 쳤고 천둥소리가 났다. 천둥소리는 협곡을 울리며 마치 세상을 들었다 놓을 것처럼 크고 장대하여 미물들이 납작 몸을 도사리며 숨을 죽였다. 여자는 두려움에 하늘을 쳐다보았다. 하늘과 닿아 있는 협곡, 그 아득한 경계에 보라와 흰색의 구름이 피어오르고 금방이라도 소나기가 쏟아질 듯했다. 바람이 나뭇가지를 흔들었다. 다시 해가 나며 투명한 햇살이 바위와 계곡의 푸른 소(沼)와 옥수숫대와 나뭇잎에 부서지며 은빛으로 출렁거렸다. 태초에 혼돈의 질서가 재편되는 듯했다. 여자는 뒤를 돌아보았다.

"아가."

그 순간 여자는 큰어머니의 목소리를 환청으로 들었다. 여자는 사방을 휘이 둘러보았다. 산신이 된 큰어머니가 지켜주는 걸까. 여자는 큰어머니의 환영(幻影)을 가슴 깊숙이 담고 조심스레 그곳을 빠져나왔다.

광대곡 초입, 출구에 다다르자 멀리 몰운대 바위 절벽 아래로 흘러가는 물줄기가 여자의 눈에 들어왔다. 변하는 건 인간뿐인가. 결혼할 남자를 데려와 큰어머니에게 인사시키자 어머니는 저녁밥을 준비할 동안 몰운대나 갔다오라고 말했고, 여자는 그와 함께 몰운대에 갔다. 객지에서 오랜만에 돌아온 자식이 조상의 묘지를 찾듯이 몰운을 떠났던 사람은 몰운대를 찾았고, 친구들이나 지인이 찾아오면 몰운대에 갔다. 왜 가야 하는지도 모른 채 몰운대를 돌아보고 자신의 존재를 고하고 발도장, 눈도장을 찍어야 비로소 몰운(沒雲)의 일원이 되었다.

남편과 헤어지고 아들아이를 유학 보내고 생업 수단

인 카페 문을 닫고…… 혼자 견디며 보낸 긴 시간들…… 여자는 지나간 자신의 시간을 돌아본다. 고통이 그녀를 스쳐지나갈 때, 굽이진 외길 오르막을 오를 때 여자는 오래 전에 떠난 고향집을 떠올렸다. 여자는 이제 자신이 고향을 떠난 게 아니라 늘 가슴에 품고 그것에 기대어 살았다는 것을, 고향은 떠나는 게 아니라 머물러 있다는 것을 깨달았다.

여자는 검은 선글라스를 꺼내 쓰고 모자를 눌러 썼다.

그럼에도
우리 모두는
서로에게 장소이다

1. 결국 나는 이방인이었어요

한때 온기를 나눠 가졌던 관계의 징표들은 모두 변한다. 그래서 어느 날 주위를 둘러보니 '우리'라고 부를 만한 관계가 마땅치 않을 때, 나를 붙잡아 줄 온기라고는 어디에서도 느껴지지 않을 때, 그 막막함과 상처받은 마음을 어쩔 줄 몰라 그것들을 부풀려 이야기하는 자신을 보게 된다. 그러나 누구나 한 번쯤은 경험해 보

「해설」

장예원

문학평론가

았을 것이다. 주변 사람들을 붙잡고 나의 헛헛한 마음을 알아달라고 이야기하면 할수록 나 자신과는 물론 그들과도 더 멀어진다는 사실을. 이때 우리가 손쉽게 선택할 수 있는 해결책은 일단 지금의 공간과 사람들을 잠깐이나마 떠나보는 것이다. 때로는 신의 섭리로 빚어진 소박하고 아름다운 자연에서, 아무런 기대가 없는 낯선 사람들 속에서 그리고 새로운 삶을 찾아 오래전에 떠나온 낡은 고향 집에서 잠깐이지만 친화력과 온기를 접하기도 한다. 그래서일까? 『상해의 밤』의 주체들도 인생의 전환점을 맞닥뜨렸을 때 자주 떠나고 헤매며 돌아다닌다. 남편을 만나러 중국 상해에 왔지만 계속 어긋나는 약속으로 그를 만나지 못하고 혼자 우전의 운하마을을 나돌아다니는 나(「상해의 밤」)와 아내와 이혼한 후 멈춰버린 우울한 시간을 낚시로 달래는 나(「예당의 밤」), 그리고 병으로 8년을 누워지내던 남편과 사별하고 무너진 마음을 추스르려 한없이 남해를 걸었던 나(「남해의 밤」)와 남편과 이혼하고 혼자 운영하던 카페마저 접고 인생의 길이 없어진듯한 막막함에 고향을 찾아가는 여자(「그 여자의 전설」)가 그들이다. 그들이 떠나야만 했던 이유는 제각각이지만 깊이 살펴보면 삶의 수렁 앞에서 비로소 자신의 실존에 질문을 제기했기 때문이다. 자신 안에 자리 잡은 공허를 더 이상 버틸 수 없어서 지금의 현실을 다른 방식으로 전환해야 하는 순간. 그 순간에 일상의 언어가 가진 결핍을 초월해보고자 하는 욕망, 내 속에 있는 진짜 감정의 언어를 복원해보고자 하는 욕망, 그리고 소통의 단절에서 오는 외로움을 넘어서고자 하는 욕망들이 꿈틀거렸을지도 모를 일이다. 이러한 욕망들은 실존적 질문이자 문학적 질문과도 맞닿아 있기에 아마도 소설가 유시연의 욕망과도 결을 같이할 것이다. 그래서 그녀는 『상해의 밤』 속 다양한 주체들에게 기울어진 시선을 가질 수밖에 없다. 그녀는 그들이 "나 혼자 제 자리에서 맴을 돌고 있는 사이 시간이 가고 세계의 질서는 저만치 앞서서 돌아가고 있었다."고, "순간 내 인생이 닻도 없이 바다 위를 떠다니는 배 같다는 느낌을 지울 수가 없었다."(「예당의 밤」)는 고백을 "사람도 인정도 하루아침에 바뀌는데 나만 과거의 그늘에서 맴돌며 살아온 게 아닌가 싶어 뭔지 모르게 허탈함이 몰려왔다."고 "삼십 년을 남의 나라에서 살았는데 결국 나는 이방인이었어요. 어디에서도 뿌리내린다는 게 쉽지 않았어요. 내 나라에서도"(「남해의 밤」)라고 자조적으로 내뱉은 말을 차마 외면하지 못한다.

한국 사회는 일제 식민지를 통해서든 전쟁을 통해서든 혹은 자발적인 근대화와 민주화를 통해서든 우리 고유의 시간 감각과 공간을 '보존'하는 데에는 무심하고 인색했다. 상실이 필연적으로 제기하는 실존적 물음으로 생을 전환할 수 있는 여유에는 관심이 없었던 것이다. 우리는 생존과 효율성에 급급한 나머지 실존 물음을 최소화하면서 근대화를 이루었고 이 때문에 빠름과 새로움에는 지나치게 허용적이고 느림과 낡음과는 너무 쉽게 결별한다. 끊임없는 변화와 새로움만이 긍정적인 옳음으로 인정받는다. 하지만 변화란 혹은 새로움이란 기존의 낡음이 없으면 규정 자체가 불가능하다. 머물러야 하는 것들이 머물 수 없다면 새로움이란 도대체 무슨 의미가 있을까? 비교할 낡음이 없는, 새로움을 위한 새로움은 말 그대로 텅 빈 공허에 불과하다. 그래서 유시연은 "사람도 인정도 하루아침에 바뀌는 세상"에 적응하지 못하고 "나 혼자 제자리에서 맴을" 도는 이들을 따뜻한 시선으로 감싸고 그들의 고단함에 의미를 부여해준다. 그들을 패배자라고 명명하는 차가운 눈빛들을 뒤로하고 "결국 나는 이방인었어요."라고 스스로 규정하는 그들의 뿌리 없음과 고달픔을 함께하는 것이다. 또한 그녀는 적극적으로 과거와 낡은 것들을 불러들이는데, 소설집 『상해의 밤』에는 역사적 에피소드가 다수의 작품에 삽입되어 있고 오랜 시간 삶의 터전으로 친숙하게 오고 가는 생활 감정들이 살아있는 장소들을 보존하려는 태도가 곳곳에 드러난다.

2. 현재라는 시간 대신 역사에서 위안을 얻다

헬러에 의하면 현대인들은 장소적 고향을 잃어버린 대신 '현재'라는 시간적 고향을 얻는다. 국내뿐 아니라 세계 어느 곳을 가더라도 동일한 브랜드의 물건들을 향유하면서 자신이 현재에 속해 있다는 안정감을 느낀다는 것이다. 그런데 소설집 『상해의 밤』에는 현재의 시간보다는 과거에 머물러 있거나 과거의 시간에 몰입하는 주체들이 등장한다. 쉼 없이 흐르는 것은 시간뿐 아니라 인간의 마음도 마찬가지인 세계에서 과거를 향한다는 것은 어떤 의미가 있을까. 끝없이 밀려드는 새로운 감각들은 그전의 감각들을 덮어버리면서 각각의 기억들은 어느 순간 뭉뚱그려진다. 온전히 마음을 다했던 순간이라도 그 찰라의 두터운 구체성은 희미해지면서 결국 추상적인 시간의 선만이 남는다. 이렇듯 현재는 일정하지 않고 항상 자신을 바꾼다. 이것이 곧 자본의 논리이자 무한 경쟁의 삶 자체의 모습이기도 하다. 그렇기에 이러한 소설적 형상화 이면에는 모든 활동이 경제 논리로 환원되는 약삭빠른 세태를 현실로 받아들이기 힘들어하는 작가적 시각이 작동한다고 볼 수 있다. 소설가 유시연은 흘러가는 것들을 그냥 흘려보내지 않기 위해 다양한 방식으로 고군분투하는데, 우선은 이미 흘러간 것들, 즉 역사가 남긴 소소한 발자취에서 인간사의 일반적인 원리와 희로애락을 읽어낸다. 이제는 나의 숨소리보다도 작고 무심하게 남은 과거의 흔적들이 가졌을 고단함과 애달픔, 그 생생한 감정들의 구체성을 현재 우리 삶의 고달픔과 유기적으로 엮어가면서 복원해내는 것이다.

그것들은 「상해의 밤」의 주체 하동근이 "조상들은 상

해에서 독립운동을 했지만 지금도 전쟁터야. 독립운동이 따로 없다고 봐. 열강이 지배하던 이곳에 지금도 세계 금융과 자본이 몰려들어 각축장이 됐거든."이라고 발화하는 역사의식으로 드러나고 집안을 일으켜 세워보겠다고 아내와도 함께 하지 못한 채 해외에서 치열하게 사는 자신의 일상이 힘들 때마다 중국 루쉰공원에 있는 윤봉길의사기념관에 들러 위안을 얻는 행위에서도 엿볼 수 있다. 이러한 방식의 사유는 아내인 나의 입장에서도 평행선을 그리며 동등하게 서술된다. 하동근과의 결혼이 결정되자 혼자 남게 되리라는 친정엄마의 눈빛에 스치던 불안함을 외면할 수 없는 나는 남편의 해외 근무에 선뜻 함께한다고 말하지 못한다. 엄마와 남편 사이에 끼어 심리적으로 불안한 일상을 보내는 그녀는 남편이 다녀간 루쉰 공원에 들러 윤봉길 의사의 부인이었던 배용순 여사의 삶을 떠올린다. 멀리 떠난 지아비 대신 아이를 키우고 생계를 책임졌던 여사의 인생이 얼마나 막막했을지 상상하며 아이가 있었다면 그녀가 남편을 기다렸을까 생각해본다. 이러한 과거와 현재의 새로운 자리매김은 이 소설집에서 반복적으로 재생된다. 「규슈의 밤」에서는 규슈에 간 주인공이 한국인 외할아버지를 둔 한국인의 피가 섞인 일본 여성 마사코의 안내로 가라토 시장, 시모노세키 다리, 조선통신사의 흔적이 담긴 작은 공원, 시모노세키

조약을 맺었던 춘범루, 조선을 침략했던 가토 기요마사의 고성 등을 방문하며 일본에 대한 불편한 감정들을 드러낸다. 이 작품에서도 역시 주인공은 '용서는 하되 잊지는 말자.'라는 구절을 남경학살기념관 입구에 써놓고 그들의 국민들에게 교육시켰다는 중국의 역사의식을 상기하고 역사는 과거의 사건이 아니라 현재 진행형임을 잊지 않는다. 이렇듯 거시적인 역사적 맥락에서 살펴보면, 조선을 침략해 조선인에게 악랄하고 야만적인 만행을 저질렀지만 결국은 자국인 일본에서 온갖 굴곡과 배신으로 삶을 마감했던 가토 기요마사 역시 불행했던 인간사의 한 사례이자 인생 무상함의 대명사일 뿐이다. 한편, 「등대가 보이는 밤」에서는 전쟁의 흔적도 상품이 돼버린 인천상륙작전기념관을 통해 인천상륙작전이라는 객관적인 명명과 어휘가 실제로는 그 사건에 휘말렸던 당대 사람들의 고통과 슬픔을 제대로 드러내지 못함을 비판하고 있다. 그 기념물과 어휘로는 인천상륙작전 때문에 누군가는 아버지를, 그리고 다음 세대에게는 외할아버지를 잃은 절망과 공포가 대물림되는 아픔을 설명할 수 없다. 이러한 언어의 한계를 극복하고자 하는 절박함이 유시연의 소설 형식을 만들어낸 이유가 될 것이다. 「그녀가 올까요」에서는 귀농 삼 년차인 주인공 한무택이 지금의 농촌 현실과 본인의 처지가 농민항쟁기념탑에 새겨진 노비들의 삶보다 낫지 않음을 인지하고 반추하는 장면들이 나오면서 과거와 현재는 계속해서 만난다.

현재의 어떤 상황이나 문화가 의심스럽고 받아들이기 힘들 때, 우리의 의혹은 익숙하고 당연한 현재를 넘어서서 우리의 인식을 넓혀가는 한에서만 해소되거나 완화된다. 그렇게 하는 가장 손쉬운 방법은 역사에 몰입하는 것이다. 이러한 행위는 자신이 성장해온 현재의 사고와 어휘에 고착되는 일을 조금이나마 막을 수 있다. 달리 말하면 유시연의 이 소설집은 역사의 참된 의미를 설파하려는 것도 아니며 역사 안에 감추어진 문학적인 맥락을 평가하려는 작업도 아니다. 오히려 그녀는 현재를 다른 시간의 맥락 속에 인간을 다른 인간들의 맥락 속에서 새롭게 자리매김하기 위해 소설적 작업으로서의 역사 쫓기를 감행한다. 그러한 과거와 현재의 재배치는 새로운 관계들을 오래된 관계들 속에 자리매김하는 방식과 유사하다. 이 과정 속에서 우리는 현재의 사람들과 옛사람들 모두에 대한 우리의 사유를 이해하고 수정 · 보완할 수 있다.

3. 고향으로 돌아오기는 퇴행이 아니다

소설집 『상해의 밤』은 시간적 관점에서 과거를 향하

며 과거와 현재를 재배치할 뿐 아니라 현대 문명의 장소 파괴에 대한 비판적 시각도 드러난다. 90년대 초반 신도시가 세워지면서부터 아파트는 우리의 대표적인 주거공간이 되었고 실제로 다수의 사람들이 아파트에 살고 싶어 한다. 특히, 아파트는 시간이 흘러 낡으면 고쳐서 산다는 개념보다는 완전히 허물어뜨리고 갈아엎어 항상 새것인 상태를 지향하는 주거 문화다. 최근 신조어인 '얼죽신'은 얼어 죽어도 신축이라는 의미로 이러한 사유와 유행을 반영한 어휘이다. 더욱이 계속해서 상급지로 갈아타야 뒤처지지 않는다는 경쟁 · 경제적 사고의 만연은 '정착'이라는 단어를 낡은 개념으로 만들었다. 자본의 관점에서는 더 나은 곳으로 갈아타는 자만이 승리자가 된다. 어떤 면에서 우리는 끊임없이 이동하는 유목민이 되라고 권유받는 사회에 살고 있다고 해도 과언이 아니다. 그러므로 아파트는 무한 경쟁의 장인 한국 사회 현실을 집약해서 보여주는 대표적인 지표이다. 그러나 주지하다시피 본인이 살던 낡은 건물이 새것으로 바뀌어도 당장 먹고 살 일이 급하고 비싼 분양가를 감당할 여력이 없는 사람들은 그 집을 소유하지 못하고 주변부로 밀려난다. 소설 「등대가 보이는 밤」에는 한가로운 어촌 마을이 개발로 인해 벌어지는 사람들 사이의 갈등과 자신이 살던 터전에서 밀려난 사람들, 그리고 제 역할을 잃어버리고 사라져버린 장소에 대한 이야기가 서술된다. 소설 속 여자의 어머니 역시 매립지에 고층 아파트가 세워진 후 살던 터를 더나 산자락으로 옮겨 살아야 했던 이였다. 어머니는 젊은 시절 어판장에서 일하거나 개펄에 물이 차오르면 앞마당처럼 헤집고 다니며 양식을 구하며 살았다. 그녀의 딸인 여자는 뒤늦게 "신도시 계획이 발표되고 주민들이 떠나고 건물이 한 층씩 치솟을 때 어머니는 무얼 생각했을까." 헤아리면서 "어머니의 막막함이 평생 터전을 잃어버리는 상실감이 밀물로 차오를 때 그 공허를 무엇으로 지탱했을지 감히 상상조차 할 수 없었다."고 애달파 한다. 그녀의 어머니가 요양원에서 마지막 남은 숨을 얕게 뱉어내며 생의 마지막을 애원한 말은 "나 살던 곳에 좀 데려다 다오."였기에 그 애달픔은 고스란히 우리에게도 전달된다. 그녀의 어머니가 개펄과 바다에 대한 추억에 기대어 남은 생을 버텼듯 그녀도 드문드문 떠오르는 "갯내음"의 기억에 기대는 순간이 있을 것이다.

어머니와 살던 예전 집의 풍경이 떠올랐다. 저녁이 오면 집집마다 냄비에 무를 썰어 넣고 생선 내장과 대가리를 푹 삶아 먹던 풍경이 아른거렸다. 흰 러닝셔츠를 입은 남자들이 평상에 모여 막걸리를 마시면 파전 안주를 내어가던 여자들의 모습도 새삼스러웠다. 아이들은 별똥별을 쫓아 몰려다녔다. 창문을 열어놓고 방안에 누워 있으면 바닷물이 개펄을 쓰다듬는 소리가 났다. 물이 들어오고 나가면서 온갖 쓰레기를 먼 바다로 가져가면 뻘은 말끔해졌다. 어머니 옷자락에서는 갯내음이 났다. 코끝에 스치는 비릿한 갯내음, 생선 내장이 발효되는 듯한 갯내음이 집안 구석구석 스며 있었다. 성장해서도 어린 시절 맡았던 갯내음이 문득문득 생각났다.

—「등대가 보이는 밤」 79~80쪽

세상은 '주의'와 '주목'에서 배제된 것들은 마치 존재하지 않거나 아니면 '그냥' 존재한다고 쉽게 생각한다. 그러나 어느 가수가 노래했듯이 "내보일 것 하나 없는 나의 인생에도 용기는 필요한" 법이다. 세상에 '그냥' 존재하기 위해서도 수많은 과정의 고통스러움과 치열함, 그리고 누군가의 보살핌이 있어야 한다는 사실을 간과해서는 안 된다고 작가는 말하는 듯하다. 이렇듯 소설가 유시연은 생의 과정에서 주변부로 밀려난 사람들과 소멸하는 장소에 대해 아파하는 감수성과 실존적 자각을 지녔는데, 이러한 사유들은 소설 「그 여자의 전설」에서도 살펴볼 수 있다. 이 작품은 한 여자가 고향으로 향하는 길에서 시작한다. 그런데 그녀는 귀향길이 편치 않다. 아래 구문에서 알 수 있듯 그녀의 귀향길은 아랫배의 통증과 함께 착잡한 마음이다. 왜

일까? 그녀가 회피하고픈 어떤 일이란 무엇일까?

여자는 승용차의 속도를 줄였다. 짧은 순간 그녀는 지난밤부터 그녀를 괴롭히던 불안의 정체를 알아챘다. 국도와 고속도로가 갈리는 갈림길에서였다. 임계라고 표시된 국도로 직진하면서 그녀는 어제부터 아랫배가 간헐적으로 통증신호를 보내오는 것을 애써 무시했다. 여름철이면 으레 일어나는 배앓이 정도로만 생각해서 그냥 놔두면 저절로 괜찮아지는 줄 알았다. 통증은 경포호를 떠나면서 더 심해졌다. 여자는 그 이유가 심리적인 요인에서 기인함을 그래서 오랜 시간, 강릉에 도착해서부터 줄곧 그녀가 회피하고 싶은 어떤 일과 관련이 있음을 직감했다. 여자는 푸른 산맥이 끝없이 이어진 검푸른 등성이를 쳐다보았다. 수억 년이 지나도 끄떡없을 산등성이 위로 뭉게구름이 피어오르고, 태곳적부터 찾아든 바람은 골짜기를 타고 오르내렸다. 아득히 뻗어 올라간 고개 너머로 여자의 시선이 멈춰 있다. 그 길 끝에 오래 전에 두고 온 인연이 있었다. 떼려야 뗄 수 없는 그 인연의 시원을 거슬러 올라가는 여자의 마음이 내내 착잡했다.

—「그 여자의 전설」, 228~229쪽

그녀의 어머니는 자식을 낳지 못하는 큰어머니 때문에 첩으로 들어온 여자였다. 다섯 아이를 낳고 남편을 다시 큰댁으로 보내야만 했고 금광 일을 하다 남편이 다쳐 드러눕자 남의 집 품팔이를 다니며 자식을 건사해야만 했던 여인. 큰어머니가 유독 아꼈던 순정은 없는 형편에 굶지 않는다는 확실한 증표가 있는 큰어머니댁에 가서 자랐다. 친엄마보다도 더 희생적이고 관용적인 사랑으로 자신을 길러주었지만 그녀는 큰어머니로부터 도망치고 싶어서 고등학교를 멀리 진학하고 대학도 서울에서 다녔다. 그렇게 자신을 향하던 여인들, 두 어머니의 바람을 외면하고 고향을 뜬 후 한동안 발을 끊었다. 그러나 자신만의 이야기가 시작되었던 고향을 등지고서 그녀는 그녀가 원했던 다른 세계로 진입했을까? 언니들이 여고를 졸업하고 집을 떠나 돈을 벌어 생모를 부양할 때 그녀는 타지에 있는 고등학교에 다녔고 유씨 집안에서 유일하게 대학을 나온 여자는 항상 질시와 부러움과 안타까운 시선으로 자신을 바라보는 언니들의 눈빛을 정면으로 응시하지 못했다. 여자는 가족들 사이에서도 항상 이방인이었다. 언니들이 자연스럽게 동네 친구들을 만날 때조차도 그녀는 그 모습을 부러워하며 외로움은 더 깊어졌는데 그런 느낌은 결혼을 한 후에도 여전히 이어졌다. 돈 애기로 시작해서 돈 애기로 끝이 났던 남편과의 결혼 생활은 행복하지 못했고 결국 이혼했다. 이혼 후 생계를 위해 5년간 운영했던 카페도 안착하지 못하자 가게를 부동

산에 내놓고 그녀는 고향으로 향한다.

여자는 고향에 가면서 기억 저편에 있었던 고향을 다시금 마주한다. 그것은 특정한 장소로서의 건물, 풍경, 골목 등을 아우른다. 이 고향에서는 서로 알고 지내는 사람들로 이루어진 공동체 속에서 자신의 역할을 부여받는데 "낳아준 엄마와 키워준 어머니 사이에서 자신의 감정을 조절하며 눈치 보던 여자는 이쪽도 저쪽도 아닌 경계 구역에서 외롭게 살아온" 자신의 처지가 마음에 들지 않았을 것이다. 더욱이 스스로 선택한 것이 아니라 이미 주어진 운명과도 같기에 그녀는 이 운명을 어떻게든 벗어나고 싶지 않았을까? 가족들 틈에서조차 스스로를 이방인이라 느끼는 그녀의 정체성이 싫었을 테니 말이다. 그러나 남편과 헤어지고 아들아이를 유학 보내고 생업 수단인 카페 문을 닫고 수많은 고통이 그녀를 스쳐 지나갈 때, 다시금 새로운 길을 찾아야 하는 삶의 위기의 순간에, 그녀는 벗어나고만 싶었던 고향이라는 장소에서 어떤 친밀감을 느낀다.

계곡을 따라 올라가는 약수터 길은 호젓했고 역시 달라진 게 있다면 도로 포장을 했다는 사실뿐, 오래 전에 있었던 거북바위, 자갈을 굴리며 세차게 흐르는 계곡물, 낭떠러지에 아슬아슬하게 걸린 소나무와 때죽나무, 천 년 전이나 천 년 후에도 변함없는 풍경일 것이었다. 여자는 갑

자기 답답함이 몰려왔다. 첩첩 산 아래 모여 사는 사람들은 산이 높아 감히 오를 엄두를 못내고 순응하며 살아왔다. 여자의 언니들이 그랬고 아버지가 그랬고 큰어머니와 생모, 그리고…… 여자는 집을 떠나 살며 전생에서부터 자신을 짓누르던 높은 산과 첩첩이 포개진 산맥이 주는 위압감을 잊으려 했고 그것으로부터 벗어나려 했다. 여자가 오래 자신을 짓누르던 견고한 삶의 무게를 잊어버렸다고 느낀 순간 그녀는 문득 그 모든 것들이 자신을 부르고 있음을 알았다. 입맛이 그랬고 골짜기의 바람이 그랬고 달과 강과 별이 그랬다.

—「그 여자의 전설」 264~265쪽

고향 집이란 기억의 장소이며 친밀한 관계의 근원이며 내 서사의 출발점이다. 그녀는 고향과 과거를 등지고 타지와 현재만을 자신의 고향으로 삼아보려 했으나 결국 그녀가 깨달은 사실은 고향 없음으로는 자신의 공허를 채울 수 없다는 것이었다. 세상 어디나 고향이라고 여기라고 충고할 수 있지만 그것은 고향이 무엇인지도 모르는 지경에 이르는 일이다. 이런 상태에서 개인은 자기 정체성을 빼앗기고 그래서 평생에 걸쳐 마음 한구석에서는 명명할 수 없는 불안감에 헤맬 수밖에 없는 것이다. 그러므로 고향으로 돌아오기는 퇴행이 아니다. 잠깐이라도 돌아올 고향이 있다는 사실은 고향의 필연성이다. 내 몸이 기억하는 구체적인 공간. 그녀는 부정하고 싶었지만 그곳은 달빛이 밝게 비추던 밤, 큰어머니의 품에 안겨 내 살이 닿고 부대끼며 친밀함을 느꼈던 장소이다. 이 장소는 다른 장소로는 대체 불가능한 유일성을 지닌 곳이며 나에게 불현듯 떠오르는 기억의 장소이면서 변화하는 현재 속에서 변화하지 않는 지속적인 이미지다. 이 이미지를 떠올리면서 우리는 변화하는 현재 속에서 멈춤의 순간을 느끼고, 그 멈춤 안에서 평온함을 얻게 된다.

4. 사랑으로 '안주'했던 따뜻한 순간을 평생 보존하다

『상해의 밤』에는 이별의 아픔을 간직한 주체들이 등장한다. 그들은 홀어머니 아래서 자라거나(「상해의 밤」, 「등대가 보이는 밤」), 남편과 혹은 아내와 이혼했거나(「규수의 밤」, 「그녀가 올까요」, 「예당의 밤」, 「두 개의 시계가 걸린 밤」, 「그 여자의 전설」), 사별(「남해의 밤」)했다. 아직 이혼하지 않았더라도 이혼 위기에 처해 있는 상황(「상해의 밤」)이기도 하다. 작품의 주인공을 비롯해서 그들의 가족, 그리고 지인들 대부분이 비슷한 상황에 처해 있다. 이러한 소설 속 주체들의 막막하고 불안정한 심리는 "밤"이라는 작품 제목이 많은 만큼 밤의 이미지가 안개처럼 작품의 공간을 감싼다. 가령 "밖에는 불투명한 어둠만이 막막했다.", "어두워오는 저녁, 내 안에 서서히 밤이 들어앉기 시작했다."(「상해의 밤」), "혼자라는 사실은 밤이 되어서야 자각하게 된다.", "혼자 덩그러니 남은 밤에는 깊은 고독이 가라앉아 내 영혼을 갉아먹고 있었다."(「규슈의 밤」)라는 문장들로 알 수 있다. 물론 주체들의 특수한 상황이 아니더라도 모든 관계는 유한할 수밖에 없다. 하지만 일찍이 상실을 경험한 소설 속 주체들은 이 유한성이 인연의 지속성뿐 아니라 한 주체가 관계를 지배할 수 없다는 것, 달리 말해 주체의 요구에 따라 어떤 동일성 내로 타자를 동일화할 수 없다는 의미 또한 함축한다는 사실을 받아들인다. 그래서 그들은 각자의 결핍을 상대방에게서 채우려 하는, 서로에게 기대가 큰 관계보다 여행지에서 잠깐 만나는, 혹은 가벼운 이웃으로 잠깐 이야기하는 비슷한 처지의 관계에 오히려 감정을 이입하고 내적인 위로를 받는다. 그런데 그 대상들은 반드시 사람에 국한되지 않는다. 그것은 상해에서 청과물 가게 앞에 붉은 실로 발목이 묶여 있는 오리(「상해의 밤」), 인간에게 잡히지 않으려고 삶과 죽음의 경계에서 낚싯대를 끌고 도망쳐버린 물고기(「예당의 밤」), 국도변의 배추와 무 혹은 벼포기나 옥수수대를 비롯해서 산맥과 계곡의 풍경(「그 여자의 전설」)에 이르기까지 동·식물을 비롯해 생태계 전반으로 확장된다. 이렇듯 스쳐 지나가는 이들과의 교류는 서로의 삶에 너무 깊이 끼어들 필요가 없기 때문에 순간이지만 진정한 공감과 유쾌함이 오고 갈 수 있는 것이다. 하지만 좀 더 깊숙이 들여다보면 이러한 세계관은 우리는 단독자가 아니라 불가사의한 방식으로 세계와 사물들과 교감하는 존재라는 본질을 끊임없이 강조하는 일이기도 하다. 그리고 이러한 삶의 태도는 「그 여자의 전설」의 큰어머니에게서 가장 잘 파악할 수 있다.

이 소설의 말미에 이르기까지 큰어머니는 '산신령'이라는 절대정신에서 고향을 찾은 여자일 수 있다. 자식도 없이 먼 산 고개를 쳐다보며 순정을 기다렸을 큰어머니에게 사철 변함없이 높기만 한 산맥은 막막한 외로움이었을 것이라고 이해하면서 말이다. 물론 아래의 구문을 살펴보면 이러한 해석은 크게 무리가 없다.

생모는 본처를 제치고 지아비 곁에 묻혔다. 언니들과 남동생이 공모하여 일사천리로 진행한 결과였다. 여자가 거기에 끼어들 자리는 없었다. 아무도 의논하지 않았고 아무도 거론하지 않았고 누구도 알려주지 않았다. 큰어머니는 죽어 혼자 묻혔다. 큰어머니는 자신이 직접 신단을 모신 광대곡 산자락에 외로이 남겨졌다. 살아생전 자식을 갖지 못했던 큰어머니는 죽어서도 가족과 함께 하지 못하고 홀로 묻혔다. 반면에 살아 생전 자식들을 가진 생모는 죽어서 그 자식들에 의해 남편 곁에 묻혔다. 죽어 산신령과 함께 한 큰어머니는 성모여신(聖母女神)이 되었을까. 여자는 밥을 지을 때마다 조왕신 몫을 따로 떠놓던 큰어머니를 회고했다. 큰어머니에게는 살아 있는 모든 것들이 경배의 대상이었다. 바람, 달, 별, 물의 정령에 이르기까지 인연 짓는 모든 게 그녀에게는 등불이자 보살이라고 했던가.

—「그 여자의 전설」 279~280쪽

그런데 큰어머니가 암말기로 시한부 판정을 받은 후 순정이 병원으로 모시고 가던 길에서 그녀의 첫 남편 이야기를 듣는 장면에서 또 다른 해석이 가능해진다. 큰어머니가 정성을 들였던 산신령의 또 다른 명명이 "첫 남자와의 따뜻한 기억", "새색시 시절의 짧은 사랑, 한순간의 그 믿음"일수도 있겠다는. 우리의 눈시울을 붉게 하는 그녀의 고백을 들어보자.

"나는 그 사람에게 하나도 섭섭하지 않대이. 그 사람은 아무 잘못 없대이. 제사를 모시는 종손 집안의 맏아들인데 후손을 보지 못하는 여자를 누가 용서하겠노. 내사 마 하나도 섭섭지 않대이. 그 사람이랑 부용대에 올라 약속을 했지. 서로 떨어져 있더라도 잘 살자고. 진달래꽃을 꺾어 머리에 꽂아주며 어여쁜 색시라고 놀리던 그 사람이 보고 싶대이."

—「그 여자의 전설」 286쪽

큰어머니는 잠깐이지만 첫 남편과의 사랑으로 '안주'했던 따뜻한 순간을 평생 보존하고 그것을 방패 삼아 평탄치 않았던 그녀의 인생을 있는 그대로 받아들였다. 그러고는 딸이 안착할 수 있는 제일의 엄마이자 장소가 되어주었던 것이다. 이제 명확해진다. 고통이 순정을 스쳐지나갈 때, 굽어진 외길 오르막을 오를 때 왜 오래전에 떠난 고향집이 떠올랐는지.

누군가는 망각이라는 시간의 폭력에 굴복하고 현재의 시간만을 지향한다. 그러나 누군가는 "기억은 늙지 않는다는 것을, 과거는 사라지지 않고 마음속 깊숙이 자리한다는 것"을 느끼고 보유하려 애쓴다. 그리고 그 기억에 기대어 한 생을 살아가기도 한다. 소설 속 여자의 좌절된 꿈이 계곡물을 따라 흘러가고 있을 때, 긴 시간을 휘돌아 그녀가 깨달은 바를 우리도 배울 수 있지 않을까? "인생이란 게 억지로 꿰어 맞춰서 되는 게 아니라 순응과 겸손이 필요한 법임을", "수만 가지의 희로애락이 지나갔고 무수한 사연이 생성되고 소멸되어"간다는 사실을 말이다. 또한 "자신이 고향을 떠난 게 아니라 늘 가슴에 품고 그것에 기대어 살았다는 것을, 고향은 떠나는 게 아니라 머물러 있다는 것"도. 소설집 『상해의 밤』은 우리 삶에서 가장 기본적이면서도 중요한 역사(시간), 장소, 사람에 대한 본질적 의미를 일상적 소재와 서사로 친숙하게 접근한다. 그러면서도 사라져 가는 것에 대한 애착으로 집 잃은 존재인 현대인의 실존을 비판적으로 성찰한 작품이다. 하이데거에게 진정한 집은 항상 과거 시제로 존재한다. 독자들은 유시연의 『상해의 밤』에서 그 이유가 무엇인지 답을 찾을 수 있을 것이다. ✗

발표 문학지

상해의 밤 《실천문학》 2021 겨울호

규슈의 밤 《리토피아》 2021 가을호

등대가 보이는 밤 《문장 웹진》 2022 5월

그녀가 올까요 《창작21》 2020 여름호

예당의 밤 《내일을 여는 작가》 2022 하반기

남해의 밤 《작가포럼》 2021 하반기

두 개의 시계가 걸린 밤 《문학저널》 2022 가을호

중세의 밤 《한국소설》 2023 1월호

그 여자의 전설 - 중편소설 〈제 1회 정선아리랑문학상 수상작품〉 2013

상해의 밤

1쇄 발행일 | 2025년 03월 11일

지은이 | 유시연

펴낸이 | 윤영수
펴낸곳 | 문학나무
편집 기획 | 03085 서울 종로구 동숭4나길 28-1 예일하우스 301호
이메일 | mhnmoo@hanmail.net
출판등록 | 제312-2011-000064호 1991. 1. 5.
영업 마케팅부 | 전화 | 02-302-1250, 팩스 | 02-302-1251

값 16,800원

ISBN 979-11-5629-184-8 03810